《武汉大学报》创刊百年丛书·作品集

丛书主编：刘春江

成风化人

获奖新闻作品采编手记

（2011—2014年）

主　编　杨欣欣　肖　珊
副主编　陈丽霞　付晓歌　严　航

武汉大学出版社
WUHAN UNIVERSITY PRESS

图书在版编目(CIP)数据

成风化人:获奖新闻作品采编手记:2011－2014年/杨欣欣,肖珊主编.—武汉:武汉大学出版社,2017.12

《武汉大学报》创刊百年丛书/刘春江主编.作品集

ISBN 978-7-307-19758-9

Ⅰ.成…　Ⅱ.①杨…　②肖…　Ⅲ.新闻—作品集—中国—当代　Ⅳ.I253

中国版本图书馆CIP数据核字(2017)第247896号

责任编辑:唐　伟　　责任校对:汪欣怡　　整体设计:汪冰滢

出版发行:**武汉大学出版社**　(430072　武昌　珞珈山)

(电子邮件:cbs22@whu.edu.cn　网址:www.wdp.com.cn)

印刷:武汉中远印务有限公司

开本:720×1000　1/16　印张:20.75　字数:370千字　插页:1

版次:2017年12月第1版　2017年12月第1次印刷

ISBN 978-7-307-19758-9　定价:49.00元

《武汉大学报》创刊百年丛书序

武汉大学校报创刊于1919年，历经《国立武昌高等师范学校周报》《国立武汉大学周刊》《新武大》《武汉大学报》等阶段，已走过近百年风雨历程。为了纪念校报创刊100周年，武汉大学报社在党委宣传部的指导下，编辑出版丛书，很有意义。

我与校报可以说有着不解之缘。从1982年起，我在武汉大学党委宣传部工作近10年；2004年担任学校党委副书记后，又一直分管宣传工作，每周四审报成为定例。据武汉大学报社的同志统计，12年多来，我总共审阅了400多期校报。其间经历了校报创刊85周年暨出版1000期、校报创刊90周年、出版110年校庆特刊(60版)、出版120年校庆特刊等办报过程中的重要事件；也见证了校报从4开小报到对开大报、从旬报到周报、从单纯纸质版到同时拥有电子版和网络版，以及校报编辑部升格为报社、报(校报)网(新闻网)融合等校报发展史上的重要阶段。

从20世纪的国立武昌高等师范学校时期开始，校报就忠实地记录学校发展史上的重要事件，并形成了突出的文化特色。曾当过校报学生编辑的杨弘远院士，多次提出校报应该适时出书。他认为，校报是学校非常重要的史料，是校史的原始记录，应该作为档案保留；建议校报收集一些重要新闻，到一定时间出一本书，保存下来。

校报记载过的值得出书保存的史料不可谓不丰富，我认为主要体现在其史料价值、文化价值和育人功能等方面：

一是校报记载学校的重大事件和发展成就，积累了丰富而珍贵的第一手资料，具有很高的史料价值。

1919年校报创刊不久，适逢五四运动爆发，《国立武昌高等师范学校周报》报道了高师学子开展声势浩大反帝爱国运动的伟大壮举："本校同学愤外交之失策，秉爱国之热忱，群谋集赀，拍电欧洲和会及北京政府，力争山东问题。并愿作北京学界之后援。"简短的文字，闪耀着五四的时代光芒。《国立武汉大学周刊》曾是宣传抗日爱国思想的重要阵地，也是抨击旧政、揭露黑暗的重要力量，其影响跨越校界，成为武汉市民争相传阅的主要传媒之一。

中华人民共和国成立后，李达出任校长不久即专门发布决定，提出《新武大》所应该展示的六项基本内容，反映了中国高教事业蓬勃发展的新气象。改革开放以来，《武汉大学报》以教学体制改革为重点，推出了中国高教改革的“武大模式”，并重点报道了学科建设、人事制度等改革新进展，在为改革发展鼓与呼的同时，展示了武汉大学敢为天下先的改革精神，很好地挖掘和总结了武大的改革经验。

在四校合并、校庆110周年、校庆120周年等重要节点，校报不仅真实地报道重大历史事件，而且从新闻的视角挖掘、回顾和总结学校的办学经验，推出了一大批有深度、有分量的报道，为学校改革发展提供了强大的舆论支持，反映、推动甚至引领了学校各方面事业的蓬勃发展。

20世纪90年代以来，校报每年还组织开展武汉大学年度十大新闻和年度新闻人物评选，生动地勾勒出武汉大学朝着世界一流大学奋勇前行的轨迹。

二是校报记录重要人物的言行和师生活动，留下了宝贵的精神财富，体现出独特的文化价值。

武汉大学历史上曾经风云际会，明星闪耀；今天依然名师荟萃，英才云集。校报记录了这些人物在珞珈山的足迹，不仅留下了珍贵的第一手资料，也成为一笔宝贵的精神财富。例如陈潭秋参加英文演讲比赛，周恩来在樱园慷慨演讲，毛泽东来校视察，董必武先后四次武大之行等老一辈革命家在武大的活动，校报都留下了真实记录。

各个时期的校报都不乏对知名学者大师的报道，如国际知名学者杜威、印度文豪泰戈尔来校，著名数学家华罗庚1950年从美国回到祖国，第一站即来到武大演讲；改革开放后，诺贝尔奖得主、中外大师的名字和身影更是经常现于报端。近年来校报加大了对两院院士、人文社科资深教授、优秀中青年学者的报道力度，体现了“尊重学者、崇尚学术”的理念，对优秀学子和杰出校友的报道，也是校报永恒的主题。

校报还记载了很多名人名言和名篇。《国立武昌高等师范学校周报》创办之时，校长张渲亲笔题写刊名，《国立武昌高等师范学校周报》还刊登了竺可桢等著名学者在武昌高师的演讲；《国立武汉大学周刊》20年间发表了数百篇学者的学术演讲稿，其中包括王世杰、蔡元培、朱光潜、胡适等众多名家。《新武大》有李达、高尚荫、李国平等前辈学者的演讲稿；而《武汉大学报》不仅刊登演讲、发言等内容，还有不少名家亲笔撰写的文章，例如杨弘远院士、查全性院士、李德仁院士等，就多次为校报写稿。

三是校报在熏陶师生读者的同时锻炼了编辑记者，成为培养人才的重要阵地，凸显独特的育人功能。

校报历史上走出了不少栋梁之才，其中不乏名人办报的佳话，如著名法学家燕树棠，著名教育家、国立湖南大学第一任校长皮皓白(宗石)，著名文学家闻一多，均曾负责《国立武汉大学周刊》的审稿或编辑工作。也有很多年轻时参与过校报工作的人日后成为各个领域的知名人士，如著名文学家、翻译家叶君健校友在校期间，是当时校报《国立武汉大学周刊》最活跃的撰稿人之一，他的第一篇小说就发表在校报上；著名漫画家方成校友乐山时期在校报上发表了不少漫画作品；此外，著名经济学家董辅礽，著名数学家、原校长齐民友，著名哲学家、人文社科资深教授、原校长陶德麟，著名生物学家、中国科学院院士杨弘远等，负责过《新武大》的审阅或参加过编辑工作。

在新的历史时期，校报培养了更多的优秀学生记者和通讯员，很多人对在校报工作、实习或发表文章的经历难以忘怀，认为这种锻炼对他们一生的发展都有重要影响。郭齐勇教授大学期间在校报发表了很多文章，他说，校刊激励了同学们的写作热情，是学生成长的一个重要的阶梯与平台。周叶中教授大学期间是首届学生记者站站长，他认为在校报工作三年多，对他的成长影响非常大。此外，原光明日报湖北记者站站长夏斐、《珞珈赋》作者何五元、校友企业家陈作涛等都认为，在校报当学生记者的宝贵经历，对他们此后的人生道路至关重要。知名作家高伐林、王家新、邱华栋等，在校学习期间在校报发表过大量文学作品，他们一直把校报副刊作为自己文学起步的重要园地。

作为学校党委和行政的机关报，长期以来，校报坚持以科学的理论武装人，以正确的舆论引导人，以高尚的精神塑造人，以优秀的作品鼓舞人，为学校发展提供了强大的精神动力和舆论支持，起到了引导舆论、传承文化、凝聚共识、促进发展的重要作用。

近年来，校报坚持依靠学校党委的正确领导，坚持充实内涵重点发展的思路，坚持新闻工作的专业化制度化方向，坚持服务校内为主并提升宣传辐射功能，坚持提高编辑人员素质并依靠师生力量增强办报活力，办一流校报，展名校风采，取得了突出的办报成绩，一直走在全国高校前列。

在《武汉大学报》创刊百年之际，把校报的宝贵资源集中起来出版，有利于更好地梳理学校发展脉络，更好地传承武大精神，也一定能为校报今后的发展提供有益的思路。

骆郁廷

2017年4月

序

习近平总书记指出，新闻舆论工作者“要转作风改文风，俯下身、沉下心，察实情、说实话、动真情，努力推出有思想、有温度、有品质的作品”，要“讲好中国故事，传播好中国声音”。

中国故事，是展现中国发展与进步的优秀作品。国家的进步是由一件件生动鲜活的事件组成的，是由一个个平凡人物推动的。武大故事，就是波澜壮阔的中国故事中的精彩一幕。

如何讲述中国故事？创立于 1893 年、拥有 124 年校史的武汉大学，本身就是一个精彩的中国故事。悠久的历史、深厚的底蕴、辉煌的成就、优美的风光，如同一条流光溢彩的故事长廊。在迈向世界一流的征途中，武大人不断创造新故事，时时要求并鼓舞着我们，用心去发现，用笔去书写。

故事要有好讲法，才能成为好故事。如何让武大的故事更加精彩地呈现？重要的是解决好讲什么、如何讲的问题。讲什么，就是要胸怀大局、把握大势、着眼大事，找准切入点和着力点，反映学校的办学成就和发展变化，展示师生蓬勃向上的良好风貌。怎么讲，就是要真实、生动、鲜活地报道新闻，真实的故事最精彩，生动的故事打动人，鲜活的故事有力量。见人、见事、见思想、见精神，就是好故事。

《武汉大学报》等校内新闻媒体，一直致力于讲好武大故事。校报坚持在新闻报道中做到五“多”五“少”，即：多一点现场新闻，少一点会议报道；多一点热点新闻，少一点领导活动；多一点具体事件，少一点抽象成就；多一点精炼信息，少一点长篇大论；多一点动感图片，少一点呆板文字，致力于出新闻精品，办一流校报，展名校风采，走在全国高校前列。

在迎接《武汉大学报》创刊 100 周年之际，报社的编辑们选取近年来获得全国和省级新闻奖的优秀作品，辑录成集，并就其中部分作品进行了解析，回顾采编经过和花絮片段。

“中国高校好新闻奖”是全国高校最高新闻奖，由中国高校校报协会组织评选；“湖北新闻奖”是湖北省委省政府确定的湖北新闻界作品最高奖，由湖北省新闻工作者协会组织评选;“湖北高校新闻奖”是湖北高校最高新闻奖,由湖北省新闻工作者协会高校分会组织评选。武汉大学每年都会参评这些奖项,并取得好成绩。

通过辑录本书,我们更真切地体会到,优秀的新闻作品,都是“俯下身、沉下心”采写出来的“察实情、说实话、动真情”的作品;一篇篇精彩的描述,就是一个个动人的故事。

在这本书中,既有反映学校中心工作和办学成就的有力之作,也有描写日常工作和师生生活的鲜活新闻。这些获奖的消息、通讯、言论、标题、照片、版面和系列报道作品,展示了武汉大学的科研实力,描摹了武大学者的立体形象,反映了育人为本的各项举措,体现了各方面的发展变化和校园生活的多姿多彩,从不同角度凸显着一个重大而永恒的主题——让正气、让美好引领校园,为社会、为人类播送光明。

好故事,引人入胜,充满魅力。它们以生动鲜活的形象,展现色彩缤纷的峥嵘岁月,唱响主旋律,传递正能量;它们尽展武大流风甚美之传承、顶天立地之气魄,构筑出一张亮丽的“珞珈名片”。

当前,新媒体对传统新闻报刊出版的冲击是全方位的、深层次的。高校校报作为高校党委和行政机关报,作为中国报刊群体中的特殊一员,难免受到行业发展的影响。令人欣慰的是,在纸媒唱衰的大环境下,高校校报的出版规模持续保持稳定,发展态势健康良好,依然在高校中发挥着不可替代的作用。

从这本书中,我们可以看到武汉大学校报坚持正确的舆论导向和“三贴近”原则,在遵循新闻规律的基础上,以改革为动力,以创新为突破口,以融合发展为新增长点,努力实现新跨越。同时,也感受到了校报新闻人勇于担当、勇于创新、勤于耕耘的蓬勃气息。

可以说,本书收集的获奖作品,代表了湖北省乃至全国高校校报较高的办报水平,是武汉大学报社探索高校校报新闻规律和总结办报经验的一项丰硕成果,是武汉大学报发展的历史记录,折射了武汉大学教育发展与改革的闪光轨迹,既有历史意义,也有现实意义。

而作品后所附的评析文章,有的回顾了作品的采编过程,反映出记者编辑们为了采编好新闻,不断打磨、追求完美的态度;有的进一步揭示了作品的主题,阐发了作品的意义;有的分析了作品的写法,并介绍了某一类新闻的普遍特点,普及了新闻写作知识。撰写评析文章的过程,对于记者和编辑来说,是一次很好的总结工作、深入学习、自我提升的过程,对其他新闻宣传工作者也有一定的启发和借鉴意义,对于今后的新闻报道工作也一定能发挥积极的促进作用。

精雕细琢当出精品，精益求精不负公众。校园媒体的新闻人，要把自己当成一个“工匠”，把新闻作品当成艺术品，以匠人的态度用心呵护作品的生命。唯其如此，才能把武大故事讲得越来越精彩，用更多的武大好故事去感染更多的人。

刘春江

2017 年 4 月

目　录

新闻奖获奖作品名单(2011—2014年)

中国高校好新闻奖…………………………………………………………… 3
湖北新闻奖…………………………………………………………………… 5
湖北高校新闻奖……………………………………………………………… 6

消息类

武汉大学新增五位院士 ………………………………………………… 17
省委书记李鸿忠与学子共度团日 ……………………………………… 19
习近平视察武大科研工作 ……………………………………………… 22
院士领衔五教授联袂为新生讲课 ……………………………………… 24
美国化学会向张俐娜颁发安塞姆·佩恩奖 …………………………… 26
武大系统捕获雅安地震信号 …………………………………………… 28
解决桥梁检修世界性难题 ……………………………………………… 30
张俐娜获国际化学顶级大奖 …………………………………………… 32
青藏高原领土"走失"知多少 ……………………………………………… 34
《自然》子刊首绘蝎子基因组图谱 ……………………………………… 36
PANDA 软件揭示日本地震精确位移量………………………………… 38
武大担纲国家环保法修改研究 ………………………………………… 40
胡锦涛视察我校科技成果转化企业成果 ……………………………… 42
飞向世界名校 …………………………………………………………… 44
面向海内外招聘院系"掌门人" ………………………………………… 46
助力"天宫""神舟"飞天 ………………………………………………… 48
博士生破解西药合成世界性难题 ……………………………………… 49

通讯类

弘毅学堂探班记 …… 53
思政课的时尚魅力 …… 57
九房沟的春天 …… 61
快来社团当学霸 …… 66
学分制改革：探索中前行 …… 70
“他是我的一位挚友” …… 75
大爱珞珈 …… 78
麻辣期末考 …… 84
自强不息珞珈魂 …… 87
那些在云端的神课 …… 93
性教育，欲说还休 …… 97
点名这件“小”事 …… 101
校园里的早起鸟 …… 104
听课制助力本科教学 …… 106
朱玉贤：珞珈山上再出征 …… 108
库尔班江在追梦 …… 111

言论类

教师队伍建设要瞄准“世界一流” …… 117
做好改革这篇大文章 …… 120
大学与大树 …… 122
大写的爱 …… 124
乘势而上　再创佳绩 …… 126
依宪治国　依法治校 …… 129
向“时尚型男”进一言 …… 131
与时俱进学雷锋 …… 133
让学生好就业就好业 …… 135
用行动诠释责任和理想 …… 137
烛光点亮梦想 …… 139
理性看待樱花门票 …… 141
“武大梦”归根到底是“人才梦” …… 143

标题类

就业形势好　毕业生很“刁” …… 147
墓葬新解让古代图像“说话” …… 149
我校与武汉市“牵手连芯” …… 151
向虎雏“牵”来一批辛亥文物 …… 153
杂交水稻国家重点实验室获批共建 …… 155
全球率先破解夜盲之谜 …… 157
母亲文化与女性学成焦点 …… 158

照片类

协同创新育水稻 …… 161
网坛一姐 VS 晓红哥 …… 163
她开始微笑了 …… 165
冰上作业 …… 167
嗨，“升级”了 …… 169
开学第一课 …… 171
关照中国人的“饭碗” …… 173
最好的“药” …… 175
塑学府之魂 …… 177
台媒万里访樱花 …… 179
十载“世博会” …… 181

版面类

1235-1 …… 185
1274-3 …… 187
1304-3 …… 189
1256-1 …… 191
1271-1 …… 193
1276-3 …… 195
1283-3 …… 197
1293-2 …… 199
1315-1 …… 201

1347-1 …… 203
1311-1 …… 205
1346-3 …… 206
1348-1 …… 207
1349-3 …… 208
1304-2 …… 209

系列报道类

樱花喜忧录…… 213
团队的力量…… 217
学子看世界…… 226
书，带你去远方…… 237
毕业时节…… 244
质量正前方…… 251
向杨昌林学习…… 262
寻找珞珈红色记忆…… 266
回眸 2011 …… 275
学习雷锋…… 284
美在珞珈…… 287
遥感新成就…… 295
一线见闻…… 300
时间都去哪儿了…… 305
樱花季…… 311

后记…… 316

新闻奖获奖作品名单

（2011—2014 年）

中国高校好新闻奖

一等奖(10件)

2011年

1.《武汉大学新增五位院士》，消息类，《武汉大学报》第1257期，2011年12月9日，作者：杨欣欣、陈丽霞，编辑：杨欣欣

2.《弘毅学堂探班记》，通讯类，《武汉大学报》第1226期，2011年3月11日，作者：付晓歌，编辑：肖珊

3.《思政课的时尚魅力》，通讯类，《武汉大学报》第1247期，2011年9月30日，作者：肖珊，编辑：杨欣欣

2012年

4.《省委书记李鸿忠与学子共度团日》，消息类，《武汉大学报》第1273期，2012年5月11日，作者：杨欣欣，编辑：陈丽霞

2013年

5.《习近平视察武大科研工作》，消息类，《武汉大学报》第1314期，2013年9月10日，作者：付晓歌、吴江龙、黄文超、杨雪，编辑：杨欣欣、付晓歌

6.《九房沟的春天》，通讯类，《武汉大学报》第1313期，2013年7月5日，作者：冯林，编辑：肖珊

2014年

7.《快来社团当学霸》，通讯类，《武汉大学报》第1342期，2014年10月24日，作者：肖珊、黄佳慧，编辑：杨欣欣

二等奖(4件)

2011年

8. 1235-1，版面类，《武汉大学报》第1235期，2011年5月13日，编辑：杨欣欣、陈丽霞

2012年

9.《学分制改革：探索中前行》，通讯类，《武汉大学报》第1283期一版，2012年9月21日，作者：付晓歌，编辑：杨欣欣

10.《“他是我的一位挚友”》，通讯类，《武汉大学报》第1287期，2012年10

月19日，作者：陈丽霞，编辑：杨欣欣

2013年

11.《协同创新育水稻》，新闻摄影类，《武汉大学报》第1306期，2013年5月10日，摄影、报道：黄文超，编辑：付晓歌

三等奖(6件)

2012年

12.《教师队伍建设要瞄准"世界一流"》，言论类，《武汉大学报》第1266期，2012年3月9日，作者：路涛(肖珊)，编辑：冯林

13. 1274-3，版面类，《武汉大学报》第1274期，2012年5月18日，编辑：肖珊

2013年

14.《做好改革这篇大文章》，言论类，《武汉大学报》第1297期，2013年1月15日，作者：杨欣欣，编辑：付晓歌

15. 1304-3，版面类，《武汉大学报》第1304期，2013年4月19日，编辑：肖珊

2014年

16.《院士领衔五教授联袂为新生讲课》，消息类，《武汉大学报》第1342期，2014年10月24日，作者：严航，编辑：杨欣欣

17.《网坛一姐VS晓红哥》，照片类，《武汉大学报》第1341期，2014年10月17日，摄影：张然，报道：肖珊，编辑：杨欣欣

湖北新闻奖

三等奖(7 件)

2011 年

18.《武汉大学新增五位院士》，消息类，《武汉大学报》第 1257 期，2011 年 12 月 9 日，作者：杨欣欣、陈丽霞，编辑：杨欣欣

2012 年

19.《美国化学会向张俐娜颁发安塞姆·佩恩奖》，消息类，《武汉大学报》第 1270 期，2012 年 4 月 13 日，作者：冯林，编辑：杨欣欣

2013 年

20.《大学与大树》，言论类，《武汉大学报》第 1302 期，2013 年 3 月 29 日，作者：杨欣欣，编辑：付晓歌

21.《武大系统捕获雅安地震信号》，消息类，《武汉大学报》第 1305 期，2013 年 4 月 26 日，作者：高柯夫，编辑：付晓歌

2014 年

22.《解决桥梁检修世界性难题》，消息类，《武汉大学报》第 1342 期，2014 年 10 月 24 日，作者：吴江龙、杨汉诚，编辑：杨欣欣

23.《快来社团当学霸》，通讯类，《武汉大学报》第 1342 期，2014 年 10 月 24 日，作者：肖珊、黄佳慧，编辑：杨欣欣

湖北高校新闻奖

一等奖(52件)

2011年

24.《张俐娜获国际化学顶级大奖》，消息类，《武汉大学报》第1230期，2011年4月8日，作者：张全友，编辑：杨欣欣

25.《大爱珞珈》，通讯类，《武汉大学报》第1252期，2011年11月11日，作者：杨欣欣、王中全，编辑：陈丽霞

26.《大写的爱》，言论类，《武汉大学报》第1227期，2011年3月18日，作者：本报特约评论员(杨欣欣)，编辑：陈丽霞

27.《就业形势好毕业生很"刁"》，标题类，《武汉大学报》第1226期，2011年3月11日，作者：肖珊、付晓歌，编辑：杨欣欣

28.《她开始微笑了》，照片类，《武汉大学报》第1227期，2011年3月18日，摄影：杜巍巍，报道：杜巍巍，编辑：冯林

29. 1256-1，版面类，《武汉大学报》第1256期，2011年12月2日，编辑：杨欣欣、陈丽霞

30.《樱花喜忧录》，系列报道类(组合报道)，《武汉大学报》第1228期，2011年3月25日，作者：赵海燕、路庆凯、姚茜，编辑：肖珊

2012年

31.《团队的力量》，系列报道类，代表作品：《潜心笃志修大典》，《武汉大学报》第1245期，2011年9月16日，作者：陈丽霞；《常忧国家质量之忧》，《武汉大学报》第1253期，2011年11月18日，作者：付晓歌；《"交叉"走出"创新"路》，《武汉大学报》第1255期，2012年11月25日，作者：付晓歌。编辑：杨欣欣、肖珊

32.《美国化学会向张俐娜颁发安塞姆·佩恩奖》，消息类，《武汉大学报》第1270期，2012年4月13日，作者：冯林，编辑：杨欣欣

33.《省委书记李鸿忠与学子共度团日》，消息类，《武汉大学报》第1273期，2012年5月11日，作者：杨欣欣，编辑：陈丽霞

34.《麻辣期末考》，通讯类，《武汉大学报》第1262期，2012年1月13日，作者：文苑，编辑：肖珊

35.《“他是我的一位挚友”》，通讯类，《武汉大学报》第1287期，2012年10月19日，作者：陈丽霞，编辑：杨欣欣

36.《乘势而上 再创佳绩》，言论类，《武汉大学报》第1263期，2012年2月17日，作者：本报特约评论员(杨欣欣)，编辑：陈丽霞

37.《墓葬新解让古代图像“说话”》，标题类，《武汉大学报》第1270期，2012年4月13日，作者：王怀民，编辑：冯林

38.《我校与武汉市“牵手连芯”》，标题类，《武汉大学报》第1280期，2012年6月29日，作者：付晓歌，编辑：陈丽霞

39.《向虎雏“牵”来一批辛亥文物》，标题类，《武汉大学报》第1287期，2012年10月19日，作者：蒋太旭、向菲，编辑：冯林

40.《冰上作业》，照片类，《武汉大学报》第1271期，2012年4月20日，摄影：杜玉军，报道：张文燕，编辑：陈丽霞

41.《嗨，“升级”了》，照片类，《武汉大学报》第1276期，2012年6月1日，摄影、报道：王凯、王琤、崔梦欣，编辑：杨欣欣

42.《开学第一课》，照片类，《武汉大学报》第1284期，2012年9月28日，摄影、报道：蒋明，编辑：肖珊

43. 1271-1，版面类，《武汉大学报》第1271期，2012年4月20日，编辑：陈丽霞

44. 1276-3，版面类，《武汉大学报》第1276期，2012年6月1日，编辑：肖珊

45. 1283-3，版面类，《武汉大学报》第1283期，2012年9月21日，编辑：肖珊

46. 1293-2，版面类，《武汉大学报》第1293期，2012年12月7日，编辑：冯林

47.《学子看世界》，系列报道类，代表作品：《在台湾当交换生》，《武汉大学报》第1271期，2012年4月20日，作者：刘抒曼；《工科男在安哥拉》，《武汉大学报》第1272期，2012年4月27日，作者：肖珊；《一个人的巴黎》，《武汉大学报》第1295期，2012年12月21日，作者：洪雅笠。编辑：杨欣欣、肖珊

2013年

48.《青藏高原领土“走失”知多少》，消息类，《武汉大学报》第1299期，2013年3月8日，作者：彭蛟，编辑：付晓歌

49.《武大系统捕获雅安地震信号》，消息类，《武汉大学报》第1305期，2013

年4月26日，作者：高柯夫，编辑：付晓歌

50.《习近平视察武大科研工作》，消息类，《武汉大学报》第1314期，2013年9月10日，作者：付晓歌、吴江龙、黄文超、杨雪，编辑：杨欣欣

51.《九房沟的春天》，通讯类，《武汉大学报》第1313期，2013年7月5日，作者：冯林，编辑：肖珊

52.《自强不息珞珈魂》，通讯类，《武汉大学报》第1319期，2013年12月13日，作者：杨欣欣，编辑：肖珊

53.《大学与大树》，言论类，《武汉大学报》第1302期，2013年3月29日，作者：杨欣欣，编辑：付晓歌

54.《关照中国人的“饭碗”》，照片类，《武汉大学报》第1304期，2013年4月19日，摄影：薛云，报道：冯林，编辑：杨欣欣

55.《协同创新育水稻》，照片类，《武汉大学报》第1306期，2013年5月10日，摄影、报道：黄文超，编辑：付晓歌

56.《最好的“药”》，照片类，《武汉大学报》第1316期，2013年10月15日，摄影：陈菁，报道：高翔，编辑：肖珊

57. 1315-1，版面类，《武汉大学报》第1315期，2013年9月27日，编辑：付晓歌

58.《书，带你去远方》，系列报道类(组合报道)，《武汉大学报》第1305期，2013年4月26日，作者：徐雅璇、刘桂红、周丹、姚裕瑞、吕斐洋、叶子，编辑：肖珊

59.《毕业时节》，系列报道类，代表作品：《最后一课》，《武汉大学报》第1310期，2013年6月7日，作者：李倩岚、张永；《最美瞬间》，《武汉大学报》第1311期，2013年6月21日，作者：汪泉、洪燕；《心，永远停留在这里》，《武汉大学报》第1312期，2013年6月28日，作者：王彦忻、苏靖尧。编辑：严航、肖珊

2014年

60.《自然子刊首绘蝎子基因组图谱》，消息类，《武汉大学报》第1321期，2014年1月10日，作者：杨欣欣，编辑：付晓歌

61.《解决桥梁检修世界性难题》，消息类，《武汉大学报》第1342期，2014年10月24日，作者：吴江龙、杨汉诚，编辑：杨欣欣

62.《那些在云端的神课》，通讯类，《武汉大学报》第1324期，2014年2月28日，作者：黄佳慧、吴嘉思、周丹，编辑：肖珊、严航

63.《快来社团当学霸》，通讯类，《武汉大学报》第1342期，2014年10月24

日，作者：肖珊、黄佳慧，编辑：杨欣欣

64.《依宪治国　依法治校》，言论类，《武汉大学报》第 1348 期，2014 年 12 月 12 日，作者：立雪(杨欣欣)，编辑：付晓歌

65.《网坛一姐 VS 晓红哥》，照片类，《武汉大学报》第 1341 期，2014 年 10 月 17 日，摄影：张然，报道：肖珊，编辑：杨欣欣

66. 1347-1，版面类，《武汉大学报》第 1347 期，2014 年 12 月 5 日，编辑：付晓歌

67.《质量正前方》，系列报道类，代表作品：《为“梦之队”筑梦》，《武汉大学报》第 1340 期，2014 年 9 月 26 日，作者：肖珊、李琳；《今天，你“慕课”了吗?》《武汉大学报》第 1343 期，2014 年 10 月 31 日，作者：肖安东、王友富、袁劲；《“三维融合”育人才》，《武汉大学报》第 1348 期，2014 年 12 月 12 日，作者：严航、陈琛、肖安东。编辑：杨欣欣、付晓歌

二等奖(49 件)

2011 年

68.《PANDA 软件揭示日本地震精确位移量》，消息类，《武汉大学报》第 1228 期，2011 年 3 月 25 日，作者：李陶、王广兴，编辑：陈丽霞

69.《武大担纲国家环保法修改研究》，消息类，《武汉大学报》第 1232 期，2011 年 4 月 22 日，作者：陈丽霞，编辑：杨欣欣

70.《胡锦涛视察我校科技成果转化企业成果》，消息类，《武汉大学报》第 1239 期，2011 年 6 月 10 日，作者：姚实(杨旭)，编辑：陈丽霞

71.《弘毅学堂探班记》，通讯类，《武汉大学报》第 1226 期，2011 年 3 月 11 日，作者：付晓歌，编辑：肖珊

72.《性教育，欲说还休》，通讯类，《武汉大学报》第 1233 期，2011 年 4 月 29 日，作者：高朋，编辑：肖珊

73.《向“时尚型男”进一言》，言论类，《武汉大学报》第 1255 期，2011 年 11 月 25 日，作者：赵海燕、屈伟强，编辑：肖珊

74.《朱英国院士牵手袁隆平院士　杂交水稻国家重点实验室获批共建》，标题类，《武汉大学报》第 1230 期，2011 年 4 月 8 日，作者：杨雪，编辑：杨欣欣

75. 1235-1，版面类，《武汉大学报》第 1235 期，2011 年 5 月 13 日，编辑：杨欣欣、陈丽霞

76.《向杨昌林学习》，系列报道类(组合报道)，《武汉大学报》第 1227 期，

2011年3月18日，作者：杨欣欣、张全友、特约评论员，编辑：杨欣欣、陈丽霞

77.《寻找珞珈红色记忆》，系列报道类，代表作品：《献身马克思主义中国化》，《武汉大学报》第1235期，2011年5月13日，作者：冯林；《筑牢革命堡垒》，《武汉大学报》第1240期，2011年6月17日，作者：田业胜；《奋不顾身殉国家之急》，《武汉大学报》第1243期，2011年7月8日，作者：李静。编辑：杨欣欣、田业胜

2012年

78.《飞向世界名校》，消息类，《武汉大学报》第1276期，2012年6月1日，作者：付晓歌，编辑：陈丽霞

79.《面向海内外招聘院系“掌门人”》，消息类，《武汉大学报》第1295期，2012年12月21日，作者：付晓歌，编辑：杨欣欣

80.《点名这件“小”事》，通讯类，《武汉大学报》第1271期，2012年4月20日，作者：叶子、周丹、陈怡蓓，编辑：肖珊

81.《学分制改革：探索中前行》，通讯类，《武汉大学报》第1283期一版，2012年9月21日，作者：付晓歌，编辑：杨欣欣

82.《教师队伍建设要瞄准“世界一流”》，言论类，《武汉大学报》第1266期，2012年3月9日，作者：路涛(肖珊)，编辑：杨欣欣

83.《与时俱进学雷锋》，言论类，《武汉大学报》第1266期，2012年3月9日，作者：本报特约评论员(杨欣欣)，编辑：陈丽霞

84.《全球率先破解夜盲之谜》，标题类，《武汉大学报》第1276期，2012年6月1日，作者：杜巍巍，编辑：陈丽霞

85.《塑学府之魂》，照片类，《武汉大学报》第1294期，2012年12月14日，摄影：冯林、马睿，报道：冯林，编辑：杨欣欣

86.《回眸2011》，系列报道类(组合报道)，《武汉大学报》第1261期，2012年1月6日，作者：杨欣欣、陈丽霞、肖珊、付晓歌，编辑：杨欣欣、肖珊

87.《学习雷锋》，系列报道类(组合报道)，《武汉大学报》第1266期，2012年3月9日，作者：杨欣欣、陈丽霞、黄鑫，编辑：杨欣欣、陈丽霞

88.《美在珞珈》，系列报道类，代表作品：《山水情，武大魂》，《武汉大学报》第1271期，2012年4月20日，作者：宋晓东；《大学之华》，《武汉大学报》第1272期，2012年4月27日，作者：董静雪；《唯美之境》，《武汉大学报》第1275期，2012年5月25日，作者：徐爱珍。编辑：田

业胜

2013年

89.《助力"天宫""神舟"飞天》,消息类,《武汉大学报》第1312期,2013年6月28日,作者:张亮、古桂婷,编辑:付晓歌

90.《校园里的早起鸟》,通讯类,《武汉大学报》第1298期,2013年3月1日,作者:李清华、龚正媛,编辑:肖珊

91.《听课制助力本科教学》,通讯类,《武汉大学报》第1317期,2013年10月25日,作者:严航,编辑:肖珊

92.《做好改革这篇大文章》,言论类,《武汉大学报》第1297期,2013年1月15日,作者:杨欣欣,编辑:付晓歌

93.《台媒万里访樱花》,照片类,《武汉大学报》第1302期,2013年3月29日,摄影:韩江波,报道:韩江波,编辑:冯林

94. 1304-3,版面类,《武汉大学报》第1304期,2013年4月19日,编辑:肖珊

95. 1311-1,版面类,《武汉大学报》第1311期,2013年6月21日,编辑:付晓歌

96.《遥感新成就》,系列报道类,代表作品:《航天梦 "北斗"情》,《武汉大学报》第1297期,2013年1月15日,作者:付晓歌;《移动测量技术助力青藏铁路》,《武汉大学报》第1300期,2013年3月15日,作者:肖珊;《构建数字敦煌》,《武汉大学报》第1301期,2013年3月22日,作者:冯林。编辑:杨欣欣、肖珊

97.《一线见闻》,系列报道类,代表作品:《张院士的开学第一课》,《武汉大学报》第1299期,2013年3月8日,作者:吕思思、马亮;《边吃边聊的写作课》,《武汉大学报》第1301期,2013年3月22日,作者:朱瑾东;《围坐草坪咏珞珈》,《武汉大学报》第1304期,2013年4月19日,作者:李清华。编辑:肖珊

2014年

98.《博士生破解西药合成世界性难题》,消息类,《武汉大学报》第1331期,2014年4月25日,作者:秦后国、徐芳琳,编辑:严航

99.《朱玉贤:珞珈山上再出征》,通讯类,《武汉大学报》第1330期,2014年4月18日,作者:付晓歌,编辑:杨欣欣

100.《库尔班江在追梦》,通讯类,《武汉大学报》第1337期,2014年6月20日,作者:吴江龙、张然,编辑:杨欣欣

101.《让学生好就业就好业》，言论类，《武汉大学报》第1326期，2014年3月14日，作者：杨欣欣，编辑：付晓歌

102.《十载“世博会”》，照片类，《武汉大学报》第1347期，2014年12月5日，摄影：伍乐毅、沈双宏、王志明，报道：贾凡姝，编辑：肖珊

103. 1346-3，版面类，《武汉大学报》第1346期，2014年11月28日，编辑：肖珊

104. 1348-1，版面类，《武汉大学报》第1348期，2014年12月12日，编辑：付晓歌

105. 1349-3，版面类，《武汉大学报》第1349期，2014年12月19日，编辑：肖珊

106.《时间都去哪儿了》，系列报道类，代表作品：《主页君的时间表》，《武汉大学报》第1327期，2014年3月21日，作者：陈雨龙、黄佳慧；《观鸟的情趣》，《武汉大学报》第1331期，2014年4月25日，作者：王楠、黄佳慧；《珞珈24小时》，《武汉大学报》第1348期，2014年12月12日，摄影：梁峻滔、伍乐毅、贺凡、吴思怡，文字：张鲲翼、刘瑞、余西妮。编辑：严航、肖珊

107.《樱花季》，系列报道类(组合报道)，《武汉大学报》第1328期，2014年3月28日，作者：王楠、李衡、王艳芳、姜朝晖，摄影：庄振华，编辑：严航

三等奖(14件)

2011年

108.《思政课的时尚魅力》，通讯类，《武汉大学报》第1247期，2011年9月30日，作者：肖珊，编辑：杨欣欣

109.《用行动诠释责任和理想》，言论类，《武汉大学报》第1257期，2011年12月9日，作者：廖盛芳、吴桦桦(肖珊)，编辑：杨欣欣

110.《我校执论坛牛耳　母亲文化与女性学成焦点》，标题类，《武汉大学报》第1236期，2011年5月20日，作者：高朋，编辑：冯林

2012年

111.《烛光点亮梦想》，言论类，《武汉大学报》第1271期，2012年4月20日，作者：本报特约评论员(杨欣欣)，编辑：陈丽霞

2013年

112.《理性看待樱花门票》，言论类，《武汉大学报》第1301期，2013年3月

22日，作者：张发林，编辑：肖珊

113. 1304-2，版面类，《武汉大学报》第1304期，2013年4月19日，编辑：冯林

2014年

114.《院士领衔五教授联袂为新生讲课》，消息类，《武汉大学报》第1342期，2014年10月24日，作者：严航，编辑：杨欣欣

115.《“武大梦”归根到底是“人才梦”》，言论类，《武汉大学报》第1337期，2014年6月20日，作者：本报特约评论员(杨欣欣)，编辑：付晓歌

消　息　类

武汉大学新增五位院士

本报讯(记者杨欣欣、陈丽霞)12月8日、9日，中国工程院、中国科学院先后公布2011年院士增选名单，武汉大学新增5位院士。其中，张俐娜、龚健雅、舒红兵当选为中国科学院院士，李晓红、李建成当选为中国工程院院士。

至此，我校院士总数增至16位，居全国高校前列，其中科学院院士7名、工程院院士9名(含两院院士1名)。

我校今年院士增选结果呈现几个特点：增选数创历史新高，科学院、工程院都有新增。一批20世纪50年代、60年代出生的教授进入院士行列，院士年龄结构更加优化，其中舒红兵44岁，是我校今年新增院士中最年轻的；李建成46岁，是中国工程院今年新增院士中最年轻的。院士所在学科覆盖面更广，其中测绘学科6人(其中1人为两院院士)、生命科学学科3人、化学学科3人、水利工程学科2人、矿业工程学科1人，在若干优势学科形成了院士群，进一步巩固和增强了一些优势学科的优势。张俐娜是中国科学院今年新增院士中唯一的女性，也是武大历史上第一位女院士。

武漢大學報
WUHAN UNIVERSITY WEEKLY
全国优秀博士论文武大两篇入选
李德仁院士指导的论文第五次获评
武汉大学新增五位院士
新增院士简介
“最孝博士”黄碧海感动珞珈
不离不弃唤醒母亲
湖北省委省政府 贺信
团结起来 振兴武大
湖北日报四个整版刊登《百年珞珈开新篇》
120周年校庆建设年正式启动
桂希恩获中央统战部等单位联合表彰
我校与多家地方单位共商文化强省
校长倾听辅导员心声

我校新增院士中，张俐娜属化学部，龚健雅属地学部，舒红兵属生命科学学部，李晓红属能源与矿业工程学部，李建成属土木、水利与建筑工程学部。此次中国科学院共增选 51 人，工程院共增选 54 人。

另据悉，此次武汉大学还有两位校友当选院士，其中万卫星当选为中国科学院院士。万卫星，男，1958 年 7 月生，1982 年毕业于武汉大学电波传播专业，现为中国科学院地质与地球物理研究所研究员。康绍忠当选为中国工程院院士。康绍忠，男，1962 年 11 月生，1982 年 7 月毕业于武汉水利电力大学，现为中国农业大学水利与土木工程学院教授。

（中国高校好新闻奖一等奖、湖北新闻奖三等奖，《武汉大学报》第 1257 期一版，2011 年 12 月 9 日，作者：杨欣欣、陈丽霞，编辑：杨欣欣）

【记者手记】

这则消息对于高校而言，无疑是一篇“重磅”稿件。一次新增五名院士，是作为百年名校的武汉大学历史上从未有过的，在全国也很少见。所以，面对这类可遇而不可求的重大主题，一定要把握住机会，仔细斟酌内容和写法，写就一篇高质量的消息。

消息的结构分为很多种，本文采用的是较为常见的递进式结构。在这类结构中，消息的材料安排按一定的标准，由表及里、由略到详或由浅入深，这样层层递进揭示其新闻价值。

首先我们来看导语部分。导语是消息的开头部分，用来说明消息的要点与精华、发挥导读作用。本文的导语为陈述式，直截了当告诉读者，武汉大学哪几位学者当选了院士，其中哪几位当选中国科学院院士，哪几位当选中国工程院院士。

其次是消息的正文部分，正文是消息结构中紧跟导语的部分，对导语中已经披露的新闻要素作进一步的解释、补充与叙述。在这部分，作者并不只是简单地一一介绍增选的院士，而是从增选数量、年龄结构、学科结构以及性别等方面，用很大篇幅分析了增选的几个特点，以及此次增选对于学校院士结构和学科建设的重大影响。当然，这些带有分析性质的内容，由于涉及的主题重大，作者在增选消息正式公布前，提前与相关校领导和专家充分沟通和了解情况后，才撰写而成。这段内容，扩大了这篇消息的信息量，使消息变得“有血有肉”。

最后，在消息的结语部分，介绍了学校两名校友也于当年当选为院士，这属于相关新闻背景，以此新闻背景作自然结尾也恰到好处。切记消息的结尾一般要做到紧扣主题，不能画蛇添足；要力求精练，切忌空谈阔论，力避重复、啰唆；要自然，忌生硬。有些消息并无结尾，事实说完了，也就结束了。

让金色的种子长成参天大树

省委书记李鸿忠与学子共度团日

本报讯(记者杨欣欣)“迟日江山丽，春风花草香。”5月的珞珈，处处充溢着春天蓬勃的气息。“五四”青年节前夕，湖北省委书记李鸿忠来到大学生中，共度主题团日。

此次活动的主角，是动力与机械学院2008级材料二班团支部。4月18日，团支部写信给李鸿忠，汇报成长经历，邀请他来武大参加支部的活动。李鸿忠欣然应允，与省委副书记张昌尔，省委常委、秘书长，省人大常委会副主任李春明，省委副秘书长岳勇，团省委书记朱厚伦、副书记吴朝安等一道，兴致勃勃地来到武大。校党委书记李健、校长李晓红、党委副书记王传中等一起参加了活动。

武漢大學報

WUHAN UNIVERSITY WEEKLY

积极参与长江中游城市集群建设

武大与江西省政府签署全面合作协议

省委书记李鸿忠与学子共度团日

让金色的种子长成参天大树

我校两度获评全国五四红旗团委

张谢赴京参加纪念建团90周年大会

吴奇凌被评为全国优秀共青团干部

校友董欣年当选美科学院院士

我校新增三门精品视频公开课选题

乘势而上，高举团旗跟党走 再创佳绩，青春建功促跨越

学校党委中心组获湖北省委表彰

“名师上讲台”再成焦点

——“教授为本科生授课”三人谈

基层组织建设年：第一阶段工作“回头看”

听了支部的5位同学与大家分享“给未来自己的一封信”，畅想20年后的自己，李鸿忠非常高兴。他说，今年正好是他大学毕业30年，看到即将毕业走上工作岗位的大学生，不禁想起了当年的自己，心情十分激动。他有三个感慨：第一，武大学生理想高远、定位实际、知识扎实。“你们有金色的理想和彩色的梦想，又有扎实的基础和踏实的设想，足以担当起党和人民交与的重任。”第二，武大学生注重实践，专业学习紧密结合社会实际，

切合国家经济社会发展的需要。第三，武大学生综合素质如此之高，反映了武汉大学作为百年名校，教育改革与创新是成功的。“有这样优秀的青年人才，不断充实到我们国家的各条战线、各个岗位，让我们对中华民族的复兴和崛起有了更加坚定的信心。”

李鸿忠对广大青年学子提出五点希望：一要立志高远。“理想是人生航程的灯塔，是人生之路的核动力。”首先必须有坚定的信仰，才会有为中国特色社会主义事业毕生奉献的不竭动力。二要勇于担当。大学生作为时代的优秀分子，应该对国家、民族乃至全人类有更大的担当；任何伟大的事业，都是经历了无数艰难险阻才获得成功的，因此应该具有克服一切困难的勇气。三要勤于实践。人就像一块材料，只有在实践中才能发挥作用。实践，必须踏踏实实，不吝时间，不惜青春。“今天大家在这里畅谈理想，播下了金色的种子；只有真正走上社会，在实际工作中才能实现自己对人生的设计。”四要自信自强。“人不自信，谁人信之。”即将走上工作岗位的大学生，只有满怀信心，才会有攻坚克难的勇气、开拓创新的锐气。五要心灵茁壮。处在瞬息万变的时代，大学生要正确认识所处的环境，保持心灵的强势，用精神的力量战胜未来可能碰到的任何艰难险阻。

其言也谆谆，其情也殷殷。省委书记语重心长的嘱咐，让在场大学生，也让通过视频观看实况的更多学子，温暖与感动涌流，希望与信心倍增。

窗外，新雨过后，空气格外清新。正是播种季节，“老大学生”和年轻学子共同期盼，金色的种子在峥嵘岁月里萌芽，开花，结果……

（中国高校好新闻奖一等奖、湖北高校新闻奖一等奖，《武汉大学报》第1273期一版，2012年5月11日，编辑：陈丽霞）

【采编手记】

时任省委书记李鸿忠曾多次走进武大校园，和大学生论形势、讲政策、谈人生。在“五四”青年节前夕，省委书记来校与学子共度主题团日，这属于重大主题的消息。而本文的特点，一是题材重大，二是文笔清新。全文庄重简洁而富有文采，既凸显了省委书记的思想、语言高度，也描绘了省委书记与学子的融洽互动氛围；用“赋比兴”的手法，以季候、环境的描写衬托新闻内容，获得了“文似看山不喜平”的效果。

一个突出之点是，这篇消息对领导讲话的报道，不是像常规的领导活动报道那样，正儿八经地写省委书记“指出”“强调”“希望”，而是以直接引语和间接引语交错运用的方式，将领导讲话娓娓道来，变得亲切、平易，让读者喜闻乐见。

让我们跟随作者，一同领略这篇消息的妙处：导语以一句描绘春日景色的诗句开头，奠定了整篇报道明快活泼的格调。第二段交代了这次活动的缘起。第三段和第四段详细讲述了活动内容以及省委书记的感慨和对学子的希望。最后两段采用点睛式写法，用抒情的语调、优美的文辞来表达，用“播种季节”的当下情境暗喻大学生正处于成长中的青春年华，恰到好处地点明和深化了新闻主题。

值得注意的是，撰写消息末尾时，切记以下几点：要顺势而行，既不要草率收尾，也不要拖泥带水；要紧扣事实，不可离开事实作一大堆空泛议论；要增添信息，不要重复啰唆。

习近平视察武大科研工作

本报讯(记者付晓歌、吴江龙　通讯员黄文超、杨雪)日前，中共中央总书记、国家主席、中央军委主席习近平先后来到光谷展示中心和杂交水稻国家重点实验室武汉大学鄂州试验基地视察工作，对我校科研工作给予高度评价，并指出科技是国家强盛之基。

7月21日下午，习近平来到光谷展示中心观看了光纤通信、3D打印、生物质能源、地球空间信息产业等创新成果展示。刘经南院士向习近平介绍了北斗的适用领域、产业化、高精度应用情况和我校自主研发的核心芯片等科技成果。总书记看完系列成果展示后感到很欣慰。他说，一个国家只是经济体量大，还不能代表强。我们是一个大国，在科技创新上要有自己的东西。一定要坚定不移走中国特色自主创新道路，培养和吸引人才，推动科技和经济紧密结合，真正把创新驱动发展战略落到实处。国家富强靠自主创新、靠技术、靠人才，科技是国家强盛之基。

武汉大学报

WUHAN UNIVERSITY WEEKLY

教师节：尊师重教　立德树人

习近平视察武大科研工作

强调科技是国家强盛之基

舒红兵任武汉大学副校长

应惟伟任校党委常委、总会计师

济学助教爱校情

校友掀起新一轮捐资热潮

120周年校庆

倒计时

80天

梦在心中，路在脚下

——暑期干部培训班印象

22日，习近平在杂交水稻国家重点实验室武汉大学鄂州试验基地，察看了武汉大学红莲型杂交稻和稻种。来到绿油油的杂交水稻试验田，总书记十分高兴，仔细询问了红莲型杂交水稻的产量和米质，拔起一棵稻苗察看分蘖情况，夸奖“很壮实”。总书记还仔细察看了武汉大学红莲型杂交稻的稻种，说种子成色很好。当听说我校朱英国院士团队负责培育的杂交稻良种累计推广亿亩以上，总书记说，您辛苦了，感谢你们作的贡献，希望继续努力。粮食安全要靠自己。总书记对朱英国提出的高产、优质、广适和生态四性均衡红莲型杂交水稻发展理念给予肯定。

习近平的讲话引起我校师生强烈反响，大家纷纷表示将认真学习讲话精神，并贯彻落实到工作学习中。

（中国高校好新闻奖一等奖、湖北高校新闻奖一等奖，《武汉大学报》第1314期一版，2013年9月10日，编辑：杨欣欣、付晓歌）

【采编手记】

这篇消息最重要的特点是题材重大。习近平总书记到光谷展示中心和杂交水稻国家重点实验室武汉大学鄂州试验基地视察工作，这个事件本身对武汉大学来说是极其重要的。当时是暑假，而且学校并未派出记者到现场采访。接到报道任务后，几位作者立即分头搜集媒体的相关报道和背景材料，对有关知情人士展开了细致的采访。

对这种重大新闻的写作，记者和编辑都高度重视。当时的实际情况是，习总书记分别视察了两个点，校园网上分别发表了两篇消息进行报道。编辑校报时，版面编辑将两篇报道合二为一，首先就是精心构思稿件的结构，力求以最适宜的方式来表达新闻的内容。

消息的导语言简意赅地交代了新闻的五要素，概括了主要事实。主体部分包括三个内容，分别是到两个单位视察，以及讲话引起师生强烈反响的有关情况。消息写作时，尽可能还原现场，实事求是地报道了习总书记对武汉大学科技成果的肯定与鼓励。该消息刊发后，师生员工深受鼓舞，激发了大家的工作热情，表示要更加积极地投入学校建设，不辜负习总书记的期望。

院士领衔五教授联袂为新生讲课

本报讯(记者严航)“今晚主讲老师是校长。”距离上课时间还有半小时，工学部五号教学楼二楼走道已水泄不通，人声鼎沸，同学们对将要开讲的“能源动力工程概论”充满期待。

18：25，校长李晓红院士准时走进教室，他佩戴校徽，掏出手机调至静音，将沉浸在兴奋和喜悦中的学生迅速带入上课状态。通过翔实的图表、生动的案例，以及自己下矿井实验、考察东海油气田的实践经历，李晓红向学生深度解读中国能源发展困局，勉励同学们积极从事科研，为解决国家急需解决的问题而不懈努力。

2 2014年10月24日 武汉大学报 综合新闻

院士领衔五教授联袂为新生讲课

全国思想政治教育专家研讨学科前沿问题

国际交流

昆士兰科技大学与我校拓展合作

德国耶拿大学副校长来校访问

美国莫瑞州立大学代表团来访

中芬学者研讨北极法律与治理

视点@新闻

国内外专家聚焦老建筑

新闻纵深

醉心育人的校长奖得主

医学生的故事会

上课是天大的事

专注于教学

常教常新

对每个学生负责

让每个学生获益

课后，动力与机械学院大一学生徐陶然意犹未尽：“这是我入校来听的第一节专业课，打开了很多思路，校长提到的几个研究方面，让我对所学专业有了新的认识。”动力与机械学院大一学生巩北凡表示：“校长讲课深入浅出，结合了许多生动案例，使人在众多理论知识中并不感到乏味；校长是带着感情来授课的，这种情感深深感染了我，会激励我前行。”

据了解，“能源动力工程概论”主要是为了让新生对所学专业有一个全面认识，激发他们的学习主动性。本课程以讲座形式开展，共五讲，长江学者特聘教授刘胜，动力与机械学院副院长陈启卷、胡雪蛟，水质工程系主任曹顺安将陆续开讲。虽然初来乍到的大一新生对所学专业懵懂无知，但得知这样的主讲阵容，纷纷表示“想想也就醉了”。

（中国高校好新闻奖三等奖、湖北高校新闻奖三等奖，《武汉大学报》第1342期二版，2014年10月24日，编辑：杨欣欣）

【记者手记】

这则消息的背景，是学校出台了新政，要求每位教授都要为本科生开设基础课程。院士们率先示范，上讲台传道授业解惑。从这一短小的消息，就能看出学校对于本科教育的重视，和名师大家捧土培根的情怀。

本科基础教育在学生成长中占据着极为重要的位置，院士作为某一专业领域的顶尖人物，拨冗为本科生讲课是一个有益的举措。对于学生知识储备的扩充、视野的开阔、对学科认知的深化，都有不容小觑的力量。值得一提的是，时任武汉大学校长李晓红院士也为本科生开设了一门课。这是继校领导进驻课堂这一制度施行以来的又一重大突破，校领导能在百忙之中为学生授课，不仅仅是教育本质的回归，更体现出学校力求改革的决心。这不仅仅是一次制度上的创新，更是一种值得借鉴的经验。

关于上述背景，这则消息表面上未着一字，然而通过报道具体的一堂课，在给人带来具体感受的同时，还能够让读者感悟到这一做法背后的意义。作为一则现场新闻，本文达到了它预期的目的。遗憾的是文中没有交代相关背景，如果用三言两语简略地介绍一下学校重视本科教育的举措，当能使消息的主题得到更好的升华。

写活“现场新闻”，要选择最吸引人的角度，使新闻更出彩，例如本文首段的描写，可以达到如临其境、如见其人、如闻其声的效果；要选择最典型的人和事，使新闻更鲜活，以一个典型事件反映全部面貌，起到“四两拨千斤”的作用，例如深受学子喜爱的校长为学生上课，就具有极强的典型意义；要选择最有价值的背景，使新闻更充实。

美国化学会向张俐娜颁发安塞姆·佩恩奖

半世纪以来首位中国人获此奖

本报讯(记者冯林)“能获此奖，不仅是我个人的荣誉，也是武汉大学的光荣，更是对中国化学界的肯定……”3 月 27 日，美国圣地亚哥，在专门为中国科学院院士、化学与分子科学学院教授张俐娜举行的安塞姆·佩恩奖颁奖仪式上，播放着一段视频。身着酒红色暗花天鹅绒旗袍、乳白色西式上装的中国女院士高贵典雅的形象，在现场引起一片赞叹和掌声。

美国化学会纤维素和可再生资源材料学会主席艾尔弗雷德·法兰西，将 2011 年度安塞姆·佩恩奖颁发给张俐娜。张俐娜因故未能亲往现场，由其女儿杜文征博士代为领奖，包括奖状、奖章和奖金。

武漢大學報
WUHAN UNIVERSITY WEEKLY

美国化学会向张俐娜颁发安塞姆·佩恩奖
半世纪以来首位中国人获此奖

第七届教代会描绘新蓝图
提升核心竞争力 加快一流大学建设

把牢质量生命线培育拔尖创新人才
学校召开本科教学工作会议

武汉大学恩施临床学院挂牌成立

学校投入 2.1 亿元启动本科教学工程

孙洪获法国教育棕榈军官徽章

继续保持奋发有为的精神状态

第七届教代会专页

党风廉政建设工作会议召开

教育部组织研讨教育经费监控系统建设

科技部副部长曹健林一行来访

产学研合作研究中心通过论证

让科研充满激情

团队的力量

来自美国、英国、法国、德国、加拿大、日本、瑞典、芬兰和中国等国的 120 余名科学家、学者和赞助商等出席颁奖仪式，他们高度赞扬了张俐娜团队在该领域对世界作出的贡献。

美国化学会专家对张俐娜科学业绩的评价主要有四点：她提出纤维素低温溶解新机理；通过将纤维素进行低温溶解，成功制备一系列新型纤维素等生物可降解功能材料；制备一系列拥有广阔应用前景的功能材料；成功地从香菇中提取出 b-(1 © 3)-D-葡聚糖。

据悉，设立于 1962 年的

安塞姆·佩恩奖，每年只颁发给一位在纤维素及其产品在基础科学研究和化学技术方面作出卓越贡献的专业人士，获奖者是由评选委员会基于一套严格的推荐和评审程序评选出来的，都是在该领域被国际上认可的著名科学家。张俐娜是半个世纪以来获得该奖的第一位中国人。

张俐娜 26 年前从日本回国后一直致力于生物质资源天然高分子材料科学的基础和应用研究。她带领的团队利用农业废弃物等原料，通过高分子物理方法和“绿色”新技术，将其转变为有实用价值的新材料。其团队已成为纤维素材料领域的世界著名科研组。

（湖北新闻奖三等奖、湖北高校新闻奖一等奖，《武汉大学报》第 1270 期一版，2012 年 4 月 13 日，编辑：杨欣欣）

【作品点评】

这是一篇富有情感、引人入胜的消息，一改授奖类新闻的传统写法，用一种娓娓道来的语气陈述事实。之所以能够在众多参评作品中脱颖而出，主要得益于三个方面：新闻性强、题材重要；导语生动、场面感强；夹叙夹议、表达亲和。

首先事件的新闻价值大。美国化学会向张俐娜院士颁发安塞姆佩恩奖，体现了张院士在科学领域取得巨大成就，获得了国际科学界的认可，也体现了学校科技水平不断提升、国际影响不断扩大。这一消息的发布，不仅有力地宣传了学校的科研实力，也有助于激发学子参与科研的积极性。

其次，这篇报道最大的特征在于描写的细腻。用鲜明生动的形象、情节和场景吸引人、感染人。文章浓墨重彩地描写了女教授张俐娜接受颁奖时的穿着、举止，生动的人物刻画不仅还原了现场，还烘托出了人物的性格和气质，读者顺理成章地“脑补”出一个立体的形象，自然而然地提高了参与感和代入感。要达到这样的传播效果，需要记者善于“用眼睛采访”，用镜头语言强化视觉效果。

最后，报道以点带面，介绍了张俐娜教授 26 年来的研究成果，辅之以第三方评价，用于强调成果的影响力。这说明作者在报道单个新闻事件的同时，还注重积累报道对象的基本情况和背景材料。这种夹叙夹议的写法易读又深刻。行文中富有亲和力的表达，以及顺手拈来的象征性词汇，例如“世界著名科研组”、“神话般的故事”等，都为报道增色不少。（严航）

武大系统捕获雅安地震信号

可为地震板块运动分析监测提供新手段

本报讯(通讯员高柯夫)4 月 20 日，四川雅安市芦山县发生 7.0 级地震，我校卫星导航定位技术研究中心自行研制的“广域实时精密定位系统”，实时捕获地震信号。

这是继日本大地震后，武大“鹰眼”再度瞄准。2011 年日本“3·11”特大地震后，武大人第一时间对日本境内的 GPS 数据进行了精密处理和分析。

该中心工程师李陶介绍，由中国地震局等承担的“中国大陆构造环境监测网络”，有 260 多个连续观测站，它们实时检测地壳的微小运动，并不断传回数据。中心再对这些数据进行处理分析。

武汉大学报
WUHAN UNIVERSITY WEEKLY
武大系统捕获雅安地震信号
可为地震板块运动分析监测提供新手段
“武大精神”大讨论深入开展
朴素求实
以校庆融汇正能量
学校集中轮训中层干部
《求是》副总编黄中平作首场报告
师生情牵雅安地震灾区
“青年千人”陆续到岗
国际著名化学期刊青睐武大学子
120 周年校庆倒计时 31 周

“提供数据的观测站距震中约 33 公里，且建在基岩上，地震造成的最大振幅虽然只有 2～3cm，该系统仍成功捕获了地震波信号。”李陶说，利用该系统获取震后发生的变形与震动频率，可为地震板块运动分析和监测提供新的技术手段。

据悉，“广域实时精密定位系统”是“十一五”国家“863”计划重点科研成果。该系统以广域差分和精密单点定位技术为基础，集成先进 GNSS(全球卫星导航系统)实时数据处理、互联网和卫星通信等技术，可实现全国范围厘米级到分米级的实时精密定位服务。该系统使我国 GNSS 技术监测水平跻身国际前列。

另悉，武大师生十分关注、牵挂地震灾区情况。根据校党委书记韩进、校长李晓红的要求，学校第一时间排查、了解我校来自雅安地区学生的情况，并送去慰问和帮助。来自雅安的 5 名学生家中均无人员伤亡和房屋倒塌情况。

（湖北新闻奖三等奖、湖北高校新闻奖一等奖，《武汉大学报》第 1305 期一版，2013 年 4 月 26 日，编辑：付晓歌）

【编辑手记】

2013 年 4 月 20 日，四川雅安市芦山县发生 7.0 级地震。学校科研工作者用自行研制的系统，实时捕获了地震信号。通讯员的这篇报道紧扣时事动态和热点，具有重大新闻价值。编辑收到这篇稿件后，给予高度重视，进行了精心打磨。

写作形式上，文章行文流畅，层次清晰，揭示了新闻事实背后的意义。提供数据的观测站距震中约 33 公里，且建在基岩上，地震造成的最大振幅只有 2~3cm，是十分微小的震动，但是武大研制的系统仍成功捕获了地震波信号。文章用事实说话，反映出该系统的精确程度。文中还介绍了该系统的作用，指出系统获取震后发生的变形与震动频率，可为地震板块运动分析和监测提供新的技术手段。还特别注意了新闻背景的写作，交代了该系统是“十一五”国家“863”计划重点科研成果，让读者进一步明白了这一科研成果的分量。

这篇消息能够获得湖北省新闻界的最高奖——湖北新闻奖，首先得益于其新闻价值，同时也与我们为打造通俗化、生活化的科技报道所付出的辛勤努力是分不开的。

解决桥梁检修世界性难题

武大巨成公司获一项国际发明专利授权

本报讯(通讯员吴江龙、杨汉诚)如何在不封道桥情况下，对桥梁进行检测和维修加固?武大巨成公司发明的桥梁检修架车，解决了这一世界性难题，获得 1 项国际发明专利授权、4 项国内发明专利授权。

该桥梁检修架车由“C 型架”、“工作平台桁架”、“六翼直升飞机”、“随车吊”四部分组成。在桥面流量小时临时占道，用随车吊进行平台组装。然后由遥控直升机完成绳索穿越桥底工作，再安装 C 型架及配重，吊篮穿越桥底与 C 型架挂钩连接，拆除配重，提升吊篮，安装爬梯，人员上吊篮作业。随车吊离开现场，让出行车道。

武漢大學報
WUHAN UNIVERSITY WEEKLY
解决桥梁检修世界性难题
武大巨成公司获一项国际发明专利授权
校长说校训:
励学敦行 明志致远
病毒免疫协同创新中心正式启动
助力高分辨率对地观测系统应用
宋保亮获谈家桢生命科学创新奖
中法非三方合作论坛在我校举行
纪念叶君健诞辰100周年活动启幕
对口支援新疆大学工作会议召开
59所高校辅导员骨干在我校培训
干部大讲堂沈壮海畅论核心价值观
奇思妙想出精品
——第四届“三创”成果展巡礼

工作时，利用桥下桁架的工作平台进行操作。随着检修架车向前移动，逐步对桥底结构进行全面检测和维修加固。在遇到灯柱或斜拉索时，检修架车通过三个可伸缩的悬臂，避开障碍物。

中国工程院院士王梦恕表示，这是一个大成果，给桥梁检修带来革命性的改观。“这是世界首台首创，这项成果是与武大相称的成果，是学研产一体化的成果。”中国工程院院士秦顺全、大桥设计院勘测设计大师高宗余团队给予高度评价。

目前市场上使用的桥梁检修车，在检测和维修加固桥梁时，需要对桥梁封道或限行，严重影响路面交通。巨成公司研发的桥梁检修架车解决了这一难题，具有广阔的市场前景。

（湖北新闻奖三等奖、湖北高校新闻奖一等奖，《武汉大学报》第1342期一版，2014年10月24日，编辑：杨欣欣）

【作品点评】

消息是新闻的常态，不仅其文体最为常用，而且其短小精悍的写作方式也很能体现写作者的基本功。这篇消息为何能脱颖而出，为新闻奖评委所青睐？主要基于以下三点：

一是题材。高校的基本职能包括人才培养、科学研究和社会服务。随着国家创新驱动战略的实施，高校的社会服务功能日益凸显，其角色定位正从过去的适应服务逐步转向服务和支撑引领同步。有关科技成果产业化并造福于社会的新闻，也容易被读者关注并认可。遇到这类题材，应重视并把握好写法。

二是结构。吸引读者眼球，标题和导语是最重要的。该文标题为《解决桥梁检修世界性难题》，设置了一个悬念，世界性难题是什么？如何解决？读者自然有兴趣。随后，该文用问答式导语，先简单明了地给出一个答案，继而详细介绍其解决方案。最后两段，介绍相关专家评价和应用前景，也强调了这篇新闻的价值。

三是细节。该文详细描述了桥梁检修架车的工作过程，让读者有身临其境之感。作者初次投稿时，只是进行了简单的粗线条介绍，外行人看了还是不明就里。编辑引导作者经过两次修改，补充信息、完善细节，用文字描摹过程，一篇科技含量很高的报道于是变得生动鲜活、通俗易懂。

从此篇报道的采编过程中，我们体会到，作为校园媒体记者，日常要学会捕捉有关教学、科研和社会服务的重要新闻线索，也许一条不经意的小线索，经记者慧眼挖掘，就能写出一篇反映学校中心工作进展的重要报道。当然，获得了线索，如何写好新闻也需要下一番工夫，只有巧妙构思，匠心独运，才能成就一篇内容、形式俱佳的获奖稿件。（陈丽霞）

张俐娜获国际化学顶级大奖

成为首获美国化学会安塞姆·佩恩奖的中国人

本报讯(记者张全友)美国当地时间3月29日，美国化学会纤维素和可再生资源材料分会主席宣布，武汉大学化学与分子科学学院教授张俐娜获2011年安塞姆·佩恩奖。由此，她成为第一位获得该奖的中国人。

安塞姆·佩恩奖于1962年设立，是国际上纤维素与可再生资源材料领域的最高奖，每年评选一位。张俐娜此次获一致通过，评委们认为其团队“敲开了纤维素科学基础研究通往纤维素材料工业的大门，这是一个从实验室基础研究到工业化试验的神话般故事”，“她创建的‘绿色’溶剂低温溶解的新理论和技术是可再生资源材料领域的重大突破”，“她在生物质材料的基础研究和实际应用上作出了重大贡献，已成为当代纤维素化学领域的领军人物”。

武汉大学报
WUHAN UNIVERSITY WEEKLY
张俐娜获国际化学顶级大奖
成为首获美国化学会安塞姆·佩恩奖的中国人
实验室获批共建杂交水稻国家重点
朱英国院士牵手袁隆平院士
完善干部培训体系 建设学习型党组织
珞珈干部大讲堂开讲
省社科成果奖 我校蝉联第一
武大樱花有序迎送四方宾客
《文心雕龙》百年研究硕果累累
野田村病毒研究获重要突破
张俐娜：我只是认真做好每件事
新增8个博士学位授权一级学科点
信息报送工作获教育部表彰
与广东中山商谈校市合作

评奖委员会主席在给张俐娜的祝贺信中说，今年是“居里年”(纪念居里夫人获得诺贝尔化学奖100周年)，作为有突出贡献的杰出女科学家，张俐娜此次获奖具有双重意义。

张俐娜25年前从日本回国后一直致力于生物质资源天然高分子材料科学的基础和应用研究。她带领的团队利用农业废弃物如棉短绒、蔗渣、虾壳、蟹壳、豆渣等原料，通过高分子物理方法和“绿色”新技术，将其转变为有实用价值的新材料，取得一批原创性优秀成果，成为纤维素材料领域的世界著名科研组。国内同行认为其研究成果能解决国家重大需求的基础科学问题，有利于我国农业、资源、环境领域的发展。

（湖北高校新闻奖一等奖，《武汉大学报》第 1230 期一版，2011 年 4 月 8 日，编辑：杨欣欣）

【作品点评】

这篇消息作品之所以成功，首先是题材重要，事件本身具有显著性，有新闻价值。面对有新闻价值的事件，如何表达，即怎样写好消息，非常关键。

该消息以工整的“倒金字塔结构”展开叙述，分导语、说明、扩充和背景四个部分。倒金字塔结构是新闻写作课上的“金科玉律”，是消息写作中最常见的形式之一。这种行文顺序巧妙地将新闻事件中最有价值的信息放在稿件开头，让读者初读新闻就被吸引，在后面的段落中添加并补充细节。

导语的长度最好控制在 50 字以内，最多不能超过 100 字。测试一个导语好坏的最好方法就是看是否能够当作一条可以独立成文的新闻简讯。以此标准来判断，本消息的导语不仅陈述了所有重要的新闻事实，例如，3 月 29 日、美国化学会、张俐娜、安塞姆·佩恩奖、第一位等“五要素”俱全，而且语言精练简洁，单看是一个完整的简讯。

第二段详细阐述了安塞姆·佩恩奖设立的背景，证明了该奖项的权威性，并依次反衬出张俐娜院士的研究成果获得了国际认可，具有重要的理论贡献和应用价值，与第三段的颁奖词紧密衔接，顺理成章地引出第四段对其研究成果的介绍。从逻辑上讲，整篇新闻环环相扣、一气呵成，是一篇消息佳作。（严航）

优势学科跨界合作国际关系“算”出来

青藏高原领土“走失”知多少

本报讯(通讯员彭蛟)青藏高原形变导致我国国土面积缩小。近日，测绘学院教授张双喜团队的一项研究成果引起了极大关注。研究表明，过去几十年间，地壳运动致使我国该边界线附近的国土面积损失1平方公里左右。

青藏高原每年整体向北和向东移动十几到几十毫米，以往很少有人关注。张双喜团队运用现代测绘技术，估算出中国西部边界线向内缩，致国土面积减少了0.37平方公里。尽管这种推移变化量很小，短时间内不会使中国板块产生大的变化，但对中国西部约3900km长的边界线来说，这个移动量并不算小，而且会造成国家领土变更及资源与能源的变化等问题，这种边界移动和国土面积损失问题应当引起高度关注。

2 2013年3月8日 武汉大学报 综合新闻

创新品牌

优势学科跨界合作 国际关系“算”出来

青藏高原领土“走失”知多少

石云霞著作获全国优秀党建读物奖

桂起权等新著获中国逻辑学会一等奖

秦天宝参与国外高水平大学博士答辩

国际交流

韩国驻汉总领事来校交流教科文合作

前南国际刑庭法官刘大群来访

本科教学 将狠抓教风学风建设

研究生教育 将重点抓博士生质量

中山市人民政府委托我校编制 四院士把脉“北斗”产业规划

三方联建首批国家公共文化政策实验基地

国内专家研讨跨境经济合作

匹兹堡大学孔子学院再获表彰

璀璨『星级实验室』

首批珞珈特聘教授创新成果涌现

该研究也是我校优势学科跨界合作结出的硕果，是项目第二完成人、测绘学院博士生张晨在硕士毕业设计成果上的延续。张晨硕士阶段在我校中国边界与海洋研究院学习，完成了青藏高原形变对中国西部边界的影响及对策研究。这项成果基于现代测绘技术，使得“国际关系研究，不再仅限想出来、辩出来，还能‘算’出来”。

(湖北高校新闻奖一等奖，《武汉大学报》第1299期

二版，2013 年 3 月 8 日，编辑：付晓歌)

【编辑手记】

该消息仅用 409 字，就将一个科技新闻完整地呈现在读者面前。标题中的“走失”二字是点睛之笔，不仅使用了拟人的修辞手法，使标题更加生动，而且能够引起读者的注意，进行深层次的思考，为什么领土这种固定的东西还能够“走失”，让人有继续一探究竟的欲望。

编辑对消息导语进行了雕琢，将专家在研究中发现的最重要的事实，简明扼要地放在导语中。主题部分，注意用数据说话，“十几到几十毫米”、“国土面积减少了 0. 37 平方公里”、“3900km 的边界线”几个数据，简明扼要地说明国土面积减少的情况。

整篇消息的语言十分干脆利落。“想出来”、“辩出来”、“算出来”这种口语化的用词，给文章增添了一抹生动风趣的色彩。

《自然》子刊首绘蝎子基因组图谱

武大牵头成果被《科学》评为具有重要意义的研究

本报讯(记者杨欣欣)由武汉大学领衔，与上海生物信息技术研究中心合作，完成了对马氏正钳蝎的基因组测序，由此在国际上第一个揭示了蝎子这一种独特的节肢动物适应模式。该研究成果发表在《自然》子刊杂志上，近日又被《科学》评为具有重要意义的研究。

武汉大学的李文鑫教授，中国科学院上海生命科学研究院的李亦学研究员以及李轩研究员是这篇论文的共同通讯作者。

马氏正钳蝎基因组的解析，揭示了一种独特的节肢动物适应模式，使人们对通常认为活化石蝎子的遗传基础有了新的认识。蝎子毒液中的诸多活性成分已成为现代生物药物开发的重要资源，该成果揭开了蝎子毒素多样性的面纱，为寻找新的功能分子甚至药物前体提供了可靠的依据。同时扩大了螯肢动物的基因谱，为用遗传学和系统生物学方法来研究这一进化上重要的物种提供了依据和基础。

武汉大学报

WUHAN UNIVERSITY WEEKLY

2014年1月10日 (总)第1321期

中共武汉大学委员会主办

武汉大学报社出版

《自然》子刊首绘蝎子基因组图谱

武大牵头成果被《科学》评为具有重要意义的研究

我校获『全优』『985』工程建设

中央政治局集体学习 沈壮海讲解文化软实力

杨代常团队获国家技术发明二等奖

国家高层次人才方阵又添武大力量

学校加强本科生院建设

"北斗"科研工作获国家表彰

第八届全球孔子学院大会再获殊荣

中央督导组来校调研整改落实工作

"351"背后的人才密码

——解码武汉大学特色高层次人才培养模式

形成一条人才培养链

人性化的制度体系

该成果入选《科学》杂志及国际性非营利出版机构AAAS(美国科学促进会)评选的2013年度11项"具有重要意义的基因组学研究"。对该项研究的评价指出：蝎子是众所周知的"活化石"，马氏正钳蝎基因组含有32000多个蛋白编码基因，比人类多10000个基因。基因组分析回答了蝎子在夜间如何捕食和对食物中有毒物质进行解毒的基础科学问题。

据了解，生命科学学院李文鑫团队对蝎子及其毒素持续进行了近20年的深入系统研究，取得了一系列成绩。近年来，他们通过对蝎子基因组及转录组的进一步分析，阐明了蝎子的捕食、夜间行为、感光与解毒等相关重要遗传特征的分子基础。这些结果显示了蝎子在漫长的进化过程中对环境的适应性机制。

（湖北高校新闻奖一等奖，《武汉大学报》第1321期一版，2014年1月10日，编辑：付晓歌）

【采编手记】

对蝎子基因研究，一直是我校生命科学研究领域的特色。首绘基因图谱这一新闻事件本身具有较高的新闻价值。记者在获得新闻线索后，第一时间与论文作者取得联系，进行了深入的采访。

这篇消息不仅展现出研究的全貌，更揭示了研究的深层次的意义，是国际上首次揭示蝎子独特的节肢动物适应模式。从写作手法上看，行文流畅，言简意赅，深入浅出，层次分明。

科技成果是高校新闻报道的主要内容之一，但要写好科技报道实属不易。既要报道的内容包括概念、原理以及程度表述、意义评价等准确无误，又要有一定的可读性，让读者能够看懂。正因为专业性很强，为了保证报道的准确性，科技报道很容易流于术语堆砌，行文往往枯燥乏味，难以达到理想的传播效果。

所以，科技报道要力求深入浅出、通俗易懂。但记者毕竟不是专家，对新成果、新理论很难有深入的理解。面对这种情况，一是要突击学习、多查资料，尽可能了解所报道领域的相关知识；二是要深入采访，引导采访对象用通俗易懂的话来解释他们的研究成果；三是尽可能将专业知识与生活现象联系起来，通过比喻、类比等手法，将内容生动地表达出来。

PANDA软件揭示日本地震精确位移量

为地震学研究和抗震救灾做出高水平科学贡献

本报讯(通讯员李陶 王广兴)日本发生地震后，我校科研人员利用自主开发的PANDA软件，第一时间准确解算了地震发生时的地面震动状态，被国际地质灾害研究门户网站登载，为地震学研究和抗震救灾提供了重要的计算参数。国际知名专家称此举为“高水平科学贡献”。

该结果是武汉大学卫星导航定位技术研究中心教授施闯带领几位博士研究生，利用PANDA软件对日本境内的GPS数据进行精密处理和分析后解算出来的。结果显示，地震发生时刻水平方向有两次强烈的震动，造成日本GPS观测站MIZU站向东2m、向南1m的永久性位移，USUD站向东约20cm的永久性位移。

武漢大學報
WUHAN UNIVERSITY WEEKLY

全国人大副委员长严隽琪来校考察

PANDA软件揭示日本地震精确位移量
为地震学研究和抗震救灾做出高水平科学贡献

湖北省委常委、宣传部长尹汉宁来校调研时强调
发挥武大优势给力湖北发展

大爱

我校与巴黎七大深化教育科研合作

情系西藏 大爱无疆 ▷4版

首个全球环境法教研培训基地落户武大

一年教职，一生情怀 ▷2版

我校新增2个高校特色专业建设点

我校与水利部共商全面深入合作

13人入选全国专业学位研究生教指委

“中国五金第一班”在我校开班

樱花喜忧录 ▷3版

向杨昌林老师学习

发布本次日本仙台地震相关数据结果的还有美国喷气动力实验室、麻省理工学院和德国地学研究中心等国际知名机构，PANDA软件的结果与其达到同一水平。欧洲空间局专家沃尔夫冈教授评价该软件的结果为“高水平科学贡献”。

据了解，记录和监测地震数据的传统手段是以加速度测量为主要观测手段的地震仪，当震级很高、震源较浅时，巨大的地壳形变及地震波冲量可能导致加速度计发生饱和现象，无法准确记录地震加速度信息。而GPS

观测的是三维空间的位移量，不存在这一问题。

据悉，该项结果是在我校承担的“863”计划“广域实时精密定位技术与示范系统”项目和自主开发的PANDA(Position and Navigation Data Analyst)软件两项成果的基础上得到的。该软件已运用于我国测绘、地震等行业相关部门和单位，改变了国内高精度定轨定位软件及高精度GPS轨道和钟差产品依赖国外的被动局面；被德、英、加、澳、荷、日、美等国的知名研究机构引进，应用于其科学研究和人才培养，显著提升了我国在这一领域的国际影响力。

（湖北高校新闻奖二等奖，《武汉大学报》第1228期一版，2011年3月25日，编辑：陈丽霞）

武大担纲国家环保法修改研究

本报讯(记者陈丽霞)日前，已被列入 2011 年国家立法计划的《中华人民共和国环境保护法》修改正在紧锣密鼓进行中。4 月 17 日，全国人大常委、全国人大环境与资源保护委员会副主任委员蒲海清率立法调研组来校，就《中华人民共和国环境保护法》修改听取武汉地区高校专家学者的意见和建议。

“不管是 1979 年颁布的《中华人民共和国环境保护法(试行)》的修改还是本次修改，武大学者都是主力军。”教育部人文社会科学重点研究基地、武汉大学环境法研究所所长王树义向记者介绍。

谈起武大与《中华人民共和国环境保护法》修改的渊源，王树义如数家珍。“武汉大学是全国最早开始研究环境保护立法的高校。现行的《中华人民共和国环境保护法》，武汉大学的许多前辈们都参与了其立法过程。2003 年，我们所率先受国家环保总局委托，进行《中华人民共和国环境保护法》的修改研究，并提出了系统的修改方案。一直以来，我们所充当的是国家环保部的法制智囊团角色。”

武漢大學報
WUHAN UNIVERSITY WEEKLY
激励爱国爱党爱校热情
纪念建党 90 周年系列活动启动
武大担纲国家环保法修改研究
母校赠我希望的行囊
——第六届武汉大学杰出校友表彰会侧记
校友是母校的名片
学校现场点评 公开承诺活动
电子信息学院 措施得力见实效
一诺千金 >2版
学术殿堂·智者声音
——珞珈讲坛 20 期回眸
7 人参加 2011 年中国北极科考
要闻简报
最高人民法院院长王胜俊看望马克昌
专家研讨马克思主义理论学科建设

近年来，武汉大学环境法研究所经常受委托进行各种各样的环境法立法及修改研究工作。从我国《大气污染防治法》、《水污染防治法》、《固体废物污染环境防治法》，到《森林法》、《循环经济促进法》……几乎每一部环境保护方面的立法起草研究和后续修改工作，都少不了他们的参与。

据王树义介绍，武汉大学环境法研究所于 1981 年成立，首任所长是法学泰斗韩德培先生。“韩老先生具有十分敏锐的学术眼光。”王树义回忆说，20 世纪 80 年代初，韩德培先生就告诉他，随着社会的发展，对环境的破坏和对资源的浪费越来越严重，环境问题将成为一个全球性的大问题，现在开始研究环境法，“很有前途”。韩德培先生还积极上书有关部门，建议成立环境法研究所。正是在韩德培的推动下，研究所于 1981 年得以建立，是中国第一个专门从事环境法学教学和研究的机构。

“我们所是全国最早的 15 个教育部人文社会科学重点研究基地之一，当时法学学科只有两个。全国人大环资委来武大举行《中华人民共和国环境保护法》修改专家座谈会，这也是国家对武大环境法研究所实力的认可。”提起他领导的武汉大学环境法研究所，王树义掩饰不住内心的自豪和喜悦。

除了研究《中华人民共和国环境保护法》的修改，《中华人民共和国长江法》、《中华人民共和国土壤污染防治法》、《中华人民共和国资源型城市可持续发展法》等也是王树义正在着手研究的主要立法课题。“环境与每个人息息相关，对这个领域里的主要社会关系进行法律调整，才能达到人与自然的和谐。”

（湖北高校新闻奖二等奖，《武汉大学报》第 1232 期一版，2011 年 4 月 22 日，编辑：杨欣欣）

胡锦涛视察我校科技成果转化企业成果

本报讯(通讯员姚实)6 月 1 日，中共中央总书记、国家主席、中央军委主席胡锦涛来到武汉东湖高新技术开发区视察工作。我校测绘遥感信息工程国家重点实验室科技成果转化企业——武大吉奥信息技术有限公司和武大卓越科技发展有限公司，作为武汉东湖高新区的优秀企业代表，向胡锦涛演示并汇报了相关技术成果。

测绘遥感信息工程国家重点实验室副教授兼吉奥公司常务副总经理宋爱红向胡锦涛介绍了高科技成果“天地图”的有关情况。“天地图”的核心技术软件平台是由武汉大学与吉奥公司自主开发的。宋爱红还通过“天地图”演示了当年胡锦涛第一个工作的地方刘家峡水电站。

武漢大學報
WUHAN UNIVERSITY WEEKLY
纪念建党 90 周年活动有序推进
胡锦涛视察我校科技成果转化企业成果
庆祝建党 90 周年
珍藏母校百年荣光
——记校友陈东升捐资亿元建艺术博物馆
毕业故事：
小照片，大文章
中韩学者合著填补文学史空白 —2版—
梦想接力，重走小学路 —3版—
奔赴革命圣地 —4版—
李健鼓励优秀毕业生代表刘志毅
系列活动纪念朱裕壁诞辰 108 周年
我校基层党组织建设获湖北省表彰
唐其柱：妙手仁心
庆祝建党 90 周年

胡锦涛关切地问：“农村地区的影像分辨率是多少?”宋爱红答：“现在刘家峡地区卫星影像分辨率为 5 米。”

胡锦涛又问：“那汶川大地震时提供的影像分辨率是多少?”宋爱红答：“那应该是航拍影像，分辨率为 0.2 米。武大与吉奥也参与了航摄。”

在介绍过程中，武汉大学的另一科技成果转化企业——武汉立得公司的工作人员还在“天地图”平台上演示了立得公司的街景影像。

宋爱红还特地介绍：“吉奥公司和武大合作，产品前后三次获得国家科技进步二等奖，已形成基础研究、技术创新、成果转化的完整的科技创新链条。我们将继续提高自主创新能力，为地理信息产业的转型和发展、数字中国和智慧城市作贡献。”

听完汇报后，胡锦涛非常高兴，脸上露出满意的笑容。

在武大卓越公司展台，公司董事长曹民就企业发展、武汉大学的大力扶持及技术支撑、自主创新方面的做法和经验、智能道路检测车、激光动态弯沉车等多个方面作了汇报。

胡锦涛亲切地问道：“这些都是用传感器实现的吗？”曹民回答：“是的，全部是使用传感器实现的，完全替代了人工作业。”

胡锦涛对汇报内容表示满意，对公司在高端检测领域取得的成绩给予了肯定。

视察结束后，胡锦涛勉励园区企业充分用好各项政策，推进科技创新；要掌握更多自主知识产权，为我国战略性新兴产业发展作出更大的贡献。

（湖北高校新闻奖二等奖，《武汉大学报》第1239期一版，2011年6月10日，编辑：陈丽霞）

65 名数理经济与数理金融学子获全奖

飞向世界名校

本报讯(记者付晓歌)近日，世界名校纷纷向武汉大学高级研究中心学子抛出橄榄枝，65 名数理经济与数理金融试验班学生通过国际名校博士或硕士项目录取，并获全额奖学金。硕士生获全额奖学金比例高达 100%。

据中心负责人介绍，2011 年至 2012 年度，斯坦福大学、哥伦比亚大学、芝加哥大学、康奈尔大学、宾夕法尼亚大学、杜克大学、帝国理工、巴黎高商等名校纷纷向数理经济与数理金融试验班的学子发出录取通知。该班 9 名硕士和 9 名本科生获博士项目录取 36 人次，其中 33 人次获得全额奖学金；47 名试验班本科生获硕士项目录取及奖学金 170 人次。

2 2012年6月1日 武汉大学报 综合新闻

65 名数理经济与数理金融学子获全奖

飞向世界名校

构筑现代图书情报学新框架

——图书馆学家、目录学家彭斐章印象

彭富春郭齐勇提案纳入《刑事诉讼法》

孙晋团队建议被最高人民法院采纳

城市规划和建筑专业接受评估

创新品牌

付向东研究组在《分子细胞》发表封面文章

为治疗脊髓性肌萎缩提供理论依据

白介素 17 可抑制结肠癌形成

武大与美国专家合作研究成果在《公共科学图书馆》发表

学生工作干部交流赴日韩体会

北京高校安全稳定考察团来校

近年来，高级研究中心学子在海外完成博士学业后，已经成为各高校或政策机构的教学和科研骨干。30 余名校友在密歇根大学、罗彻斯特大学、香港大学、香港科技大学、新加坡国立大学、北京大学、清华大学、复旦大学等高校任教。也有不少校友就职于国际货币基金组织(IMF)、美联储堪萨斯分行研究部、英国能源局、香港地区金融管理局等重要机构。校友在国外 SSCI 期刊上发表文章 20 余篇，在《经济研究》等国内权威的经济学杂志上发表文章 30 余篇。许多校友经常返回中心授课讲学，注入新的活力，为在校学生开阔视野。

武汉大学高级研究中心是我国最早采用国际规范培养数理经济与数理金融理论人才的基地。自创办以来培养出大量理论和应用型人才，已输送数百名学生到哈佛大学、耶鲁大学、斯坦福大学等世界著名大学攻读博士学位。

（湖北高校新闻奖二等奖，《武汉大学报》第1276期二版，2012年6月1日，编辑：陈丽霞）

面向海内外招聘院系“掌门人”

全球应聘者珞珈“论剑”

本报讯(记者付晓歌)12月10日至11日，国际软件学院、社会学系、计算机学院“掌门人”招聘面试会举行，十余位中外学者珞珈“论剑”，各显其能。此前，经济与管理学院院长面试会已于11月21日举行。

据介绍，我校于9月发布招聘公告，招聘职位包括计算机学院、国际软件学院、经济与管理学院院长和社会学系主任。20余位国内外专家学者踊跃报名，经过校外专家通讯评审，每个职位选出数名候选人进入面试，面试分为演讲和答辩两个环节。

武漢大學報
WUHAN UNIVERSITY WEEKLY
面向海内外招聘院系“掌门人”
全球应聘者珞珈“论剑”
脚踏实地 实现梦想
——记湖北省委书记李鸿忠与武大学子面对面
深入宣讲涌热潮
国家邮政局同意发行我校纪念邮票
首批“十二五”国家级规划教材我校入选31种
十大新闻·新闻人物火热评选中
缔造中国护理新模式
——记“洋”院长玛莎

面试会邀请校内外知名专家、学校领导及学院(系)领导班子、教授委员会全体成员和教职工代表担任评委。与过去大规模公开招聘不同，此次应聘的首要条件是，“在本学科研究领域取得国内外同行公认的重要成就，具有国际化的学术视野和引领本学科发展的办学思路”。

应聘的海内外专家中，既有贝尔实验室技术学院院士、剑桥大学博士后，也有荷兰飞利浦公司首席科学家，还有在美国密苏里科技大学、伊利诺伊州立大学、维恩州立大学，以及复旦大学等国内外高校工作十余年的教授、学者，其中不乏武大校友。他们在各自工作岗位上积累了大量的科研、管理、教学经验，在此次竞聘中各展风采。

“仿佛还在美国的梦中，我却已回到24年前梦开始的地方。”一位校友如是说。应聘者们国籍、专业、学习工作经历各不相同，却怀抱着同样的爱国梦想。受聘后能否全职回国是评委们最关心的问题。“我愿意放下国外的一切，全职投入武大的事业。”“我会毫不犹豫地说‘yes’！”大部分学者都给出了肯定答案。

（湖北高校新闻奖二等奖，《武汉大学报》第1295期一版，2012年12月21日，编辑：杨欣欣）

助力“天宫”“神舟”飞天

本报讯(通讯员张亮　实习生古桂婷)近日，“天宫一号”目标飞行器与“神舟十号”飞船成功实现手控交会对接，其中包含了武大学者的贡献，我校为“天宫一号”生命保障系统提供了有力的技术支持。

这是自 2011 年 9 月发射入轨以来，天宫一号第五次与神舟飞船在太空成功实现交会对接，标志着我国载人航天工程取得了具有决定性意义的重要进展。

作为中国航天员科研训练中心的协作单位，我校化学与分子科学学院科研团队一直瞄准国家航天工程领域的重大需求，在“天宫一号”与“神舟九号”交会对接时，该院的成果已应用其中。为表彰我校为国家航天事业所作出的突出贡献，2012 年 8 月，该中心向我校颁发了纪念牌匾。

武漢大學報
WUHAN UNIVERSITY WEEKLY
武大有机硅国内独秀数十年
2013 届毕业典礼隆重举行
万余学子集体“致青春”
人生出彩会有时
——在武汉大学 2013 届毕业生毕业典礼上的讲话
中法合作 15 年成果丰硕
助力“天宫”“神舟”飞天
武大企业对接“863”
美国院士科斯拉来访
120 周年校庆倒计时 154 天

“神舟十号”与“天宫一号”对接后，将对上述科研成果的各项技术指标与稳定可控性进行验证，同时为下一步工作积累科研数据。

(湖北高校新闻奖二等奖，《武汉大学报》第 1312 期一版，2013 年 6 月 28 日，编辑：付晓歌)

博士生破解西药合成世界性难题

本报讯(通讯员秦后国 徐芳琳)化学与分子科学学院2011级博士生陆庆全，日前利用其最新研究成果，破解了西药合成金属残留这一世界性难题。研究成果刊登在国际顶级化学期刊《德国应用化学》，德国科学院院士马尔席斯·贝尔撰文点评。

通常情况下，国际制药领域在合成新药时，一般需要通过加入金属作为催化剂，药物中会残留对人体有害的微量过渡金属。陆庆全研究出的“无金属催化”，破解了这一国际性难题。

为了这一研究，陆庆全投入了大量时间：每周有6天半的时间他都泡在实验室。但大半年时间过去了，实验却没有任何突破，而他的许多同学都开始在各种学术期刊上发表论文。这时他的导师都着急起来，但固执的他，却谢绝了导师给他的容易出成果的其他研究方向。

武漢大學報
WUHAN UNIVERSITY WEEKLY
2014年4月25日 (五) 第1201期
中共武汉大学委员会主办
武汉大学报社出版

博士生破解西药合成世界性难题

多方携手推进杂交水稻事业
院士专家海南谋划协同创新

国家质检总局调研中国质检大讲堂建设

汤森路透专家为武大提高国际影响力支招

董氏兄弟集团绿色食品赠学子

课程责任教授亮相

杨洁勉畅论大国外交与中国智库

中国教科文卫体工会主席万明东来校考察

湖北高校辅导员大赛我校摘桂

各路英才相逢
——记“小平科技创新团队”“立感见新”团队

忽然有一天，他灵光一闪：可不可以用能检测到的大分子有机碱作为参照物观察实验过程？这一次，他只用了两个月的时间，2012年8月，他终于成功利用有机小分子苯亚磺酸实现了烯烃的有氧氧砜化反应，突破亲电自由基对亲电试剂加成不利的化学规则，解决自由基反应中难以抑制ATRA反应的科学难题。

很快，他以第一作者的

身份在国际顶级化学期刊《德国应用化学》上发表了自己的研究成果，迅速引起了国际有机化学界的关注。很快，国际上掀起了一股“无金属催化”的研究热潮。

陆庆全2011年毕业于中国科学技术大学，到武大师从化学与分子科学学院雷爱文教授，攻读博士学位。他专注科研，敢于创新，迎难而上，在国际研究领域创下多个“世界第一”，是2013年度宝钢优秀学生特等奖获得者。

(湖北高校新闻奖二等奖，《武汉大学报》第1331期一版，2014年4月25日，编辑：严航)

通 讯 类

弘毅学堂探班记

见习记者　付晓歌

物理、化学、生物、数学、计算机，五个弘毅班已经开班一学期了，随后加入的国学班、国际数理经济与数理金融试验班也已步入正轨。记者带着心中的疑问，特意探班弘毅学堂。

百里挑一+国家名师+创新体制+国际前沿=?

印象一：“90后”学习狂

“敏而好学”——这几乎是每个老师对弘毅学堂学生的评价。教授《古代文体与辞章》的罗积勇教授表示，国学班的学生们大多从小就对国学有着浓厚兴趣，基础知识掌握得比较好，勤学好问。

“钠镁铝硅磷，硫氯氩钾钙。”刚走到文理学部教五楼204教室门口，就听到高声背诵化学元素周期表的声音。此时是中午1：30，距离化学班上课还有35分钟。中学就已经背熟的周期表，到了大学还要背吗?记者不解。“这是张华山教授布置的任务，今天还要抽查我们背诵。”班长杜昊易解释，“一定要重视基础知识，是他最常对我们说的话。”

上课积极可谓弘毅学堂学生的一大特点。生物班的高数课总是人满为患，为了能坐在第一排，往往8：00开始的课，不少同学6：00就去占座位了。

课余的时间基本用来上自习。物理班的李晓天举起一本快接近词典厚度的教材。“我们有三本英文教材，要花大量的时间去预习，一个小时才能看完一面。”生物班的“自习小狂人”——贾行星说。“想找他，就去自习室！”大家总是开玩笑说，“贾行星不在自习室，就在去自习室的路上。”

弘毅学堂班级人数虽然不多，学校、学院(系)举办的各类活动中却总少不了他们的身影。2010年的平安夜，物理班的19位同学与院长刘昌一道，在琴台大剧院感受了一场墨西哥国家交响乐团演奏会。

印象二：名师的“入室”弟子

“名师云集”——是弘毅学堂学术氛围深厚的根源之一。化学与分子科学学院邀请国家教学名师——汪存信教授“出山”；国学班聘任海外知名汉学家、国内外知名学者开设讲座课程；生命科学学院生物班对配备教师严格遴选。

“名师在授课时不仅注重打造牢固的知识基础，还以培育大师级人才为目的，始终贯穿国际视野、创新思维、鼓励动手等教学理念。”教务部副部长赵菊珊介绍。

只有厚积才能薄发。数学与统计学院陈文艺副院长表示，“打好基础、广泛积累，是数学班的主攻方向。”“深入、扩大、挖深。”化学班张华山教授说，“在分析化学讨论课上，我着重采取宽口径、厚基础的培养模式，一定要让学生们打牢基础。”

在知识累积的同时，教师们都比较重视培养学生的发散式思维。“讲授《无机化学》的黄卫华老师从不拘泥于答案，他重视的是形成思路的过程，鼓励我们开阔眼界，打破思维定势。”生物班王楠说。

印象三：让改革“飞一会儿”

“让课程改革飞”——是所有弘毅班正在做并将持续做的一项要务。

国学班的课程设置与人文科学实验班迥异，将大部分精力放在古籍文献研读方面，课程设计尽量摒弃“通史”、“概论”型课程，采取了以文本、学术思辨训练和研究意识为中心的准研究生课程模式。

物理班为打造国际性人才，正在尝试所有课程采取全英文授课。在返聘教授熊贵光的《光学》课上，由于专业词汇量大，学生“第一次课几乎一句都没听懂，第二次课听懂了40%，现在基本能听懂了”。

传统的化学理论课由于实践性不强，枯燥又缺乏实用性，长期被学生“冷落”。在化学班上，首次推出配套讨论课，让每位学生都发言，近距离接触学科前沿，学生们的学习热情高涨。在分析化学讨论课上，张华山首先提出“样品采集应注意哪些问题”，在他一步步引导下，学生对测量血液中一氧化氮的保存问题展开了激烈讨论，在不断的反驳与被反驳中激发出深入的求知欲。

在不断的课程调整中，弘毅学子尝到了自主学习的甜头，并提出了更新的要求。他们希望能够学习更多跨学院课程，从而兼收并蓄，形成打破常规的跨学科思维。“弘毅班联合办学是下一阶段的改革目标，虽然这种前所未有的办学模式操作起来很有难度，但我们乐意一试。”生物班郭林老师坦言。

印象四：“混不好”请 OUT

“流动制和淘汰制”——这一点令弘毅学子深感“亚历山大”（压力山大）。

“弘毅学堂实行流动机制和弹性学制，流动机制实际上就是淘汰制，原则上可以读到博士，但是也可以自愿离开或因为一些原因而被请出局。”赵菊珊说，“‘混不好’的被淘汰，表现优秀的请进来，这都由专家小组来评定。”

记者在采访中了解到，对于滚动模式，学生们或多或少感到了压力。有人担心弘毅学堂以成绩决定学生去留。生命科学学院王建波副院长解释：“这是激励方案，不是压力方案。”其实，对弘毅学堂学生而言，学分和成绩并不是最重要的，在学习中不断钻研、打破常规思维定势、培养创新能力才是根本，这也是弘毅学堂创办的真正目的。

“成绩只是滚动制中的一个参考要素，老师会综合评估学生是否具有数学研究的潜质。”陈文艺多次给学生“宽心”。

据了解，武大不少试验班都在实行“淘汰制”，但考核的主要指标还是成绩。而弘毅学堂则赋予了“淘汰制”新的内涵：成绩好固然重要，但是否具备“大师相”则更关键。

（中国高校好新闻奖一等奖、湖北高校新闻奖二等奖，《武汉大学报》第1226期三版，2011年3月11日，编辑：肖珊）

【记者手记】

“弘毅学堂”取自校训“自强、弘毅、求是、拓新”，学校响应国家“基础学科拔尖学生培养试验计划”（珠峰计划），在数学、物理、化学、生物、计算机5门基础学科中开设“弘毅学堂”，旨在为国家培养创新型拔尖人才，“弘毅学堂”实行动态的学习管理机制，采取小班个性化培养。在开班一学期的时间节点上，记者将目光投向了弘毅学堂，通过细致深入的采访，完成了这篇深度报道，通过对弘毅学堂学子学习生活的生动报道，透视、分析了一种全新的教学模式。

深度报道是一种系统反映重大新闻事件和社会问题，深入挖掘和阐明事件的因果关系以揭示其实质和意义，追踪和探索其发展趋向的报道方式。通过挖掘新闻的意义，揭示其本质，进而反映社会风尚，弘扬时代精神。

本文通过报道弘毅学堂学子的学习生活，梳理了弘毅学堂的办学思路，树立起大学教学改革的典范。记者通过大量的采访，从具体素材中概括出学生好学、名师授课、课程改革、流动制等几个方面，总结了弘毅学堂的经验，也为学校教学模式改革提供了可供参考的范本。由此可见，新闻媒体可以很好地发挥指导工作的作用。

在报道弘毅学堂人和事的过程中，本文不追求大而全的方式，而是通过四个具有代表性的印象，再现情景，给人以立体感、现场感。此外，通讯虽然一般以第三人称叙述为主，但在“采访记”一类的通讯中，使用第一人称，可以增加亲切感。

思政课的时尚魅力

本报记者 肖珊

精美的课件、生动的讲述、让人身临其境的影音资料、广阔独到的视角……这是武汉大学思政课堂的“标准搭配”。近年来，武汉大学结合“90后”大学生的特点，将动漫、流行语言、现场秀、新款网络游戏等青年学生喜爱的时尚元素引入思政理论课课堂，在新形势下尝试引导大学生树立正确的世界观、人生观和价值观，在思政教育改革中开出又一朵创新之花。

职业规划和机器猫出现在课堂上

校园时空 武汉大学报 2011年9月30日 3

思政课的时尚魅力

抓住每一个机会

此间的青春

2011版 沙场群英会

台上，老师照本宣科；台下，学生各忙各的。这样的理论课场景，在武汉大学早就out了。学校将学生的个人职业规划、校园生活、社会热点纳入理论课范围，从现象分析到理论升华，使理论课越来越受到“90后”大学生的追捧。

在哲学学院，党课是一项“系统工程”，有一个由学院领导、知名教师等组成的党课专门团队。“从本科生到研究生，针对不同年级层次，党课内容都不一样。”学院党委书记陈祖亮介绍，党课内容不断更新，包括适应新环境、男女生交往、克服不良习惯、自主创新创业……将学生党员智力发展、品德教育、成长规划有机融合。

生命科学学院大二学生薛晓曼记得，第一次走进毛泽东思想概论课课堂时，她带了两本漫画书。但刚坐定，她就被投影仪上的机器猫给整懵了，怀疑自己走错了教室。但马上薛晓曼的疑惑就被兴致取代了——讲台上，老师从机器猫讲到了它的创作者藤子不二雄，然后又引出了藤子不二雄创作的毛泽东画传以及他对毛泽东的景仰。“那堂课使我对毛主席有了新的更深的认识，也改变了我对思政课刻板的成见。”薛晓曼说，从那以后自己再也没带过其他书进思政课堂。

“有时只需改变一下教学方式，效果就会大不相同。”政治与公共管理学院教师罗永宽说，学生爱不爱听课，多半取决于任课教师讲得好不好，“所以我们改变了以往照本宣科的讲授方法，不断创新教育教学方法，有效地激发了学生学习理论课的兴趣和热情。”

时尚元素混搭的校园活动真给力

伴着欢快的音乐，4支参赛队伍的24名队员从舞台两侧同时上场，在台上绕行一周，台下观众随着音乐节拍掌声雷动……日前举行的第六届时事案例分析大赛决赛，模仿当下热播电视节目“非诚勿扰”入场式，一开场便吸引了包括嘉宾和评委在内的全场观众的眼球。

“时事观察队”表演的校园短剧用最简单的方式模拟着天安号事件背后东北亚局势的变化；“拓荒者队”则在校园里突发的“一根火腿肠引发的血案”后，认真对比了“生产商”和“监管方”的道歉信，反思食品安全……比赛现场，大学生熟悉的生活场景不断展现，多种时尚流行元素的加入，使比赛一改以往思想政治教育活动刻板严肃的面孔，使参赛者乐在其中，让观赛者看得过瘾，懂得深刻，学得轻松。

“这是参加过的最有趣的校园活动了。”“原来理论学习也可以如此生动和轻松。”观赛学子直呼“真给力”。

近年来，武大对思想政治理论课的实践教学进行了整体设计，完善了制度，建立了教学体系。通过“请进来”——定期组织学生听取各种报告；“走出去”——定期组织学生参观学习，举行全校性的大型教学实践活动，如“我看改革开放30年”演讲比赛、中国特色社会主义理论知识竞赛、大型课堂讨论、创建模拟法庭、开展心理咨询等不同形式的活动，有效调动了学生的积极性。

走出校园的实践教学受欢迎

每年年初，全国教学名师、政治与公共管理学院教授石云霞，都会为批阅学生的作业忙得不亦乐乎。他推动了一项规模空前的实践教学活动——全校7000余名大二学生，分别参观历史纪念馆和经济开发区，每个学生都要完成一篇实践教学作业。

“踏着历史的足迹，不禁心潮澎湃，给灵魂一次洗礼……多难兴邦，近代史上，中华民族经历了太多的艰辛与磨难，这必将激励华夏儿女为中华民族的繁荣富强不懈奋斗。”公共管理专业学生徐照在作业中这样表述。

据了解，武大通过开辟第二课堂，组织学生开展课外实践教学，利用假期进行社会调查，参与组织暑期“三下乡”等实践活动，建立思想政治理论实验教学中心，努力推进实践教学手段规范化、现代化，大大提高了学生学习理论课的积极性和主动性。教师带领学生走出课堂参观学习，使中国特色社会主义理论体系润物细无声地走进教材、走进课堂、走进大学生的头脑。

“在教室之外还能上课，这对我来说还是第一次，我和同学们都很爱上思政课。”水利水电学院大二学生邱阳说。

（中国高校好新闻奖一等奖、湖北高校新闻奖三等奖，《武汉大学报》第1247期3版，2011年9月30日，编辑：杨欣欣）

【记者手记】

从个人经验来看，一篇好的通讯稿，需要具备三个元素：主题、角度、故事。

这篇通讯是一则很急的命题作文，领导要求在一天内写一篇反映学校思政课教改成就的通讯，刊登于《中国教育报》。时间这么短，进行深入采访不太可能，只能在平时收集的素材里做文章（有意识地收集和积累素材，是记者必须养成的职业习惯）。

盘点了手中掌握的相关素材后，我决定将主题与当时社会的热点结合——“90后”。那时候，社会对“90后”多持争议和怀疑态度，他们的一些行为常会引发社会讨论。我将主题定为：武汉大学是怎么结合“90后”特点进行思政课改革的。主题确定后，我选择了三个角度，即三个小标题：课堂上、校园活动、校外实践。这三点加起来，将展示思政课改革的全景。至于故事，我掌握的素材足够多，供选择的余地大。

角度和主题确定后，写起稿来很快，几个小时就完成了。稿件发给领导后一次通过，没有要求修改；传给《中国教育报》编辑后，反馈回来的信息也说写得很好，很快就原文刊发了。

如果从讨论社会媒体偏好的角度分析这篇通讯的话，我认为它成功的原因有三点：

一是结合了社会热点。像“思政课改革”这样的选题，可谓老生常谈的话题了，读者包括师生对此多少有些审美疲劳。面对这种新闻价值非常有限的选题，找一个比较好的报道角度是关键，其中的方法之一是“蹭社会热点”。

二是故事生动。每部分都有一到两个白描式的场面描写，通过它们让读者产生代入感，体会思政课改革后的魅力。职业规划被引入思政课、机器猫的创作者与毛泽东的故事、以当时火爆的相亲节目“非诚勿扰”的形式开展时事案例分析大赛……《中国教育报》的编辑也说：“没想到机器猫的创作者和毛泽东还有这么一段渊源，真有意思，武大的思政课有听头。”

三是全文体例清爽而统一。全文分成三个部分，每部分都由4段组成，每部分的字数也相差不太多，有一种学院派的美感。眼下，随着新媒体的熏染，新闻报道的体例越来越自由，但在当年看来，这种自觉的追求也是专业性的一种体现。

九房沟的春天

——我校学者开展社区遗产保护新探索纪略

本报记者　冯林

面向溪流，依山而筑，层层青墙黛瓦的村舍静静伫立……在大别山深处，湖北省大悟县丰店镇九房沟的湾子已绵延400余年。

明末，其西面金鸡岭的颜姓族人的一支，第5代排行第9的先祖，带着家人，向东翻过寨基山，隐居此地。传说在该寨堡格局奠定之初，这位颜姓先祖常常对着寂静的山谷久久凝思。

400多年后，盘桓于九房沟，武汉大学城市设计学院赵冰教授和他的14个学生的思绪，仍能和那位颜姓先祖的思绪对接起来。

2　2013年7月5日　武汉大学报　综合新闻

创新品牌

中国质量领域首本学术刊物《宏观质量研究》面世

2013年中国研究生教育排行榜出台

冯天瑜谈中国智慧与社会治理

学者研讨诱导发光前沿课题

面向世界开展研究

作家曹建勋校友捐赠著作

我校入选中国教育后勤协会常务理事单位

九房沟的春天

——我校学者开展社区遗产保护新探索纪略

失落的明珠

“九房沟青壮年为了更高的生活质量几乎全都远走他乡，只剩一些老人留守。人少因此牲畜就显得很多，鸡鸭牛羊满湾子跑，叫声不断。”与导师一起考察的本科生陈楠对记者说。

全国第三次文物普查，大别山区的这个非常典型的聚落类型得以发现，赵冰将这个大别山区幸存的完整的遗迹确定为寨堡。这里是大别山南部相对封闭的地方，北有三爪山，南有清明山，东有仙舞山，西有寨基山。湾子始建于明末，清中晚期，达到鼎盛，形成了占地上万平方米的寨堡。

这是一颗失落深山的明珠，其极盛时期曾居住过15个富有之家，他们辛苦的经营带来了九房沟的繁荣，积累过惊人的财富。据说最勤奋努力的一家，曾拥有一千多公顷的土地。富裕并地处荒山野岭，让防御成了该社区极其重要的事情，于是成就了这座残留至今的颜氏寨堡。

寨堡有东中西三个寨门，一条主街，沿主街分布有12个门巷。走进门巷可以进入两侧各家的中堂及相关房间。整个寨堡形制独特，防卫性极强，各家院落有通廊贯通。土改时，寨堡的内部空间格局被分割改造，寨门寨墙也被拆掉，周围的林木经1958年“大跃进”被砍伐殆尽。“文化大革命”中，红卫兵“破四旧”将寨堡内大量精致的装饰砸毁。改革开放后，特别是这些年，大多数青壮年随着打工潮去了城市打工。九房沟昔日的辉煌渐渐远去。

“原来的村落就像《地道战》电影里那样防御严密彼此贯通。”硕士生潘晖说。正因如此，一直关注社区营造并把重点放在社区文化遗产保护上的著名建筑师和规划师赵冰，带着2位研究生和12位本科毕业班学生前来进行保护规划。

测量、绘图、拍照、与村民交流……清明节前后，师徒15人在九房沟忙了整整10天。“对我而言，这是全新体验。我们与当地人交流，听他们的想法，并准备协助他们保护规划和活化设计。赵老师带我们做的这个毕业设计，跟他的一些规划、设计思想的探索有关，目的是协助村民开展乡村社区营造。”本科生王月笆告诉记者。

对于学生，这是一种很有启发性的尝试。通过与村民交流，他们深深感觉到当地居民对自己湾子文化和历史的热爱，不禁被这淳朴之爱所浸染：“我对自己说，我必须要把它做好。”王月笆说。

清明时节，九房沟溪流清澈明净，寨堡苍凉悲切。这号称有51户人家的村落，如今只剩20几户人家留守于此，而且大多是些“老弱病残”。

学者的良知

如何保护历史文化聚落？如何进行乡村社区营造？如何对规划和设计专业学生的培养方式进行改进？这是赵冰多年来不断探索和解决的问题。

“规划和设计专业的学生需要走出去，广阔天地大有作为。”赵冰说。他将课堂搬到繁华的历史街区，搬到寂静的历史村落，这是他多年来培养学生的成功之道。

得知武大师生前来驻地规划，村民兴奋不已，他们与师生一起探讨村落的发展问题。镇领导听说后来了，县领导也闻讯赶到，他们几乎现场办公，随时准备为师生提供帮助。赵冰师生在九房沟驻地期间，湖北省文物局的领导还专门赶到九房沟看望他们。目前，该村正在进行国家历史文化名村的申报。

通过社区营造进行遗产保护，是赵冰师徒此行的主旨。“我一直关注社区营造。我是为探索基于乡村社区的遗产保护方法而进行一种探索。高校所能做的，是探索这种新模式并提供给社会推广。”赵冰说。

保护历史村落，恢复自然生态，倡导新型乡村化会展现一片新天地。现在，赵冰正在呼吁各级政府和相关部门，支持将这一历史村落建成一个新型的社区实体，让本地居民分享资源开发后带来的利益，而不是轻易引进开发商。“有不少引进开发商的失败例子，比如凤凰古城等，主要是外地人在进行商业性开发，本地居民的权益受到了侵害。”随导师进行考察的学生成烨说。

如果按照赵冰的思想去实施，将能解决另一个重大问题：乡村社区文化遗产保护问题。大量的文化遗产分布在乡间，而保护的人力严重不足，日常保护难以为继，必须依靠在地的村民来共同保护，这就需要让在地居民成为当地文化遗产的利益所得者，唯此才能将这种保护落到实处。

但是，发现、保护并开发一个历史文化村落，是个漫长而艰辛的历程。赵冰认为他们的艰辛之旅才刚刚开始。

清明节时，那些远走他乡的村民们陆续归来祭祖，村子稍显热闹了两三天，很快又冷落下来，仍是那些老弱病残在留守。

但现在，这个沧桑而凋敝的古村落，因为武大师生的介入，引起了村民保护和活化利用的自信；也因为武大师生的介入，九房沟的映山红仿佛开放得更加灿烂。

九房沟的春天苏醒了。

成功的个案

开展社区营造以及基于社区的文化遗产保护，大悟九房沟已不是赵冰的第一次尝试了。早在20世纪90年代，在黄陂北部，他就和当地的志士仁人发起创立木兰生态旅游区，并主持规划设计推动社区营造。

木兰生态旅游区，包括了黄陂北部的数个乡镇，辖域800多平方公里。那里是相对贫困的山区，但拥有良好的山水生态和丰富历史文化资源。如何发挥优势，改变其贫困面貌？这是赵冰决定志愿做这件事的关键。借助此项目，赵冰也在延续自己对城乡互动发展的实践探索，以在地乡镇为主，通过保护山水生态和历史文化资源，吸引武汉城区市民开展生态旅游。

那些年里，赵冰带着学生跑遍了那800多平方公里的山山水水，调查那里的生态和历史文化资源，和当地村民、官员互动，编制了木兰生态旅游区规划，这是当时中国大陆第一部生态旅游区规划文本，后来的木兰各个景区的建设依照这一规划加以落实，使今天木兰生态旅游区的影响日益广泛，也改变了当地村民的生活状况。

无数武汉市民在赵冰的规划设计里、在武大专家的智慧里流连，感受人文历史，融入自然生态。

“唯一遗憾的是，后来建设过程中引进大的开发商，在一定程度上对部分文化遗产权益持有人的权益造成了损害，违背了规划初衷。”赵冰说。

“在大悟的九房沟，我希望探索直接依靠在地公民、基于社区，这里主要是乡村社区，进行文化遗产保护以及生态恢复的方式。”

尽管如此，赵冰冷静地意识到，2000年至今，在生态涵养和文化遗产保护方面，我国的成就不尽如人意，必须探索以社区为基础的自主文化遗产保护以及生态恢复模式，官商结合的做法已经证明不可能做好这一工作。必须依靠社区村民或市民自主开展这项工作，通过新的合作化以及自治道路，实现新型乡村化和新型城镇化并行互动的发展。

（中国高校好新闻奖一等奖、湖北高校新闻奖一等奖，《武汉大学报》第1313期二版，2013年7月5日，编辑：肖珊）

【作品点评】

这些年来，赵冰在中国大陆力推社区营造，包括基于社区的文化遗产保护。他希望空间营造从根基做起，从与每个人切身体验和权益相关的社区切入。他选择孝感地区大悟县丰店镇桃岭村的九房沟个案来激活社区营造，重点就在于践行自己提出的“社区遗产保护”。

九房沟是全国第三次文物普查中发现的一个相对完整的明清古村落。赵冰带着一些学生深入九房沟，激发社区营造，重点探索基于社区的文化遗产保护和生态恢复的模式。

记者与报道对象赵冰老师为多年旧识，对这件事的全过程都比较了解，掌握了丰富的素材。写报道时，不自觉地采用了报告文学的笔法。对记者来说，这也是一次不错的体验。

采访深入、素材丰富，加上作者对这方面题材较为熟悉，因此稿件写出了一定的深度，不仅报道了成绩，也提出了问题，探究了原因，探索了解决方案。可以说，掌握第一手材料，对现象进行深入思考，然后构思好角度、搭建好结构，是写好一篇通讯的关键所在。

在对稿件的编辑过程中，编辑对记者原作中稍显庞杂的材料进行了再加工。“删繁就简三秋树，领异标新二月花。”以最简练的笔墨表现最丰富的内容，可以达到以少胜多的效果。越是素材丰富，就越是需要有忍痛割爱的勇气，如是，才有可能自辟新径，创造出与众不同的新格调。(杨欣欣、肖珊)

快来社团当学霸

本报记者 肖珊　学生记者 黄佳慧

想象得到袁隆平、易中天、九把刀等大咖明星坐在你面前，和你面对面交流吗？想象得到自己站在国际辩论赛的舞台上，挥斥方遒拿到冠军吗？想象得到在大学出一张自己的音乐专辑吗？

在武汉大学的学生社团里，这一切都可能实现。

在这里，当你“玩”时，便是在“学”。

你可以这样“玩”

校园时空　武汉大学报　2014年10月24日　3

太空掘金

树叶发电

美食推荐

点赞身边好人

快来社团当学霸

说起“玩在武大”，学生们会莞尔一笑。这句话不仅仅意味着“无早操，不点名”，更是指有充足的选择加入自己超有feel的社团，跟志同道合者玩个痛快，玩出名堂。

首先，“玩”的地方多。根据学生社团联合会提供的数据，截至2013年10月，武大共有各级学生社团300余个，粗略估计全校有超过1万名本科生参加了社团，也就是说，大约每3个人里，就有1人加入了社团。

其次，“玩”的花样多。爱好国学的同学汇聚珞源国学社，着汉服行释菜礼谢师恩；绿舟环保协会的观鸟达人们，手绘“珞珈山观鸟图”；

如果你课余时间沉溺于二次元世界，那么动漫协会绝对是你的菜。

“但凡你心念一动能想到的，都有对应的社团。”九月社团招新“百团大战”中，一位老练学长谆谆教诲大一小菜鸟，并不忘认真补充，“如果找不到中意的社团，那就创建一个好了。”

最重要的是，“玩”的格调高。每年三月樱花盛开，武大就会迎来一场“文化狂欢”。白天，一年一度的樱花诗赛如火如荼；入夜，樱花树下总会响起校园歌手的吉他弹唱声；如果你在此时踏进樱顶的大学生俱乐部，则多半能欣赏到一场发人深省的戏剧表演。浓郁的人文气氛和明媚的自然美景融为一体，光是想一想就醉了。

不过，不是仅凭“感兴趣”就可加入自己喜欢的社团。校辩论队声名远播，虽然规模小，但成员个个是精英。想要成为他们中的一员，首先要成为院级辩论队成员，并在校辩论赛中取得突出成绩，才能获得申请资格，然后还得经过几轮面试的车轮战，可想而知门槛有多高。

周恩来与觉悟社，威廉·拉塞尔与骷髅会，莫扎特与共济会，吴敬琏与音乐社团……名校都有丰富的社团，优秀的年轻人总和社团联系在一起。很难说，是社团成就了后来的他们，还是他们光大了社团的威名。不容置疑的是，社团为他们追求梦想插上了一双翅膀。在珞珈，又何尝不是如此。

成才岂止在课堂

作为一名“85后”年轻人，陈铭身上有许多亮眼“标签”——国际大专辩论赛全程最佳辩手、电视节目主持人、高校教师……

今年陈铭博士毕业顺利留校任教，成为一名“青椒”。虽然身份变了，但“辩手”始终是他不变的印记。从学院辩论队到校辩论队再到国家大专辩论赛的舞台，陈铭说：“大学期间，辩论像一位不曾离去的良师，教会了我人生的道理，每一次辩论都是一次价值观、人生观、世界观的重建。”

校辩论队里流传着一个传奇：2010年10月国际大专辩论赛选拔赛，一个辩题是“新闻价值和人伦价值的比较”，来自电子信息工程专业的辩手郭彪准备时看了数不清的新闻学专业论文、著作，写了很多读书笔记，赛后直接跨专业考上了新闻学研究生。

郭彪的传奇经历说明，课堂并不是成才的唯一路径。武大学生中有一个现象：即使是一间“学霸”云集的宿舍，室友们的“硬件”也不雷同；若要找共同点，“社团领袖”是一个关键词。

武大素以选修课丰富闻名，但成才岂止在课堂。社团不仅仅是学生放松身心的地方，也是一个发掘特殊才能的渠道，更是一个实现自我价值的平台。许多从社团走出的学子，成为耀眼的明星。

记忆协会的袁文魁是湖北首位世界记忆大师、亚洲第一位世界记忆总冠军王峰的教练，培养了多位世界顶尖的“世界记忆大师”，被媒体誉为“中国记忆三剑客”之一。目前，他创办的武汉友思教育颇具规模。

数学建模协会堪称高手摇篮，国际国内大赛均有傲人成绩；口译队为外交部、商务部、新华社、世界500强企业等输送了大量高级外语人才……学生社团的实力不容小觑。

“要尽快适应大学学习方式的改变，学会自主学习。”开学初采访名师时，他们不约而同劝诫新生，将视线从书本和课堂中部分抽离，投入接地气的社团中，从兴趣出发，以图书馆和课堂为半径，一张一弛快乐地学习成才。

可以说，正是数不清的学生社团和创意百出的社团活动，让学生且玩且学，不知不觉中“打怪升级”，成为大学赢家。

泡社团是一种流行

当然，那些闪耀在聚光灯下的达人毕竟是“分子”，作为大基数“分母”的组成元素，学生痴迷社团的理由也很诱人。

社团，是课堂的补充，是理论知识的演练场。全国高校百佳社团中唯一的专业性学术社团——经济与管理学院康腾实践中心，成立于1992年，品牌活动“康腾全国高校学生案例分析大赛”作为我校精品项目，是全国高校学子指点市场风云、评判成败得失的专业舞台。

“在康腾激情燃烧铁马金戈的经历，给我在企业做管理积累了大量实战经验。康腾，是全国少有的像企业一样的社团。”南富士(中国)职前培训事业部总监徐新玉如是评价自己的康腾岁月。

社团，是图书馆和自习室的延伸。许多社团都有自己的工作室，在没课的下午或晚上，社员喜欢带上书包和电脑，在工作台上伏案至宿舍关门。

“有时看专业书，有时忙团里的事，有时什么都不做就是发发呆。”文华剧社的新鲜人庄晓雯很迷恋泡社团的感觉。

社团，把一群心性和追求相近的友邻聚合在一起，是可以满足诸多内在需求的小型“社区”。

基础医学院大二男生梁峻滔，是《武汉大学报》和学校新闻网学生记者团的成员。梁峻滔的作品很有文艺范，加上一手鬼斧神工的PS绝技，使他成为文字记者最抢手的搭档。他在这里一泡两年，不仅文字感觉和摄影技术大大提高，留下了不少好作品，还与来自文理学部的美女记者在跑新闻中日久生情，成为单身男生羡慕的对象。

“社团可是学习的好地方，还能教你怎么谈恋爱。”梁峻滔颇有心得，女朋友则在一旁开心地补充：“医学部的社团很有趣，文科生能从中学到不少冷知识，感觉很赞。”

像梁峻滔他们这样的校园情侣并非少数，这是社团生活的幸福副产品之一。武大作为一所综合性大学，社团亦带有鲜明的跨学科气质——不同专业、不同学部的学子们聚到“一个碗里”互相熏陶，使文科生平添几分科学素养，理工科生沾上几缕人文气息。

作为新时期的“学霸”，玩在武大，玩转社团，是一项必须 get 的技能。“学霸”的练功房，不仅在课堂和图书馆，更在社团。

（中国高校好新闻奖一等奖、湖北新闻奖三等奖、湖北高校新闻奖一等奖，《武汉大学报》第 1342 期三版，2014 年 10 月 24 日，编辑：杨欣欣）

【记者手记】

《快来社团当学霸》实际上是一篇总结性的工作通讯，既没有新闻的独家价值和时效性，题材也不新鲜，按理说获奖的可能性比较小。但它拿下 3 个奖项，囊括了当年高校校报三大参赛奖项的最好名次。

回顾当初写这篇报道时的心路历程，从一开始，就抛弃了中规中矩的报道思路，将立意定为“社团是第一课堂的补充和延伸”。围绕这一定位继续衍生出主题：在武汉大学参加学生社团，当你“玩”时，便是在“学”。

围绕这一主题，分为三个层次体现：一是社团花样多、玩法多、格调高；二是社团是成才的重要载体，许多明星学生即诞生于此；三是社团也是普通学生爱去的地方，在那里可以演练理论知识，交到志同道合的朋友。概括之：武大社团活动十分丰富，不仅明星学生爱泡社团，普通学生也爱泡社团。

提纲确定后，采访展开。新闻行话“七分采三分写”，在本文得到充分体现。为了搜集素材，我们采访了数不清的社团达人和普通学生，将其中有趣的故事摘出来呈现在稿件中。

写稿时，选择了偏向于文艺清新的语言风格，以达到“浓郁的人文气氛和明媚的自然美景融为一体，光是想一想就醉了”的设定，让读者顺其自然得出结论：在这么美的校园里，泡在喜欢的社团里，真是一桩赏心乐事。

学分制改革：探索中前行

本报记者　付晓歌

按学分收费对武汉大学来说，已不是新鲜的话题。该项措施已实施近一年，2011 年秋，这场被誉为“破冰”的改革，给百年老校带来一丝紧张气息，社会、媒体纷纷将目光投向这所在湖北省“第一个吃螃蟹”的高校。

事实上，武汉大学的学分制改革，20 世纪 70 年代末就迈开了改革的步伐，34 载改革风雨路，饱含曲折和艰辛，也充满成功与喜悦。

勇开先河

武漢大學報
WUHAN UNIVERSITY WEEKLY
长江文明传承发展协同创新中心成立
我校学习胡锦涛“7.23”重要讲话精神
坚定不移地走中国特色社会主义道路
28 年诠释“南极精神”
现代地球空间信息科学协同创新中心通过论证
学分制改革：
探索中前行

20 世纪 70 年代后期，拨开阴霾，曙光重现。教育重建工作进行得如火如荼，要求“多快好省”积极培养人才的变革正在酝酿着。

1978 年 3 月，在全国科学大会上，分管科教的副总理方毅第一次正式提出：“有条件的高等学校可以实行学分制。”时任教育部党组成员、高等教育司司长的刘道玉，积极倡导并建议武汉大学先行试点实行学分制。这一建议被学校采纳，1978 年上半年，武汉大学率先在历史学、数学、政治经济学三个专业 1977 级试点试行学分制，9 月起在全校各专业全面推行。

原教务部部长吴平还记

得，1979年她进校时，便得到一个小小的记分册，用于记录每学期学了哪些课、考了多少分、获得多少学分。那时的她，对学分制没有过多了解，但可以随意旁听其他系的课，任意选修自己喜欢的教学内容以及精彩纷呈的讲座。这些都给她留下极为深刻的印象。

的确，相对于学年制而言，学分制给了学生一定的自由度，学生有了选择课程、选择教师的权利，学会自主决定学习与今后的发展方向。

学分是计算学习量的单位，但质如何保证？校教学督导团常务副团长娄延常教授说："当时，为抑制学生片面追求学分而轻视学习质量的苗头滋生，学校实行学分绩点制，把学习的量（学分）与质（绩点）结合起来以保证学习质量。"

为给学生更多的学习自主权和选课自由，必修与选修学分的比例不断调整，由最初的8：2逐步扩大到6：4或更多。为适应经济体制的变革，学分制也走过了"学年学分制"或曰"计划学分制"到"计划指导下的学分制"，再逐步发展到现行学分制制度。

娄延常说，可以自由选课后，学生突然迷失了方向，随意选择课程造成知识结构构成不合理。基于这种考虑，学校出台了辅修制度，鼓励倾向于某一方向学习。后又演变为双学位制。1985年《中共中央关于教育体制改革的决定》明确要求，要"积极进行教学改革的各种试验"，"实行学分制和双学位制"。是年底，全国200多所大学来武大交流，有三分之一高校实行了学分制。当下，全国高校已普遍实行学分制。我校以学分制为主的教学管理制度改革创新的做法，为许多高校所借鉴，起到了重点大学的示范和引领作用。

推陈出新

推出"三创"教育理念后，2002年，武大在全国高校率先推出"创新学分制度"，学生在科研和社会实践中，取得具有一定创新意义的智力劳动成果或其他优秀成果，经学校创新学分专家评审委员会评审认定后，授予创新学分。这一制度创新，极大地调动了学生从事创新活动的主动性和积极性。

近年来，有不少学生获得了这部分学分——水利水电学院学生张晨，两年内拥有国家发明专利4项，获得创新学分40分；经济与管理学院学生张三宝，毕业前夕获得了106分的创新学分……

学分制改革的步伐并未就此停止。2010年6月2日，武汉大学《全日制普通本科生学分制收费管理办法》出台，将学分收费制推上试运行舞台。

教务部相关负责人介绍，改革后的学分制收费由课程学分费和专业注册费构成。专业注册费根据不同专业的培养成本、专业特色、学科差异而确定，一般专业、热门专业、艺术类专业每学年分别不超过1500元、2500元、5500元。课程学分费按学生所修每门课程规定的学分收费，每学分学费100元。

“学生在学制规定时间完成学业所交纳的费用，不会高于物价部门现行规定的学年制学费总额。”教务部教务管理办公室主任方祥玉说。同时，该制度对学习成绩优异者给予很大的奖励幅度。如创新学分可以记为通识选修课程学分，不需交纳课程学分费；学生一学年内所修课程的平均学分绩点达到3.7及以上，下一学年奖励3学分的课程学分费；毕业时若总平均学分绩点排在毕业生总人数前1%，返还全部课程学分费。

教育科学学院教授邓和平认为，这样的改革有利于优化教育资源的配置，学生对课程的优选可以促进教师的发展。同时，学分制收费把权利移到作为“消费者”的学生手中，学生便会谨慎选择，也能激发他们的学习积极性。

迎接挑战

学分制收费经过一年试运行后，一些问题悄然浮出水面。

一些教师表现出不同的担忧。资源与环境科学学院教授吴艳兰坦言，“有的学生以老师给的分数高低与否来决定是否选这门课，学分制收费后，这种现象愈演愈烈，给分严格的老师，课堂就可能‘门可罗雀’。”“学生选课不是从兴趣和需要出发，导致听课很不认真，常常上到一半就走了。”城市设计学院教授尚涛皱起眉头。

针对这一状况，方祥玉坦承这一现象确实存在，除了对学生提出更高要求外，教务部也在采取积极措施，加强对教师的监督管理，要求杜绝用高分吸引学生的做法。同时在大学英语、思想政治理论等通识必修课上采取统一出题和阅卷的方式，避免此类情况发生。

计算机学院2010级学生张庆星告诉记者：“我对老师都不了解，也不知道要选谁的，就跟着同学们一起选了。”每年选课时，都存在由于缺乏指导，学生盲目跟风的情况。

刚从美国德奥斯汀大学获得博士学位的大学英语部教师桂敏说：“在美国选课时，有专人负责了解学生的情况，并给予中肯建议，能最大限度发挥学生的潜能。不知道武大的学生们选课时是否也得到相似的建议。”

针对盲目选课的情况，20世纪80年代武汉大学推行了导师制度。通过一对一的指导，有效解决了这一问题。“但由于近年来大学不断扩招，学生数量激增，教师资源跟不上。导师制由最初的一对一变成一对几十，指导缺乏及时性和针对性。”娄延常说。

学分制收费后，教师、教室、网络等资源紧缺的问题日益明显。经济与管理学院2010级学生赵海燕想选修《微观经济学》和羽毛球课，但二者时间冲突，最终她只得放弃心爱的羽毛球课，无奈地改选不怎么感兴趣的气功课。

娄延常一针见血地指出，当前实行学分制改革最核心的问题在于，高等教育资源短缺与学生需求量尤其是课程资源需求量大的矛盾十分突出。曾有学者把学分制形象地比作一个教育超市，认为学生上课像在市场选购商品。但是在学分制收费改革的同时，针对教育超市的革新却没有跟上脚步，而这才是中国高等教育改革必须解决的问题。

“新事物的成长都有一个漫长的过程”，教务部副部长赵菊珊认为：“推动这项工作有意义，因为它代表着教育改革的方向。学分制收费改革符合《国家中长期教育改革和发展规划纲要》，是学分制改革的延续和完善。”

武汉大学的学分制改革走到今天，积极融入按学分收费这一必然趋势。“要深化学分制改革，完善并落实按学分收费后各项制度。”2012年学校工作报告中这样写道。

实行按学分收费看似收费方式的改变，实质上是对现行教学管理制度、学校各项规章制度的挑战。如对机房、实验室等教学辅助部门，宿舍、餐厅等后期服务部门，教室、网络等教学资源保障机构都提出一系列要求，更是对教学管理部门一系列制度和工作方式的考验。如何给学生提供更多课程资源、增加课程数量和更新课程内容，如何改变教师开新课不积极的现状，如何调动教师教学改革的参与性等，都对高等教育工作提出了更高要求。

“高校的各种改革都是在争议中前行。目前学分制是主流教学管理模式，但不是唯一的。适合中国高校教育的管理模式，需要在探索中不断完善，我们还有很多工作要做。”娄延常语重心长地说。（学生记者徐爱珍、陈怡蓓对本文亦有贡献）

（中国高校好新闻奖二等奖、湖北高校新闻奖二等奖，《武汉大学报》第1283期一版，2012年9月21日，编辑：杨欣欣）

【采编手记】

这是一篇反映武大学分制改革的深度报道。

深度报道是一种系统反映重大新闻事件和社会问题，深入挖掘和阐明事件的因果关系以揭示其实质和意义，追踪和探索其发展趋向的报道方式。是一种运用解释分析预测等方法，从历史渊源、因果关系、矛盾演变、影响作用和发展趋势等方面报道新闻的形式。它突破了一人一地一事的报道模式。一面剖析事实内部，一面展示宏观背景，把握真实性。着重揭示原因(why)和怎么样(how)两个新闻要素。深度报道一般具有思维的立体性、背景的广阔性、论理的思辨性和开掘的纵深性。

武大是改革开放后在全国率先实行学分制的高校，为中国高等教育树起了改革的典范。在新的历史时期，学校与时俱进，将学分制改革不断推向前进。本文梳理了武汉大学学分制改革的来龙去脉，介绍了多年积累的经验，分析了其中存在的问题。凭借事实，深入分析。记者进行了大量、深入的采访，获取了丰富的新闻素材。在写作上，采取了探讨式的写法，不回避问题，不唱赞歌，让观点在文中交锋。将学分制改革的优点与缺点，留与读者去评说。

“他是我的一位挚友”

——记桂希恩与温总理的不解之缘

本报记者　陈丽霞

“我曾多次同武汉大学附属医院（指中南医院——编者注）的桂希恩教授探讨艾滋病防治工作。在他困难的时候，我到他家中看望他，为他热心艾滋病防治事业的崇高精神深深感动，从此，他成了我的一位挚友。”6 月 11 日，中共中央政治局常委、国务院总理温家宝在两院院士大会上，又一次提及桂希恩教授。

温家宝和桂希恩有着不解之缘。两人的第一次相见，是在桂希恩的家中。那是 2004 年，也是一个 6 月 11 日，听闻桂希恩的事迹后，正在湖北考察工作的温家宝专门抽出时间，登门看望桂希恩。

武漢大學報
WUHAN UNIVERSITY WEEKLY
打造武大又一闪亮“名片”
校领导考察人民医院东院建设情况
“他是我的一位挚友”
——记桂希恩与温总理的不解之缘
联合国论坛
汪习根纵论发展权
本科就业工作推陈出新
签约管理系统正式启用
迎新饭
武大精神之我见
征文启事
着力培养拔尖创新人才

很多人都还记得当年那感人的一幕。温家宝一走进桂希恩家简朴而整洁的客厅，就紧握着他的手说：“我在电视上看到你的事迹，很感动。我还在最近召开的‘两院’院士大会上表扬了你的事迹。这次到湖北出差，专门来看看你。”“你是一位好医生”，温家宝这样评价桂希恩。

此后，温家宝曾四次特邀桂希恩考察艾滋病防治工作、赴京参加防治艾滋病工作会议，听取他对艾滋病防治的意见和建议。2007 年，温家宝约桂希恩一起去河南上蔡县看望艾滋病患者；2008 年世界艾滋病日，温家宝前往安徽阜阳看望慰问艾滋孤儿，再次邀请桂希恩随行；2009 年，桂希恩应温家宝邀请一同在北京看望艾滋病患者；2010 年世界艾滋病日，桂希恩又应温家宝邀请随行前往四川凉山考察艾滋病防治工作。

桂希恩还记得总理的细心。在四川凉山某村考察时，由于该村地处海拔 2820 米的高寒山区，温家宝特意走到桂希恩身边，询问他是否能承受高寒山区带来的不适，得知他还能坚持时，温家宝便放心地继续考察。

那次在凉山，桂希恩很高兴："我汇报工作前做了充分准备，除提出传染病防治建议外，还专门针对凉山防治艾滋病发表了意见。温总理在最后的总结中，多次引用了我的观点，我的建议总理听进去了。"

此后，温家宝也曾多次在不同场合提及他的朋友桂希恩。

2010 年 9 月 22 日，在纽约联合国总部出席联合国千年发展目标与艾滋病的讨论会时，温家宝又一次提到桂希恩。"爱是减轻艾滋病病人痛苦的良药。"温家宝说，在中国，有许多关爱、救助艾滋病人的志愿者。说到这里，他提起了桂希恩："他也是我的朋友，已经 70 多岁了。几十年来，他一直自费救助艾滋病病人，还把病人请到自己家里住。"

2010 年，温家宝接受中国政府网、新华网联合专访，与网友在线交流。在谈到医疗作风时，温家宝又花了较长时间谈起了桂希恩。"我认识的医生不是很多，但是我有一个很好的朋友，我非常想在在线访谈上宣传一下他。他为了调查艾滋病的情况，走遍了祖国各地，甚至因为一些误解而受委屈。但就是这样一位医生，许多艾滋病病人把他当成朋友。"

当时，温家宝还提及一件让自己很受感动的事情："桂希恩有一次带一个护士去给一个村的居民进行血液抽血化验，护士不小心把自己的皮肤刮破了，他心里十分不安，很快就让医院给这位护士检查，当发现没有问题的时候他放心了，但从此以后，成千上万的抽血实验都是他自己来做。"温家宝说，我们需要这样的医生，需要这样的医德。我们不仅要搞好制度建设，而且要推崇高尚的医德风尚。

"我希望和大家一起，为老百姓做更多有益的事。"这是桂希恩在与温家宝的交谈中讲的话，也是他对于人生的理解，他正是远远超越了自我的狭小世界，而将人类的幸福作为一生追求的目标。

"一个教授的 5 年，将惠及整个民族 500 年。"一位国家总理和一位大学教授、医生的友谊，让人们既感受到温家宝总理对国家民族人类命运深切挂怀的高尚情怀，也感动于桂希恩教授献身医学科学事业的崇高精神。

（中国高校好新闻奖二等奖、湖北高校新闻奖一等奖，《武汉大学报》第1287期一版，2012年10月19日，编辑：杨欣欣）

【记者手记】

6月某天，临近中午下班时，笔者接到通知："6月11日，时任中共中央政治局常委、国务院总理温家宝在两院院士大会上，又提及我校中南医院桂希恩教授，请你以此事为由头，写一篇回顾温总理与桂希恩几次交往的通讯稿。"

接到任务后，笔者脑子里迅速浮现出与桂希恩相关的新闻报道。桂希恩因在艾滋病教育、预防、关怀等方面的卓越成就，曾获贝利-马丁奖、中央电视台"感动中国"人物等奖项。在武汉大学，这个名字可谓无人不知、无人不晓。2004年温总理曾登门看望桂希恩的事情，也有很多人都还记得。通过进一步搜寻，笔者发现，温总理曾四次特邀桂希恩同行，考察艾滋病防治工作，也曾多次在不同场合提及他的朋友桂希恩。

素材迅速收集齐后，本是写作慢热型的笔者，连午饭也没顾上吃，就一气呵成写成了这篇通讯。稿子回顾了近些年温总理与桂希恩交往的点点滴滴，重点突出了温总理对桂希恩的几次评价和交往的细节，并在末尾适当加入评论：感怀温总理对桂希恩这样的学者的牵挂、对国家民族人类命运的深切挂怀，也感动于桂希恩献身医学的崇高精神。

之所以能够获奖，笔者分析：其一是因为主题有意义，文章生动地刻画了一位国家总理和一位大学教授、医生的深厚友谊。其二是因为有细节，在通讯里，恰如其分而不是无病呻吟的细节往往最能产生感染力。几次交往的细节刻画，反映了人物内心，也深刻地衬托了文章主题。而篇末的议论，经过编辑修改后，提升到关怀国家民族人类命运的高度，使全篇的主旨得到更好的升华。

大爱珞珈

——武汉大学“群星现象”透视

本报记者 杨欣欣　通讯员 王中全

珞珈之山，东湖之水，山高水长，流风甚美。

9 月，藏族学生的“武汉阿爸”杨昌林获全国道德模范提名奖，因为“他书写了民族团结的大爱篇章”。

珞珈星光灿烂。抗艾勇士桂希恩入选感动中国年度人物，背父求学黄来女获评全国道德模范，支教玫瑰赵小亭被追授为“全国无私奉献优秀大学生”；全国劳动模范、先进工作者、优秀教师和教育工作者、优秀党员、医德楷模、辅导员年度人物、大学生年度人物、杰出青年志愿者、自强之星……光耀神州的“明星”阵容中，一个又一个武大人的名字，熠熠生辉。

武漢大學報

WUHAN UNIVERSITY WEEKLY

湖北高校“两访两创”推进会在校举行

武大做法获省领导好评

学校部署学习贯彻六中全会精神

专题研讨文化建设推进工作

访谈师生“一个都不能少”

教育部副部长杜占元来校考察

联手斯坦福研究合成优化获新突破

水稻抗褐飞虱基因研究国际领先

星光大道相约珞珈

武大科技代表团访问美国高校

我校组团访问欧洲高校

大爱珞珈

英模辈出的“群星现象”，令人感奋，引人深思。纵观“明星”的运行轨迹，有一个共同之点——闪耀爱的光辉；而“群星效应”的产生，正源自珞珈山这片培育典型的良田沃土。

明星闪耀，照亮精神天空

“一个教授的 5 年，将惠及整个民族 500 年。”桂希恩教授冒着生命危险数十次到农村调查艾滋病疫情，以医生的良知和责任，拉响了艾滋病在中国大地上蔓延的警报；用博大的爱心医治患者、救助病人。

唯楚有才，于斯为盛。

桂希恩是珞珈璀璨群星的杰出代表，他的事迹不仅感动了中国，也感动了世界。温总理曾在联合国大会上将他作为典范：“几十年来，他一直自费救助艾滋病病人，还把病人请到自己家里住。”这是最博大的爱，闪耀着人性的光辉，蕴含着对国家、社会乃至全人类的崇高责任。他为中国人民所了解——他是全国优秀教师、全国医德楷模、中国医生最高荣誉白求恩奖章获得者、全国五一劳动奖章获得者、人民医学家；更为世界同行所敬佩——他也是艾滋病预防国际最高奖贝利-马丁奖获得者、美国《时代》周刊全球医疗英雄……

“背着父亲上大学，孝女撑起一片天。”黄来女凭着坚强的意志和乐观的精神，克服了常人难以想象的困难，一边精心照顾重病的父亲，一边继续完成学业，独自撑起一个家的全部。这是最真挚的爱，体现了中华传统美德中最朴素的亲情、感恩和孝道，是这个时代弥足珍贵的“精神钙片”。

情系山区儿童，两度奔赴边远山区支教，把年轻的生命奉献给了贵州山区的教育事业。赵小亭用短暂而闪光的生命，诠释了“奉献、友爱、互助、进步”的志愿者精神，体现了“90后”一代大学生乐于奉献、勇于担当的强烈社会责任感。这是最无私的爱，所有的付出只因爱的力量，堪称全国青年志愿者之楷模。

33年的持续关爱，家庭收入的三分之一用于援助西藏学生，家中招待一万多人次……情系西藏，大爱无疆，杨昌林以满腔热忱和默默奉献，筑起藏族学生的“幸福之家”，为一个又一个学子架起了通向理想的桥梁。这是最深厚的爱，一段感人肺腑的“西藏故事”，谱写民族团结的正气歌，奏响社会和谐的最强音。

珞珈有大爱，明星闪光芒。他们的故事传诵在荆楚大地，他们的事迹感动了大江南北。一批在全国有重大影响的先进典型，产生了巨大的示范效应和重要的引导作用。

群星争辉，形成辐射效应

校党委书记李健强调，要充分发挥典型的示范作用，用身边事教育身边人。不仅要继续深入学习宣传已有先进典型，还要培养、挖掘更多的先进典型，组织开展形式多样的学习宣传活动，形成武汉大学群星灿烂，人人争学先进、争当先进的良好氛围。

如今，榜样的辐射效应正日益显现——

桂希恩是“青春红丝带”行动中年龄最大的志愿者，每年带领学生奔赴艾滋病高发区开展宣教活动。他让爱心汇聚，让温暖传递，用人格魅力感化了身边的每一个人，让更多的人汇入爱的洪流。

杨昌林用爱心筑起的“藏族之家”如今正在逐渐扩大，援藏回来的女儿、女儿在西藏的同事、从西藏回来的朋友……越来越多的人加入进来，进行爱的接力。

黄来女在2006年中国大学生年度人物颁奖仪式上感言：“是武汉大学的校训精神激励着我自强不息”，“我一定将会爱传递下去。”在她的精神激励下，学生中涌现出一大批自强之星。

赵小亭生前所在党支部深入开展“学小亭创先进争优秀”活动，成为全省先进基层党组织；每年暑期，一支支“小亭爱心支教实践队”从珞珈山出发奔赴支教一线，用行动弘扬小亭精神。

点燃一盏灯，照亮一大片。典型就是旗帜，就是方向，就是形象。

武汉大学师德标兵、学生最喜爱的老师、杰出校友、杰出青年、机关服务标兵、后勤服务能手、三好学生标兵、优秀学生干部、珞珈风云学子、自强之星……系列先进人物评选表彰和学习宣传活动高潮迭起，广大师生员工见贤思齐，奋勇争先，从教师到学生，从管理干部到后勤职工，从专家学者到辅导员，各方面的先进人物不断涌现，形成了蔚为大观的珞珈群星现象。

15位国家教学名师，10多位全国劳动模范，10多名全国优秀教师，30多名全国先进教育工作者，以吴奇凌等为代表的辅导员先进典型，以胡常春、陈实、刘卫等为代表的后勤服务标兵……优秀教师和教职工队伍不断成长壮大，爱心育人是共同的精神内核，爱岗敬业是共同的形象标签。

为留守儿童“种太阳”，10余所高校的500多名志愿者加入了李可欣的队伍；全国无偿献血奉献奖金奖获得者陶孝芳数十次献血，并用自己的行为感染了更多的人，她所在班级就有一半以上同学“加盟”无偿献血；湖北大学生年度人物卢章洪张开“救护之翼”，普及急救知识，惠及1万余人；在大山深处建起“魔法教室”，赵书影带领的团队吸引了越来越多的志同道合者，在帮助山里孩子的过程中让梦想花开……武汉大学2万余名中国注册志愿者，在追寻梦想，奉献爱心。

群星争辉，构成珞珈山光彩夺目的壮美画卷。

追星捧月，彰显价值追求

做人要做这样的人，追星就要追这样的星！对英模人物的尊崇，彰显一所大学的价值追求。

崇尚英模，源自武大人的历史情怀。

20世纪70年代末，学校曾做出向许海兰学习的决定。许海兰，桂希恩的母亲，武汉大学外文系教授，1979年获全国三八红旗手称号。

这段传奇，反射出一种代代相传的精神追求。从来珞珈多俊杰，武大有着深厚丰赡的人文传统，百余年来，一代代革命先驱、硕学鸿儒，担负天下兴亡，传承中华文化，陶铸珞珈之魂。

正如校长李晓红所说：大学精神虽然无形，却是永恒的，这也正是一所大学经久不衰的独特魅力和生命所在。正是一代代武大学人的耕耘、涵育，正是一代代武大学子的承继、弘扬，珞珈之山、东湖之水的“精、气、神”才得以生生不息、滋兰养蕙。

崇尚英模，源自武大人的时代责任。

他直至逝世前还一直惦记着两件大事：一是两本尚未完成的学术专著；一是关于教育教学质量，他对比了欧美世界一流大学与中国大学，并进行了深刻剖析……马克昌，我国刑法学界的一颗巨星，一生追求真知与善意，被誉为“当代中国的一颗良心”。

武大学人素来具有强烈的社会责任感。以宗福邦教授为代表的《故训汇纂》课题组、以李德仁院士为代表的科技创新团队、以鄂栋臣教授为代表的南北极科考小组……学者大师率先垂范；以中国大学生自强之星杨应成为代表的优秀学子、以中国大学生年度人物吴斌为代表的大学生创业典型……风云学子领航青春，同谱大爱之歌，共担时代重任。

崇尚英模，源自武大人的文化自觉。

“群星效应”带来的精神力量，是学校发展的宝贵财富和不竭动力。学校大力培育这一文化软实力，为建设中国特色世界一流大学提供强劲支撑。

高品位的精神涵育。坚持不懈地推进思想道德建设，积极构建社会主义核心价值体系。重大节庆日和纪念日的主题教育活动，成为凝聚师生力量、激发爱国爱校热情的生动过程。

提升效应的有利机制。每一个先进典型的产生，都经过了院系发掘推荐、学校培育宣传、全省示范、全国推广的层层发展和不断成熟的过程。学校专门发文号召师生向先进人物学习；深入挖掘其感人事迹，凝练精神内核；座谈研讨、巡回报告、系列通讯……立体式、多层次的学习宣传机制，让典型在第一时间、更广范围和更高层面发挥示范效应。

阳光育人的良好生态。切合青年大学生的个性特点和思想脉搏，在亲切、平等、和谐的氛围中实施教育引导，营造了有利于学生施展才华、健康成长的阳光育人生态。各种学生先进典型的评选表彰活动，既高扬主旋律，又融入时尚元素，提升了思想教育的品位，为人才培养目标树立了典范。

尊重先进的优良环境。学校对先进典型既从生活、学习和工作上给予关心和帮助，又从思想和精神上予以指导和鼓励。每年教师节评选表彰优秀教师和教育工作者，为执教满30周年和50周年的教师颁发荣誉证书，评选武汉大学年度新闻人物，校领导关心看望老同志老教授老干部、老红军……这些都已成常态。在武汉大学，先进典型和模范人物始终得到尊重与厚待。

正是在这样的氛围中，一批批优秀教师自觉践行社会主义核心价值体系，一位位明星学子以行动展示积极向上的精神风貌，树立起了可亲、可信、可敬、可学的标杆。

这是一片群英荟萃的热土，这是一个英模辈出的时代。一个典型就是一颗耀眼的明星，成为弘扬武大精神、树立时代新风的航标。群星灿烂，筑起大爱珞珈。

(湖北高校新闻奖一等奖，《武汉大学报》第1252期一版，2011年11月11日，编辑：陈丽霞)

【作品点评】

这是一篇优秀的通讯作品，体现在四个方面：导向正确、主题集中、论述深刻、形式新颖。

本文通过介绍抗艾勇士桂希恩、背父求学黄来女、支教玫瑰赵小亭、“武汉阿爸”杨昌林等师生典型，利用典型的示范效应和引导作用，鼓励师生自觉践行社会主义核心价值观，以行动展示积极向上的精神风貌，树立起可亲、可信、可敬、可学的标杆。导向明确，能够形成巨大的社会正效应。

洋洋洒洒3500字，却形散神不散，始终不离“珞珈群星”这一主题。一篇好的通讯一般来说只表达一个主题，而不能多个中心多个主题。确立一个主题之后，就要学会挖掘主题，抓住事物的本质，使通讯富有思想性和深刻内涵。

深化主题不是任意拔高主题，而是在丰富的事实材料基础上去挖掘开拓，深刻的主题一定是从大量的典型材料中提炼出来的。该文从多个典型人物切入，既介绍了珞珈群星在社会各界所发挥的作用，这是事实的层面，也介绍了其“辐射效应”和“价值导向”，这是理念的层面。有理有据，论述深刻。

这篇通讯最大的特点是文字优美，多处进行文学化处理，善用短句，妙语连珠，形成力与美的结合，作者的文字功底可见一斑。这种写作形式上的创新，表现出作者精益求精的态度，也是新媒体时代最应当注意的一个方面。如何写出既深刻又耐读的通讯，是每一个新闻工作者需要思考的问题。(严航)

麻辣期末考

通讯员　文苑

李公晓红与孔子、墨子、老子、韩非子会于珞珈山之六一亭，煮酒流觞，俯仰谈笑，其乐融融。忽而李公正襟危坐曰："余闻诸子乃春秋战国之雄才伟略者，各有治国之术。今晓红初掌武大，何以治校，欲请诸位不吝赐教。"

这不是校长李晓红院士玩"穿越"，而是1月5日文学院《中国古代文学》期末考试的一份学生答卷。这道题目要求学生"分别虚拟孔子(或孟子)、墨子、老子(或庄子)、韩非子的语气，写一篇题为《假如我是武大校长》的短文，白话文、文言文皆可"。

校园时空
武汉大学报
2012年1月13日
3
走过去，又是一片天
——黄碧海先进事迹报告会侧记
三十年青春再回望
麻辣期末考

出题老师鲁小俊副教授介绍，《中国古代文学》的学习重点之一是先秦诸子思想。自己常在学校论坛上"潜水"，发现很多学生对学校发展非常关注，常以各种形式向学校领导提建议。于是想出让学生自封校长，并以先秦诸子的不同思想来治校，"主要是希望学生能活学活用、理论联系实际"。

1月6日，鲁小俊批改试卷时发现，很多学生思维活跃，模拟诸子百家的口吻很到位，想象力也比较丰富。郑学明同学模拟孔子的话说："上课的方式、时间、地点、内容皆可自由安排，不必整天关在教室。"(按：孔子授课，或在树下，或在水边）高敬铖同学模拟孟子和墨子的话：“我当校长，当以学生为贵，学校次之，校长为轻。”“若以吾兼爱之义，则师爱众生，不挂其科。”韦东见同学模拟老子的话，“学生尽量少与外界接触，与对面的华师等校老死不相往来”。

1月5日的《中国现当代文学》期末考试，学生则过了一把“主编”瘾。该试卷要求“假设由你来撰写一部《中国现代文学》的文学史著作，你会按照怎样的思路与框架去编写？请结合一年来中国现代文学史、当代文学史的学习，设计《中国现代文学》的编写框架与内容安排”。

出题教师叶李介绍，考查的主要目的在于，让学生结合平时的学习和阅读积累，进而由点到面梳理和整体把握文学史的发展脉络，鼓励学生设计由自己编写的文学史著作提纲和内容。这种让学生带着“任务”学习的新型教学模式，叶李称之为“任务型”教学。

被学生亲切喊作“御姐”的叶李，设计这道题时颇费苦心，她敢于将位于学术前沿的重大“重写文学史”的课题交给本科生来思考和尝试，引领学生以此题为契机，不断思考和完善属于自己的现代中国文学史。

对于这一特殊考题，2009级中文专业学生张志然说：“答卷的时候比较轻松，不紧张”，“一眼就看得出平时的积累，更贴近我们的真实水平。”

在文学院，活跃着一群有着教改新思路的教师，仅在考试方式改革方面就有很多“亮点”，如武汉大学教学名师李建中教授在《中国文化概论》期末考试中推出的“自拟一份本科目试卷”、“学术辩论代替期末考试”，肖圣中副教授用“天书试卷”考查学生真功夫，王兆鹏教授让学生排演古代情景剧代替期末考试等，让学生大呼过瘾。

文学院的教师们为何热衷于教改？李建中的一席话解开了“谜底”。他说，采取这种方式出题，旨在改变学生“上课听写、复习抄写、考试默写”的“三写”状态，希望他们有点创新，来点创意，多点创造，体会到自主性学习和创新式学习的乐趣。

学生也很享受新奇的考试方式，学生杨映娇说，《中国古代文学》灵活开放的试卷是她印象最为深刻的期末考卷。学生张志然很享受考试当“主编”的机会，他说：“答卷会比较轻松，但答题更体现我们的真实水平。”

文学院副院长涂险峰认为，教改新举措、考试新招法都是为了提高教学效果，调动学生学习的积极性、主动性和创造性。他介绍，文学院一贯重视教学，连续四年获武汉大学本科教学评估一等奖，青年教师郭婷婷、叶李获武汉大学青年教师讲课比赛一、二等奖。

据了解，文学院教师在教改方面独树一帜，有些教改举措在全国产生了良好的示范效应，如“三问免试”的创始人冯学锋教授在语言学课程中推出“一学期提出三个有价值的问题，可免期末考试，成绩记为优秀”被《光明日报》报道。阮桂君副教授指导2009级对外汉语专业全班学生翻译剑桥大学语言学教材《二语习得引论》被《湖北日报》报道。2011年至今，新华网、光明日报、中国青年报、湖北日报、长江日报等媒体报道文学院教学改革、考试改革新举措近20条次，在社会上引起较大反响。

(湖北高校新闻奖一等奖，《武汉大学报》第1262期三版，2012年1月13日，编辑：肖珊)

【作品点评】

这是一篇来自文学院的通讯，从一道期末考试题《假如我是武大校长》说开去，娓娓道来，展示了该院教师致力于教改，让学生体会自主学习和创新学习乐趣所进行的各种有趣探索。这也是武汉大学本科教学改革的一个缩影。这篇报道登出后的点击量和获奖都说明，越是小的、生动的新闻，越是耐读的、有意义的新闻。这是一种有借鉴意义的报道思路，记者以及各学院(系)的通讯员如果将关注点更多地投放在老师教学、学生上课的日常中，就一定能写出不少鲜活的一线新闻。

此文写法上最大的特点是事例丰富、现场感强、点面结合。通过生动的事例，让读者对教改有具体、感性的体验；后面带出学院多年来坚持教学改革的做法、事例和社会反响。这种故事与背景相结合的写法，正是时下所提倡的“讲好中国故事”、“讲好武大故事”理念的具体实践，比一般的工作通讯、经验性新闻和综述更具可读性，也能达到更好的宣传效果，是值得提倡的新闻表达方式。(杨欣欣、肖珊)

自强不息珞珈魂

——武汉大学建校120周年述评

本报记者　杨欣欣

初冬，武汉大学校园里银杏铺金，红枫欲燃。著名的樱花大道一侧，“百步梯”之上，美轮美奂的老图书馆高耸入云，正暗合“书山有路勤为径”的古训。在武汉大学120周年华诞之际，这座20世纪30年代初建成的最具标志性的建筑，已开辟为校史馆。

来到这座殿堂，耄耋老者饱含深情的热泪，中青年校友满脸都是自豪，意气风发的学子带着景仰，年轻的面孔不时流露出一丝凝重……

这里典藏了一所大学120年的历史，也是中国近现代高等教育发展的一个缩影。

4　2013年12月13日
武汉大学报
校庆专刊
心语心愿
幕后故事
喜庆佳节
自强不息珞珈魂
——武汉大学建校120周年述评

明诚弘毅：一所大学的历史担当与时代责任

11月底，武汉大学周恩来纪念馆正式对外开放。从中，人们不仅能了解到1938年珞珈山上那段风云际会的历史，还能深刻体悟到老建筑的文化底蕴。那是一所大学的灵魂。

探寻武汉大学之魂，首先离不开“自强”二字。学校溯源于清末湖广总督张之洞1893年奏请清政府创办的自强学堂。诞生于积贫积弱的中国，它是近代高等教育颇具象征意义的发轫。

“天行健，君子以自强不息。”武汉大学百余年来引领时代潮流、振奋民族精神的自觉，正是肇始于此。在孕育之初，它就烙上了“红色”印记。学校地处辛亥首义之地，在革命大潮中得风气之先。13 位党的一大代表中有 5 位武大校友，陈潭秋、董必武、李达、李汉俊等为建党作出过重要贡献；十大元帅之一的罗荣桓曾就读于珞珈山；党的五大在学校附小礼堂召开。

国立武汉大学时期，学校对于国家民族的贡献更是可圈可点。

1928 年，李四光骑着毛驴一路勘探，在东湖之滨选定“最理想的大学之所”，闻一多改山名为“珞珈山”。第一任校长王世杰带领师生，半年植树 50 万株。“今日在该处树木，明春即能在该处树人也。”这就是一所大学朴素而伟大的梦想。

此时建造的中西合璧的早期建筑，有 15 处 26 栋于 2001 年列为全国重点文物保护单位。与湖光山色、鸟语花香相映生辉，武汉大学成为世界最美校园之一。

1938 年寓居武大的郭沫若，称此地为“物外桃源”。彼时，国共两党要员云集珞珈山，周恩来、蒋介石在校园的山路上散步时相逢，共商抗日大计。

抗战八年，武汉大学被迫西迁四川乐山。在极为恶劣的环境里，师生积极引领、传播学术文化与进步思潮，学术报国，热血救国，在中华民族复兴之路上写下了浓墨重彩的一笔。

“反饥饿、反内战、反迫害”斗争中，发生了震惊全国的“六一”惨案；抗美援朝中 300 多人走上最前线；李达为马克思主义在中国的传播和发展作出杰出贡献，直至为真理而献身；陶德麟参与真理标准大讨论，成为拨乱反正和思想解放领跑者之一。

“抗艾英雄”桂希恩深入“艾滋村”，将患者带到家里同吃同住，用生命求证科学，用真情感动中国；民族团结进步楷模杨昌林，用大爱为藏族学子筑起武汉之家；全国道德模范黄来女，带着患病父亲艰苦求学，品学兼优；全国无私奉献优秀大学生赵小亭，为志愿服务献出年轻生命……责任与担当，在新时代写就绚丽诗篇。

“士不可以不弘毅，任重而道远。”翻阅一部校史，超迈坚忍、刚健有为的品格和气质，在武汉大学代代传承。而各个时期的校训，从“朴诚勇”、“明诚弘毅”，到“自强、弘毅、求是、拓新”，也可见一斑。

追寻历史，是为了烛照未来。近两年来，对“武大精神”的讨论一直如火如荼。正如武汉大学党委书记韩进所说，历史中浸透了一种永远感召我们的精神力量，我们今天的纪念，是站在历史、现实与未来的交汇处，反思当下，面向未来。

求是崇真：一所大学的学术勃兴与文化传承

新落成的仿老建筑校门牌楼，背面“文法理工农医”六个篆体字，仿佛在诉说着一所大学执著的理想。从“上备国家任使”，到“全国知识的中心”，再到“顶天立地的大学”，“武大梦”一脉相承。

2013 年，这所 120 岁的名校依然迈着轻快的步子，跨越式地向前行进。

这一年，11 个学科进入 ESI 世界排名前 1%，化学进入世界“百强”；4 个学科在全国评估中排名第一位。国际高水平学科建设获得重大突破。

这一年，《自然》子刊发表武大领衔完成的国际首个蝎子基因组图谱；习近平总书记视察并高度评价学校北斗卫星和杂交水稻科研工作；全国高校人文社科成果奖居全国高校第二。科学研究不断取得标志性成果。

这一年，武大参与合建的昆山杜克大学获批正式设立，面向全球招生；与英国阿伯丁大学共建，也是武大在海外参建的第四所孔子学院成立。国际舞台上频频发出武大声音。

在探求真知的道路上，学校不仅取得了骄人的学术成就，而且始终把服务社会、引领社会作为价值追求，努力当好思想库、科技库和人才库。

2011 年，武汉大学新增 5 位院士，一时传为佳话。武大的“院士方阵”已达 120 余人，其中在校的有 15 位。测绘学科孕育了 11 位院士，三代院士接力书写“世界三强”之一的传奇。

尊重学者，崇尚学术的传统，在百年武大渊源有自。学校各个时期都是名师荟萃，三四十年代成为拥有六大学院、最具综合性的大学，在 Nature 和 Science 上发表了 8 篇文章，跻身“民国五大名校”之列。

黄侃、陈源、刘永济、刘博平、叶圣陶、朱光潜、黄焯、曾昭抡、汤佩松、高尚荫、李国平、桂质廷、王之卓、张瑞瑾、唐长孺、马克昌……每一个名字在中国学术史上都灿然生辉；从珞珈三女杰到五老八中，从院士到资深教授，从学术世家到教学名师，他们将武大的诸多学科推向了国内前沿。

目前，李德仁、谭崇台等知名学者活跃在国内外学术舞台；龚健雅、舒红兵、李建成等年富力强的新一代学者，早已挑起了教书育人和科学研究的大梁。

“哈佛三剑客”的传奇一直被武大人津津乐道，也是学校汇聚一流学者、赓续学术精神的生动剪影。

20 世纪 40 年代前期，哈佛大学 3 位优秀的中国留学生韩德培、吴于廑和张培刚，被同学们称为“哈佛三剑客”。抗战结束后，受周鲠生校长之邀，3 人先后回国到武大任教，成为一代学术大师。

与此同时还有几位大师，同样取得了非凡的学术成就。在他们的带领和熏陶下，武大相关学科走到了全国前列，尤其是国际法、环境法、吐鲁番文书、发展经济学等，首屈一指。

学术大师和优秀学者的共同开拓，极大地深化了珞珈山自由竞争的学术氛围和氤氲深厚的人文底蕴。大师们对于武大学术和校风的巨大影响，早在 20 世纪四五十年代便已初见端倪；到了八九十年代，更是历久弥新；直至跨入新世纪的门槛，仍不绝于缕。他们的风范和风骨，也将永久地浸润斯山斯水、斯人斯地。

敢为人先：一所大学的改革理想与创新精神

修葺一新的鲲鹏广场上，一群群学子在雕塑下流连、留影，念着基座上“云博九万，水击三千”的诗句，眼里浮出若有所思的表情。这座校友集体捐建的鲲鹏雕塑旁，琉璃碧瓦的宋卿体育馆内，满是生龙活虎的身影。

120 年间，从武汉大学毕业的学子，已达到浩荡的 50 万之众。

1932 年 5 月 26 日，蔡元培在珞珈山新校舍落成庆典上演讲时说：“将来武汉大学之荣誉，决不仅在教职员，而尤在学生。”

如今，武汉大学被誉为“拔尖创新人才的摇篮”，校友足迹遍布全球，成为各界巨子、社会中坚。

改革开放之初，武大走在时代大潮的最前沿，率先推行学分制等一系列改革，成为中国高教改革的试验区，被称为“高校中的深圳”。

21 世纪，在“打造世界一流本科教育”目标的引领下，学校树立了“三创”教育理念，注重对学生进行创造、创新、创业教育，致力于培养具有国际竞争力的拔尖创新人才。学校又一次竖起了教改旗帜，在无数次勇敢的尝试中，为中国高等教育积累了宝贵经验。

有几个例子很能说明武大人才培养的风格和特色。连续两次舌战狮城夺冠国际大专辩论赛，辩论蔚然成风，并走进课堂，依托的是人文武大的深厚底蕴；获得全球大学生创业挑战赛冠军，体现了突出的创新精神，靠的是兴建大学生创新实践活动中心、实行创新学分制等鼓励举措；本科生邓量子大三就被时任香港科技大学校长朱经武看中，到休斯敦大学跨级攻博，凭的是扎实的专业功底；成为全球最盛产记忆大师的地方，在武大，有梦想，一切皆有可能，各类学生都有成才的途径和机会。

15位国家教学名师、丰富的“国”字号教学资源、400余门通识课程、五位院士为本科生合上一门课等知名品牌、30多个国际联合培养项目、造就基础学科拔尖人才的弘毅学堂……这里是学习的天堂、成才的沃土。

武大杰出校友易中天说：“大学生不是培养出来的，是熏陶出来的，为什么要上重点大学，名牌大学，武汉大学？因为百年老校是多少代学人养出来的，就像我们珞珈山上、东湖之滨，钟灵毓秀，地灵人杰，风景好，风水好，风气好，这么好的风，熏也熏出个人才来！”

的确，从这里走出的毕业生，都带着鲜明的武大特色。武大作家群享誉全国，从叶君健到齐邦媛，从熊召政到方方、池莉，他们的创作，在很大程度上得益于大学期间的熏陶。黄彰任、田源、雷军……建树卓著的实业精英们，除了扎实的专业功底，还有一股“敢于闯”、“不服输”的精神。

对此，同为武汉大学杰出校友的泰康“老总”陈东升深有体会：“人文关怀、自然环境融为一体，这种天人合一的境界造就了武汉大学既质朴又浪漫的气质。在我的事业和生活中时常会看到这种影子，这是在武大四年耳濡目染、潜移默化中渗透的一种精神。”

忆往昔，沧桑巨变成历史，多少俊彦领先声；看今朝，凤鸣盛世续华章，无数新人立伟业。前不久，校长李晓红院士和学子相聚一堂，畅谈“武大梦、我的梦”。他说，作为中国历史最悠久、最具综合性、最美丽的大学之一，“我们要努力建成中国特色、世界一流的大学，世界上最美的大学，具有卓越精神的大学”。

珞珈之山，东湖之水，山高水长，流风甚美！

（湖北高校新闻奖一等奖，《武汉大学报》第1319期四版，2013年12月13日，编辑：肖珊）

【编辑手记】

通讯，作为新闻的“三大件”，与消息、评论并列，是一种最常用的新闻体裁，是对新闻事件、人物和各种见闻的比较详尽而生动的报道。它不但交代什么事，而且交代事情的来龙去脉，以及情节、细节和有关环境气氛，很生动，有时也会很有趣。但要写好通讯，并非易事。

通讯的特点：容量大，范围广，取材全面（一般指长篇通讯）；讲究结构变化，展开情节，情景交融；表现手法多样，结合叙述，兼以描写、说明、抒情或议论，富有感情色彩或理论色彩；比消息的篇幅长，时效性相对要求较宽松。

通讯的表现方法可分为：记事、调查、述评、访问记、巡礼、速写、特写、散记、侧记、小故事等。

本文的表现手法为“述评”，兼有通讯与评论两种作用，近似于“夹叙夹议”。这种体裁与本文主题是相宜的——建校120周年。光叙不议，会只有故事没有灵魂；光议不叙，会只有骨头没有血肉。本文从120年的校史中，撷取代表性的故事片段并对此进行解读，就像一篇充满史实又气势恢宏的解说词，让读者跟着“导游”的笔端，领略校史故事的同时被武大精神所打动和感染。

这种“宏大叙事”的通讯不好写；写得出彩更不易。或者流于浅薄，或者流于偏颇，或者流于乏味……本文能获奖，在于作者拥有全局观念，从较高的视野来进行俯视，才能有信手拈来的自如和较为深刻的见解。从中也可窥视出作者对武大校史的吃透、对学校宏观政策的把握以及冷静的分析。在写法上，全文从新落成的校史馆切入，将学校120年的历史铺陈开来，文字既清新又豪放，既细腻又大气，以史示人、以情感人、以理服人。唯其如此，这篇文章在几年后的今天读起来，仍然能够打动人心。

那些在云端的神课

学生记者　黄佳慧　吴嘉思　周丹

热门课：幽默+独特

“江柏安老师的《音乐欣赏》是在这儿上吗?”走在教学楼里，循着声音，很容易找到这门辨识度极高的课。推开门，教室满满都是人。“再多的平时作业、再难过的考试，都阻挡不了学生们选这门课的热情。”一位同学介绍。

在他的课堂上，他常常告诫学生，要拿有限的时间去看些有价值的东西。如果整天都看娱乐性的电视、听娱乐广播，这样就没有什么意思了。一包瓜子，旁边还放一包餐巾纸，坐着看一下午的韩剧，哭得不知东西，没多大价值。

校园时空

武汉大学报

2014年2月28日

3

那些在云端的神课

热门课：幽默＋独特

恋爱课：理性＋学术

专业课：深度＋内涵

公共课：个性＋精彩

时间都去哪儿了？

武汉大学报／新闻网 2013 年度

优秀通讯员／学生记者及好稿

对于欣赏音乐，他认为学生要有音乐视野，要看到广度、深度，以培养品味为目的。“当你说哪个歌手漂亮，因此喜欢他(她)，那只是青春期现象，与音乐无关。”他一语道破了当下大学生追星走入的怪圈。

“如果一直念念叨叨，两个小时我也听不下去。不讲几个故事和笑话，谁来听你的课啊!”教授选修课《孙子兵法研究与应用》的陆保生调侃道。

因此，他的课堂以幽默闻名，时不时会引起学生哄堂大笑。在他的讲述下，琐碎的历史片段被编织成一张大网，上面还有五彩缤纷的装饰物。

在讲正兵与奇兵时，陆保生说："如果你一直用正兵是不会赢的，就像屌丝一辈子都是屌丝，永远拼不过'二代'们。"

正是这种轻松而不失严肃、诙谐而又深刻的讲课风格，深深感染着他的"粉丝"们，大家亲切地称他为"陆宝宝"。

恋爱课：理性+学术

说起最热门的选修课，《恋爱必修课》绝对榜上有名。"选这门课的人超多，竞争激烈啊。"2011级电子信息学院朱舒雅回想起当初选课的经历不禁感慨。

这门课到底讲些什么呢？

"本以为是介绍恋爱心理，恋爱关系的，上了一节课才知道是一门生理课。"朱舒雅一语道破同学们共同的心理感受。

"听课名以为很有趣才选的。"计算机学院大三的高耀庭说。与他有相同想法的同学不在少数，"看名字觉得很吸引人"、"想学习如何恋爱"是同学们争相报名的原因。

虽然授课内容并不是大家所想的，但当即将结课的时候，同学们纷纷表示还是很有收获的。"例如，大家明白了试管婴儿诞生的全过程，之前不太了解这方面的内容，很新奇。"化学与分子科学学院2009级杜叶双兴奋地说。

"在最后一节课，老师不负众望，讲到了男女朋友应怎样维持恋爱关系，还鼓励大学阶段可以有恋爱经历。"朱舒雅笑着说。

专业课：深度+内涵

专业必修课虽无需经过激烈竞争赢得人气，但这并不影响它跻身"神课"的行列。

由于专业的特殊性，城市设计学院2011级李玲玲拥有不少专业实践课程，例如二维设计基础、设计素描、设计表现等，常需用卡纸做二维三维的形、体，而且要用自选材料做模型。"每到要交作业时，我的桌子上就堆满了各种材料，室友都说要罚我做一周的清洁呢。"她说。

李玲玲认为，实际的动手操作有助于学习抽象的理论知识，"通过动手，能够学习到什么材料适合做什么，如何使色彩搭配充满设计感。"不过，理论和实践的结合永远不可能一路顺风，"我最后一次作业被老师批评材料用太多、颜色用太杂。"她略带辛酸地回忆道。

与生命有关的专业实践课程则不仅仅教给了同学们知识，还教会了他们尊重生命。生命科学学院生物学基地班学生杨伦在完成第一次动物生物学实验课后，看到原本活蹦乱跳的小白鼠被他自己麻醉、解剖，心情久久不能平复，连连感叹生命是多么脆弱却又珍贵。“要对生命心存敬畏，要明白人类的医学发展是建立在无数倒下的实验动物的遗骸上的。”他要求自己动手操作一定要熟练，尽量减轻实验动物死亡前的痛苦。

公共课：个性+精彩

马克思主义基本原理、中国近现代史纲要、军事理论……一提到公共必修课，往往就被冠以枯燥无聊的标签，但事实真的如此吗？

根据经验，《思想道德修养与法律基础》课，是一门听着名字就想睡觉的课，但是又不能不选。开学第一天，历史学院学生王明抱着这样的想法来到了《思想道德修养与法律基础》的课堂。然而，主讲教师李珂风趣幽默的授课方式，让他一下子就爱上了这门课。

“社会是向前发展的，落后的文明必将被先进的文明所代替。”课堂上，李珂带领大家回顾中国传统婚姻习俗的历史沿革，从原始社会的集体婚姻制度讲起，到古代的一夫多妻制度，再到现代社会的一夫一妻制度。在讲到一些“惊世骇俗”的观点时，李珂依然保持一种相当平静的表情，完全无视台下憋着笑的众学生。

在当前技术融合、专业交叉的大背景下，以前的专业化培养模式已不再适用，取而代之的，通识教育更适合当前国家发展需要，对拓展学生知识面、提高整体素质、培育国际视野、锻炼领导能力大有裨益。

在912广场，“滚石”、“益达”、“野狼”、“骄阳”……嘹亮的口号声一次次响起。这是张鸿声老师的“体育素质拓展”，同学们被分为各个团队，各队都有自己独一无二的称号。“葫芦娃”队的王晓羽笑着说：“我们的队歌就是葫芦娃，好像回到了那个童真的时光。”

队旗、队徽、队歌、队训，一个都不落下；信任背摔、定向越野、击鼓接球、团队跳绳，总动员齐行动。

“这样的体育课很新鲜，我们每个人都在固定的团队里，”外国语言文学学院大三学生徐家琪说，“大家一起合作、一起努力的感觉很好。”

（湖北高校新闻奖一等奖，《武汉大学报》第1324期三版，2014年2月28日，编辑：肖珊、严航）

【编辑手记】

这篇通讯展示了武汉大学丰富多彩的课堂，从热门的选修课，到深度的专业课，再到别具一格的公共课，记录了学生们希望体验却不一定有机会选上的明星课程，选题别具匠心，也反映了学生们最关心、最想了解的内容。

在描写《音乐欣赏》这门课时，作者“循声识课”，突出了这门课的特点，并用简练的几句话点出这门课的核心：学生应该将时间花在有意义的事情上，如培养音乐品味，而不是仅仅进行娱乐。在写《孙子兵法研究与应用》时，作者则用授课老师独到的比喻、幽默的表达，展现了课堂的别具一格。而在描写生命科学学院的专业课时，作者行文严肃，一改前文轻松诙谐的笔调，让人从文字中就能感受到课程的差异。在描绘《体育素质拓展》时，笔触极具画面感，让读者随着文字来到操场，仿佛看到了活力四射的学生。

行文流畅、描写生动。寥寥几笔，但勾勒出了每门课的妙处。文章配图也恰到好处，使课程特点更为突出。小标题直接点出课程特点，结构清晰，且易于阅读。

好新闻往往来自教学科研一线。从课堂、实验室等现场获得的新闻，既反映了学校的中心工作，有“高大上”的主题，又满是最“接地气”、最贴近师生、最有可读性的好故事，值得记者和通讯员持续关注。一线就是新闻的富矿，我们可以从中获取源源不断的新闻素材，打磨成一篇篇精彩的作品。

性教育，欲说还休

实习生 高朋

“我只是希望当一名性教育老师。”这个心愿似乎很简单，可是华中师范大学人类性学女硕士彭露露却在求职路上屡屡碰壁，她的教师梦至今悬空。

她在求职过程中，不论是用人单位，还是周围的求职者，都对其“罕见”的专业白眼相视。彭露露的尴尬遭遇，折射出当下中国性教育不容乐观的现状。

无独有偶，我校开设相关公选课的“遭遇”，同样印证了中国高校性教育的尴尬现实。

课上课下两重天

校园时空 武汉大学报 2011年4月29日 3

十大风云 十大传奇
——“2010十大珞珈风云学子”颁奖晚会侧记

我测珞珈山

掀起“缓考”的盖头

性教育，欲说还休
实习生 高朋

只能容纳164人的教室，面对200多双渴求、热情的眼睛，一下子就变得狭小，走廊上都挤满了人。“由于教务部对选课人数有限制，两位交流生只能旁听。”《性与健康》课程教师、第一临床学院朱俊勇医师介绍。

此前，周运清教授主讲的《性与社会》通识课也是“人山人海”，每学期开课都有250人左右选修。性教育课程现场仿佛盛夏之火，可是下课之后，温度立降，学子们对性的态度瞬转，尤其是在公共场合，可谓谈“性”色变。记者在走访中发现，超过半数的学生对此讳莫如深。

换了环境，似乎就“换了天”。

在记者申请加入朱俊勇为该课程建设的公共交流平台——“性与健康”QQ群时，群主以“出于保护其他同学的考量，请理解”为由婉拒，学子的顾虑和审慎可见一斑。

新闻与传播学院盛达同学认为，该群主的做法符合大多数大学生的心理。“如果是我，我也会这样做”，他坦言，自己在浏览关于性知识的网页时，如果有同学过来，会立即关掉网页，很“心虚”、“害羞”。

对于这种性教育的尴尬现状，同学们都非常不满。“最大的特点是不敢正视问题，遮遮掩掩，扭扭捏捏，大家基本上进行的是‘地下’性教育，不敢说出来，觉得那是一件很下流的事。”

尴尬也同样在授课老师身上上演。周运清说，以前他到全国各地高校巡回演讲时，用的都是“性与社会”这个题目，但校方总提出更换“性”这个敏感字眼。无奈之下，他的演讲题目只能改为“真情与爱恋”。朱俊勇也坦言，《性与健康》这门课程申报了两次才通过审批。

课堂教育缺失

“仅仅2.3%的大学生接受过专门的性教育，97.7%的大学生从未接受过专门的性教育”。这是周运清在部分高校进行“大学生的性与爱”主题问卷调查得出的数据。

2.3%对97.7%，危险的对比。

这个数据并不令计算机学院的司东晓同学吃惊，他自己的推测是：“某种程度上说，现在中国的性教育基本是零。”所以他三次选修《性与健康》课，通过该课程补充了许多知识，还纠正了不少错误认知。

“缺乏基本性知识；缺乏系统、科学的性教育；缺乏关注自身身体健康。”这是朱俊勇在传授性与心理、同性恋、性疾病、性道德等基本知识时，对当下大学生性教育现状的深刻认识和体会。

朱俊勇通过课堂调查发现，由于正常性教育渠道阻塞，随着互联网普及，中国大学生的性知识主要来源于网络。可是“网络上的东西良莠不齐，充斥着色情、暴力，同时也不一定科学”。

政治与公共管理学院龚承广同学承认，他的性知识基本上来自互联网。他坦承，自己对互联网又爱又恨，因为借助网络了解性教育一般通过非正规渠道，在获取知识的同时，也吸收了相当多的“糟粕”。但是“我们又能怎么办呢？真的是无选之选”，他无奈而又遗憾。

朱俊勇对于这种现状很忧虑。他说：“性不是肮脏的、低级的，它和我们喝水吃饭一样，是人的本能。我们必须树立正确、科学的性爱观。这是一项长期的大工程，需要我们不断努力推广和建设。”他希望通过课程教育，让同学们从心理上分清正误。他相信，“性教育的现状可以一点一滴地发生改变”。

突围之路漫漫

朱俊勇认为，性教育的突围可以从增加课程教学入手。基于此，他认为18个学时，6次课太少了，“同学们也不断向我反映，希望能增加课时数。”朱俊勇说，他准备向教务部申请延长教学时间。

课程只是性教育的一部分，它更需要家庭、学校、社会的联动。计算机学院罗俊峰同学虽然通过这门课“了解了很多以前根本不了解的知识，学会了用正确的心态对待性，为以后的健康生活储备了知识”，但是，他觉得家庭教育、公共教育一样不可缺少。和很多人一样，他只能私底下和朋友分享性知识。

20世纪90年代初，国家六部委联合下发在大学健康教育中穿插性教育的文件。但直到现在，健康教育课程仍然是“阉割版”的，大部分大学对性教育直接忽略；而开设性教育课程的学校一般将其列入通识课范畴。

政治与公共管理学院研究生杨辉，谈起本科阶段的性教育，十分失望。他认为，大学性教育要想突围，有所改变，首先，应该将性教育纳入必修课体系，这样才能保证覆盖面和长期稳定性。可是学校怕触及“雷区”，觉得无法把握度，所以很难实行。

“大学生的性知识状况和大学生所处的性教育环境密不可分，大学生所处的性教育环境往往折射出社会性教育的水平。”周运清在博客中写道：中国大学生所处的性教育环境正如同学们所反映的——“显然极差”。学校作为先进文化的高地尚且如此，何谈家庭、社会。

虽说家庭应是性教育的第一课堂，但是家庭性教育最难开展，正如周运清所言，对于青少年性教育，很多家长心有余而力不足。一方面，他们受传统思想的束缚，将性教育简单理解为讲授性行为，是教唆犯罪，视其为洪水猛兽。另一方面，他们自己也缺乏相关知识，对孩子的提问只能想办法搪塞，给孩子身心健康造成误导。

而改变社会观念更是一个漫长的过程，非一时之功。龚承广认为，彭露露的遭遇其实就是当下守旧的性观念所造成的。“她所学的专业——人类性学从大学课程变成硕士专业也历经了8年之久。她毕业后求职的尴尬遭遇，尤其是‘教师招聘根本就没有性教育教师岗位’这一现实，都很好地说明了在中国性教育突围是多么艰难。”(应采访对象要求，部分人名为化名)

(湖北高校新闻奖二等奖，《武汉大学报》第1233期三版，2011年4月29日，编辑：肖珊)

点名这件“小”事

学生记者　叶子　周丹　陈怡蓓

逃课了，还在四处求人帮签到么？out 了！所谓“魔高一尺，道高一丈”，教授们个个点名有妙招！前有南京师范大学拍照点名，后有重庆工商大学指纹机考勤、江苏大学开发了点名软件、北京邮电大学研发了“北邮 CAD 中心考勤机”微博点名号称“卖萌考勤机”……各类奇招层出不穷，武大也不例外。

武大：点名“妙法”盘点

校园时空　武汉大学报　2012年4月20日　3

在台湾当交换生

食堂婚礼

爱，并快乐

点名这件“小”事

学生记者　叶子　周丹　陈怡蓓

公共选修课《现代环境污染与都市病》授课教师王洪新，使用了学生课堂考勤软件来作为点名的好帮手。每周二晚上，第五教学楼 203 的教室里总是座无虚席。开课之初，面对此点名新招，到课学生一片哗然，纷纷小声议论。

据悉，该课程的学生名单确定后，王洪新为每个学生设定了唯一的课程序号，然后启动专门开发的随机点名软件。它类似于抽奖摇号，被考勤对象的序号是程序软件随机抽取的；接着对应编号的同学就要起立并回答与课程相关的问题。王洪新依据学生对问题的回答情况记录平时成绩，既有加分也有减分。

"课堂似乎变成了彩票开奖区，同学们纷纷等待着大屏幕上最终显示的号码。"选修了该课程的王思如是描述上课感受，"截然不同于彩票摇号和中奖，我们绝不希望被抽中，也担心被提问难倒。"

水利水电学院教师熊治平，在其两门公共选修课《中国江河防洪》、《河流概论》中都采取了卡片签到方式。他会在下课时，在教室门口给到课同学每人发放一张印有学号院系姓名的纸条，该纸条经过特殊技术处理，复印无效。每学期会发放三次卡片，在课程结束时，随考试卷或论文一起上交，视为平时成绩考核。

信息管理学院则制定了完善的学风检查条例，由学习委员负责点名。每节课点人数、记考勤，下课后将考勤表交给授课老师签字确认，每周五晚再将本班一周考勤表汇总上交到院学生会学习部，院学生会在周一前于信管学子网上通报学风检查情况。除此之外，该学院还有另外一项特色点名：每两周周日，全院大一的学生有一次集体点名，由辅导员亲自执行。

另有一位不愿透露姓名的学生称，其实老师会在确定学生名单的第二次课时，为每个学生编好座位，同学们"对号入座"，来者几许，缺课者何人，老师对着名单即可一目了然。而通识选修健康教育学的老师张晓燕，则经常在课堂上发放问卷，一为配合教学研究，另一可有辅助点名的功效。

相比以上数种较为"费心"的点名方法，大多数老师采用"简单版"签到、交课堂作业及多次点名法。

新闻与传播学院的张莉就曾有过一次遭遇。一次《马克思主义基本原理》课上，她的思绪在教室外游走，在老师的"现在我们开始写课堂作业"提醒中猛然抬头。虽是开卷，但在课本中却无迹可寻，答案完全来源于课堂教学。如果旷课或是上课走神，都会难以下笔。"课堂作业既算平时成绩，也算考勤。"老师清点了作业及人数后说，"129人，来了94人，其他人没有这次成绩了。"

老师：点名迫不得已

王洪新解释软件点名的初衷："大班上课，人多，大量点名考勤太占用课堂时间；完全不点名又显得不公平，因为它要占平时成绩。应用数学方法研制考勤软件，随机抽样点名，比较科学和相对公平。"

一些教师认为上课点名并不过分。老师的年龄远大于学生的年龄，老师站2小时，学生坐2小时；老师讲授2小时，学生几乎不用动嘴，显然，老师比学生更辛苦。老师不能缺席，学生凭什么随意缺席。更何况教与学是统一的整体，教师与学生不在同一时间出现在同一个教室，如何保证课程教学效果。况且，一些学生缺课或迟到，与教师讲课是否精彩无关，而是缺乏足够的学习动力，或没有养成良好的学习习惯，点名可以起到督促作用。

也有老师并不赞成点名做法。“课堂上那么多人，一个个点过去浪费上课时间，只能随机抽几个点。”政治与公共管理学院舒少泽老师说。“点名除了看到课情况外，更多是为了熟悉同学。”新闻与传播学院老师何明贵表示。

学生：逃课也无奈

教务部发布的《武汉大学本科生学籍管理实施细则(修订)》第五章第十三条明确规定：课程考核成绩根据平时成绩(包括平时测验、期中考试、作业、课堂讨论、论文、考勤等)和期末考试成绩综合评定，平时成绩占30%~50%，期末考试成绩占50%~70%。

“有些选修课程，文科生选了数学与自然科学领域的课，很大部分都听不懂，就会选择逃课。”这是不少同学的真实心声。

“上课有魅力的教师，不需靠点名，大家都会按时到堂，认真听课。比如那些很热门的选修课，常常一座难求。想学生按时上课，教师要先提升自己的课堂吸引力。”新闻与传播学院2011级本科生董心慈说。

文学院学生李林林称喜欢经济管理类课程，所以经常选择性逃掉本专业课程，去旁听经济与管理学院的课：“我选择逃课的原则，一是兴趣，二是老师是否点名严格。”

上课听不懂、老师讲课无趣、有更重要的事做、起不来……其实，在每个学生心里，都有一个“逃课标准”。

“大学每一节课的平均价值是200元。所以，翘1节等于一周的饭钱，翘3节等于一个Shuffle，翘5节等于一部Nano，翘10节等于一个Touch，翘20节等于一个iPad，翘30节等于一部iPhone……你还打算再翘课么?”这是最近在网上流传很广的一个关于上课成本的计算方式，不知道在看了这个换算公式以后，逃课的学生会作何感想。

其实，严格课堂点名考核制度只是权宜之计，且仅有部分针对性，要想让学生对课堂拥有发自内心的兴趣，需要课堂教学能够接地气，否则，本来就身处功利与实用社会的学生们，又如何发自内心地买账呢?

(湖北高校新闻奖二等奖，《武汉大学报》第1271期三版，2012年4月20日，编辑：肖珊)

校园里的早起鸟

学生记者　李清华　龚正媛

清晨 7：00，小树林的石桌上摊放着一本英语课本，娴静的女生嘴里念念有词，却又没有任何声音，安静地美成了一幅画……

“画”中的女生是第一临床医学院 2010 级李梦云，每天早上 6：30 来到小树林晨读，已经是她坚持两年的习惯了。她用“美妙”来形容晨读的感觉：“如果没有晨读的习惯，我的英语语感、单词量都不可能达到现在的水平。”

清晨，在树林、在操场、在图书馆前安静的草坪上，朗朗的读书声，让安静的早晨顿时热闹了起来。带来这份热闹的正是这样一群充满朝气的年轻人，他们或读英语、或读国学、或练声，他们有着健康的作息时间，他们是珞珈山的早起鸟。

校园时空　武漢大學報　2013年3月1日　3

校园里的早起鸟

创意点子获设计『奥斯卡』

新的旅程

『科研强人』爱化学

本周播报

▶▶北京校友为母校购书

▶▶研究生欢聚学术科技节

迟到10年的赞美

须臾不分离

“吾十五而至于学，三十而立……”每天早晨，枫园篮球场上，都会响起抑扬顿挫的读书声。这项活动是在文学院阮桂君老师建议下展开的，他提倡学生晨读经典，感悟中国传统文化，“参加晨读的同学期末还有加分”。同样，每天清晨在奥场，珞源国学社一群热爱国学的人也在进行诵读活动。

石桌上正伏案写写画画的那个身影，可是晨读中的“元老级”人物。“我从初中就养成了晨读的习惯，一直坚持到现在。”第二临床学院八年制2007级的徐会说：“早起对身体、学习都很有好处，同时让自己一天的学习时间延长，生命的长度好像也因此拉长了。”而她在大学的五年内，有四年都获得了国家奖学金。

对于表演专业和播音主持专业的同学来说，早上“出晨功”可是个必备的功课。每天7：00到8：00，他们或独自一人或三五成群，进行语音发声和形体练习。“这是以后必备的一项能力，受益的是自己，要对自己要求严格一点。”表演系2010级王江说道。

清晨的操场，总少不了那一抹活跃的橄榄绿——国防生，他们是大学生，更是中华人民共和国的后备军官，每天的早操是他们大学生活特色之一。2009级国防生卢业健自大一进校起，就过着每天6：00不到就起床出早操的生活：“可以锻炼身体、锤炼军人素质。”

在操场上，经常可以看见成群的晨跑队伍，经济与管理学院2011级邱文川说道：“我们班要求每天早晨7：30统一跑操，用最好的状态开始新的一天。”

“早操可以在一定程度上杜绝学生通宵熬夜打游戏的现象，使学生的作息更规律，使室友之间更有凝聚力；在一定程度上对个人的成长也很有利。”国际软件学院2012级辅导员高老师说。

春困秋乏夏打盹，睡不醒的冬三月。睡懒觉总有缘由，青春年华就这样流逝过去不说，还养成了难以克服的惰性。不如早起一会儿，捧卷手中，仔细研磨。充满活力的一天，从清晨开始。(学生记者郑荣对本文亦有贡献)

(湖北高校新闻奖二等奖，《武汉大学报》第1298期三版，2013年3月1日，编辑：肖珊)

听课制助力本科教学

本报记者　严航

10月9日，下午2：05，上课铃声响起，早已在文理学部教四楼202教室等候的校党委书记韩进，和100多名新生一起听《马克思主义中国化的理论与实践》。

10月15日上午，文理学部教五楼202教室，学生正在上英语课。校长李晓红悄悄在后排坐下，这是他上午随机听课的第一堂。课后，李晓红称赞课堂主讲教师章毓文注重互动、轻松自由的教学方式，同时提出自己对口语练习的建议。

武汉大学报

WUHAN UNIVERSITY WEEKLY

我校纪念向近敏教授诞辰百年

武汉国际医学病毒学研讨会召开

听课制助力本科教学

为梦想张开翅膀

120周年校庆倒计时 35 天

与中国航天科技集团开展协同创新

与黄冈市开展全面战略合作

全国留学品牌课程 我校四门入选

金先波获 中国电化学青年奖

从2001年开始实行的干部、教师听课制，是我校抓本科教学质量的重要举措之一。本学期以来，仅校领导就已听课12次，全体校领导纷纷走进本科生课堂，随堂听课。他们还填写意见反馈表，以作为教师考核、院系评估、资源配置的重要依据。“这学期校领导听课次数明显增加，体现了学校对本科教学的高度重视。”教务部副部长黄本笑说。

实践证明，校领导深入课堂听课，能够更便捷地发现教学中的问题，并使问题得到高效解决；还可跳出学科框框，从更高层面看待教学，从而实现对课程的引领和管理。

校领导听课是干部、教师听课制形式之一，此外还有集中教学检查，教学督导团督查等多种方式。听课制实行 12 年，收效十分明显，在监控本科教学质量方面发挥着重要作用。

效果之一是督查教风学风。记者了解到，本学期初，学校通过随机听课，查处了 6 起上课迟到事件，予以通报批评。同时，通过听课，还能够发现教学典型，并推荐参评各种教学奖项。效果之二是提升教师教学能力。师生是听课制的“直接受益人”。政治与公共管理学院专业英语教师周晓明长期坚持听课，她认为通过听课能够取长补短，互相学习。

“大一时，有位年轻教师，一上课就脸朝投影屏，从不看学生。整个学期，我们没见过他的正脸。有位校领导来听课，给他指出毛病，并提供建议。之后每次课都能感觉到那位老师讲课方式的进步。”大四学生易佳妮说。

校教学督导团团长郑肇葆有着多年的听课经历，见证了一批批青年教师的成长。例如，有些教师照本宣科，不善于调动学习积极性，自己又意识不到问题。“经过建议和培训，今年再听他们的课，发现讲课风格成熟了许多。”

然而，听课制在落实环节面临许多困难。教务部相关负责人介绍，在往年干部、教师听课制实施过程中，存在无听课记录反馈、因日常工作繁忙而疏忽等问题。

如何真正听出效果，助推教学质量提升？“听课制要取得实效，关键在于坚持，并且要将意见及时反馈给老师。”郑肇葆提出建议。本学期以来，作为党的群众路线教育实践活动的内容之一，各部门严格落实听课制，已收到可喜效果。

近期，教务部又发布了《关于进一步落实听课制度相关事项的通知》，对于课表查询、听课要求、听课安排和听课内容、结果反馈等有关事项予以详细说明。比如，听课不预先通知，要认真填写意见反馈表等。

本科生院院长陈传夫表示，学校将进一步抓好这项工作，使各级领导干部更好地了解本科教学一线的真实情况，密切联系师生，掌握师生需求，并有针对性地给予指导支持，解决存在的问题，确保教学质量。

“接下来我会继续听课，本学期还会选听多节课。”听完一上午课后，李晓红表示，学校将把“听课”作为一项长期工作来抓。他还专门做出批示，要求形成制度，真正落到实处，促进教育和教学的有机结合。

（湖北高校新闻奖二等奖，《武汉大学报》第 1317 期一版，2013 年 10 月 25 日，编辑：肖珊）

朱玉贤：珞珈山上再出征

本报记者　付晓歌

人物名片：朱玉贤，男，1955年12月出生，中国科学院院士、发展中国家科学院院士。主要从事植物分子生物学、基因调控、基因组学研究。1982年毕业于浙江农业大学。1989年在美国康奈尔大学植物科学系获得博士学位，后在华盛顿大学生物系从事博士后研究工作。1991年回国后在北京大学生命科学学院工作。主持多项国家级重大科研项目，著有全国通用教材《现代分子生物学》等。曾获国家自然科学二等奖。

武漢大學報
WUHAN UNIVERSITY WEEKLY
三篇论文入选2013年全国“优博”
我校优秀博士论文总数增至21篇
12人入选国家首批『万人计划』
我校全职引进朱玉贤院士
筹组高等研究院
校友马西莫夫再任哈萨克斯坦总理
登高峰 树主峰 立异峰
文科基础学科振兴计划启动
要闻集萃
教育部副部长杜占元一行来校调研
副省长郭生练来校调研科技成果转化工作
水利行业优秀及规划教材我校入选30种
朱玉贤：珞珈山上再出征
本报记者 付晓歌

记者：朱院士您好，您和您的团队通过十余年的努力，让中国的棉花纤维长高了0.3厘米，您也因此于2011年当选为中国科学院院士。您能谈谈这个研究成果的意义吗？

朱玉贤：我国是世界第一产棉大国，年产量约在500万吨，但是每年仍然需要从美洲进口超过100万吨的原棉，主要原因是我国棉花的品质偏差。以前，我国生产的棉花纤维平均长度不足3厘米，而美国产的棉花平均长度为3.3厘米。

虽然我们让中国的棉花只是长高了小小的0.3厘米，却可能让中国棉纺织产业在高端棉花的需求上摆脱对美国的依赖，我国的棉花研究也由此达到世界领先水平。

记者：听说您的时间都花在了实验室里，每年只能回一趟老家？

朱玉贤：每次回家，我对父母的第一句话就是："我是一个不孝的儿子。"实验太紧张，我想多陪他们一会儿都不行。但在父母眼里，我是在给国家作贡献，每年见一次面也是开心的，他们从来没对我有过一句怨言。

记者：作为一名科研工作者，您觉得哪些品质是最重要的？

朱玉贤：最重要的品质就是锲而不舍，板凳要坐十年冷。做学问，要耐得住寂寞，有自己的坚守，集中精力，不怕困难，在黑暗中瞄准方向坚持探索。此外，学者需要从高屋建瓴认识事物的角度，拥有自己的思考。专家不能哪都"拍一砖"，不能成为"杂"家，要将绝大部分时间精力花在本专业的科研思考上。

记者：您为什么选择加盟武大？

朱玉贤：吸引我来到武汉大学的原因有很多。首先是因为武汉大学一直以来就是中国的知名学府，具有悠久的历史和深厚的人文科学底蕴，诞生了多位对中国历史产生重大影响的人物。其次，武汉大学的化学、生命科学等学科发展态势良好，人才队伍建设层次鲜明。此外，武大求贤若渴的精神、引进人才的良好思路与举措，以及武大人的真诚大气，也是我全职加盟的一个重要原因。

记者：佩戴上武大校徽的那一刻，您有什么感受？

朱玉贤：我曾在樱花盛开的时节来到武大，这种绝佳的人文环境给我留下了深刻的印象，每一位武大人都应以学习工作在这样的环境里而感到自豪。戴上校徽，标志着我正式成为武汉大学的一员，我将用余生为武大科研作贡献。

记者：听说您对中长跑运动情有独钟？

朱玉贤：我 7 岁上小学，从村里到学校有 2.5 公里，我每天早上不到 6：00就要摸黑从家里出发，走路要 1 个小时，为良好的体魄打下了基础。我是第七届浙江省运会 1500 米的第一名，最好纪录是 3 分 56 秒。从 1982 年起一直是浙江农业大学这个项目的纪录保持者，要不是 2005 年浙江省多校合并，我的纪录还要保持得久些。

中长跑可以很好地锻炼人的毅力，跑到中途疲惫不堪时，会萌生放弃的念头，但我最终都坚持下来了。可以说这个运动既让我保持健康的体魄，也培养了我永不放弃的精神信念。我一直保持着锻炼身体的习惯，来武大以后，一定要去珞珈山上走一走看一看。

记者：能给我们介绍一下高等研究院吗？

朱玉贤：高等研究院是武汉大学筹备已久的研究机构，把学校理科领域的优秀学者从日常琐碎的工作中解脱出来，做一些有深度、有高度的前沿性研究。同时吸引国内外的优秀学者参与，形成国际化的研究机构。希望通过理学学科的融合与引领，对武汉大学相关学科产生正面的引领作用。

记者：关于近期工作您有什么打算？

朱玉贤：我将全心投入高等研究院的工作，将其组建好。尽快组织一批优秀的科研工作者，给予他们足够的支持、方向性的意见、宽松的环境和足够多的时间，让他们安心做研究，促使研究院成长壮大。与此同时，我将组建自己的实验室，在湖北寻找棉花科研基地。

记者：对于高等研究院今后的发展，您有什么期待？

朱玉贤：希望三五十年后，武汉大学高等研究院能成为世界上最好的研究机构之一。让大家一提到武大，能立刻联想起高等研究院。多为国家贡献看得见的高质量科研成果，让武大学者的名字铭刻在世人心中。

（湖北高校新闻奖二等奖，《武汉大学报》第1330期一版，2014年4月18日，编辑：杨欣欣）

库尔班江在追梦

通讯员　吴江龙　张然

“你好，欢迎你们！”在武汉大学工学部清真餐厅，每到吃饭时间，总会看到一个维吾尔族小伙子在餐厅里“转悠”，面带微笑和来就餐的少数民族学生不停打招呼。

小伙子叫库尔班江，“80后”的他是这家清真餐厅的负责人，这家餐厅也是他在湖北、湖南12所高校开办的17家清真餐厅之一。

“工学部清真餐厅尽管面积不大，但我喜欢这里。”在库尔班江眼里，这一家清真餐厅，就是他梦开始的地方。

武漢大學報
WUHAN UNIVERSITY WEEKLY
加强与世界名校的战略合作
我校聘任校方代表深化国际交流
我校举办交叉学科国际论坛
深入推进全球招聘计划
省校共育新闻英才
我校与湖北省委宣传部共建新闻与传播学院
杂交水稻国家重点实验室通过验收
全国推荐优秀古籍整理图书
《吐鲁番出土文书》入选
“武大梦”归根到底是“人才梦”
库尔班江在追梦
谢红星调任长江大学校长
全国台联会长汪毅夫来访
学校组织观看电影《焦裕禄》
全国大学生英语辩论赛获一等奖
本周人物

时间回溯至2001年，和众多新生一样，库尔班江进入了武汉大学电气工程学院电气工程与自动化专业学习。

初入大学，总会有些许不适应。而对于库尔班江和他身边的维吾尔族同学来说，吃饭却成了他们面临的最大问题。

“当时学校食堂有一家清真餐厅，但清真餐品种单一。”为此，库尔班江主动向学校后勤部门反映情况，并提出了从少数民族地区聘请厨师、增加民族地方风味品种等建议。

学校从新疆聘来一名维吾尔族厨师，但过了半年，由于远离家人、语言不通，这名厨师过不习惯，回新疆了。在这种情况下，库尔班江冒出了一个想法：接手学校清真餐厅。

“我想让我们维吾尔族同学吃得更好，吃得更方便!”就是这个简单的“吃饭问题”，成为库尔班江最初创业的动力。

2004年12月，当时还在大四的他，正式接手了工学部清真餐厅。聘请四名厨师、一位保洁，开始了自己的创业路。

可是，让这位24岁小伙子远没想到的是，由于实际操作和管理经验不足，从接手到放寒假，短短一个半月时间，餐厅亏了1.7万元。

作为家族中唯一的大学生，库尔班江面临着父母的指责、亲友的质疑，但他始终没有放弃“让维吾尔族学生吃好”的梦想，在学校后勤部门的支持下，库尔班江坚持下来。

那个寒假库尔班江没有回家，他专门去餐厅实习，从最基础的工作做起，学习管理经验。开学后全身心投入清真餐厅的经营管理中。半年后，餐厅终于扭亏为盈。

随着西部边疆地区对内开放之门开得越来越大，到内地学习的新疆学生也越来越多，武汉地区的华中师范大学、华中科技大学、中南财经政法大学等高校先后主动找上门，希望与库尔班江合作经营。

2010年2月，在政府部门的支持下，库尔班江注册成立了武汉市塔里木清真饮食管理有限公司，这是武汉市首家专门为学校提供清真饮食服务的民族企业，也是武昌区首个少数民族大学生创业的公司。

作为大学生自主创业公司，又很好地满足了大学生清真饮食需求，库尔班江连锁经营管理了湖南、湖北12所高校的17个清真餐厅，每天就餐的维吾尔族、回族、撒拉族师生达4000余人次。2011年、2013年他两次获得武汉市“民族团结进步模范经营户”称号。

尽管事业上已取得成功，但不出差的时候，库尔班江总喜欢来到工学部清真餐厅，和餐厅员工、就餐学生交流、聊天。对于库尔班江来说，这里是他创业起步的地方，也是他在武汉的“家”。

其实，工学部清真餐厅不仅是库尔班江的“家”，也成为武汉地区许多新疆人的“家”。每隔几天，就有一拨新疆老乡结伴而来。

今年是买买提夫妇在工学部清真餐厅工作的第九个年头，谈起在这里的工作，汉语不是很流利的他们都竖起了大拇指：“库尔班江对我们很好，我们非常喜欢这里。”

住在桂园的依丽努尔是化学与分子科学学院研二学生，每天中午和晚上都到库尔班江的清真餐厅就餐，“每到节假日有亲朋好友来访，我都会带他们来这里聚餐，味道正宗，价格实惠，还可以用家乡话交流，很亲切。”她说。

结合自己从事的工作，库尔班江选择攻读工商管理硕士，学习管理经验。在这个维吾尔族小伙子心里，还有一个更大的梦想等着他去实现——开办清真烹饪人才培训基地，把清真餐厅开到全国高校。

“我有一种强烈的感觉，国家输送更多的新疆年轻人来内地学习、就业将是一个大趋势。把清真餐厅在全国高校全面铺开的事业，一定大有希望。”看到第二次中央新疆工作座谈会的新闻后，库尔班江更是信心满满。

（湖北高校新闻奖二等奖，《武汉大学报》第 1337 期一版，2014 年 6 月 20 日，编辑：杨欣欣）

言 论 类

教师队伍建设要瞄准“世界一流”

路 涛

人才资源是武大的第一资源，建设世界一流大学要有一支世界一流的教师队伍，要有一批“三高”人才，即：高水平、高素质、高产出。所谓“高水平”，是指国际知名、国内一流，站在学术前沿，其学术思想能够引领或影响本学科发展。所谓“高素质”，是指师德高尚，学风严谨，兼备深厚的人文素养和科学素养；团队合作意识强；能甘做人梯、提携和培养后辈。所谓“高产出”，是指创新能力强，能够产出高水平学术成果。

我校青年教师占全校教师总数的62%，青年教师队伍建设得如何，直接关系到学校下一步的发展。近几年，在学校上下的共同努力下，青年教师队伍建设取得了明显成效，但也存在一些制约优秀青年教师脱颖而出的思想障碍和制度障碍。比较突出的表现有：有的人叶公好龙，人才工作口头上非常重视，但实际行动上并不那么积极；有少数人妒贤嫉能，容不得比自己更优秀的人进来；有的人论资排辈，往往不是看水平、看业绩，而是看胡子，看皱纹，看年龄；有些人求全责备，毛主席曾讲过，“人无完人，金无足赤”，但有些同志和领导对优

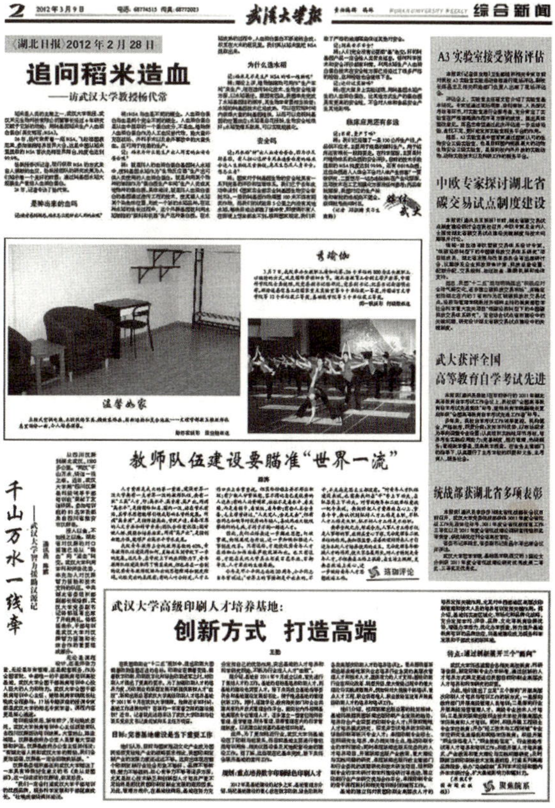
2 2012年3月9日 武汉大学报 综合新闻

《湖北日报》2012年2月28日

追问稻米造血

——访武汉大学教授杨代常

A3实验室接受资格评估

中欧专家探讨湖北省碳交易试点制度建设

秀瑜伽

温馨如家

武大获评全国高等教育自学考试先进

教师队伍建设要瞄准“世界一流”

千山万水一线牵

统战部获湖北省多项表彰

武汉大学高级印刷人才培养基地：

创新方式 打造高端

秀的年轻人，喜欢用放大镜观察他们的毛病，不利于不拘一格选人才。

因此，我们必须进一步解放思想，打破常规，向陈腐观念开战，进一步加快和推进人事制度改革。只有这样，才能使优秀青年人才在珞珈山如雨后春笋般脱颖而出。也只有这样，才能在武汉大学真正形成百花齐放、百舸争流、人才辈出的生动局面。

今年是邓小平同志南方谈话20周年，小平同志当年曾说过："世界上的事情都是干出来的，不干，半点马克思主义都没有。"对青年人才队伍建设来说，也需要我们在"干"字上下工夫，在抓落实上下工夫。对学校领导和二级单位党政一把手来说，要始终把人才资源放在心上、拿在手中，要认识到抓好人才工作是本职，不抓人才工作是失职，抓不好人才工作是不称职。

要举全校之力，形成合力。人事人才工作不仅是人事部的事，应将其重心下移，充分发挥各二级单位的作用。要加强监督，妥善处理好外来人才引进与本校人才培养使用的关系，充分发挥各年龄段人才的作用，使大家各展所长。对人才特别是青年人才，不但要在工作上扶持，在生活上照顾，更要在政治上关心，进一步做好青年人才思想政治工作。

（中国高校好新闻奖三等奖、湖北高校新闻奖二等奖，《武汉大学报》第1266期二版，2012年3月9日，作者本名：肖珊，编辑：杨欣欣）

【采编手记】

小言论亦称袖珍评论或小评论，它论题单一，分析简明，篇幅短小，从立论到写作，既不同于一般评论，又不同于杂文，常常一事一议，有的放矢，很容易引起读者的共鸣，并富有启发意义。在整版的新闻稿件中，小言论因为语言灵活，不仅为作者提供了更多的思想发挥空间，而且所涉及的内容接近读者生活，从而受到广大读者的更多关注。

如何才能写好一篇小言论呢？在写评论之前，我们应该做的事情就是学习，学习别人写的评论，分析别人发表的评论文章。在这方面可以多看报纸，报纸的评论一般比较深邃，而网络上的评论一般比较简单，观点比较鲜明，都值得好好学习。看报纸主要是看他们评论的结构，也就是学习他们写评论文章的写作手法，各段的衔接；网络评论则是学习他们看问题的切入点，这对培养自己新闻敏感性有帮助。

评论虽然不是严格意义上的新闻稿件，但也要讲究时效性，它评议的都是时下大家关注和关心的事件，针对这些事件说出自己的观点，供大家参考。本文的主题即为师生校友关注的话题“教师队伍建设”。

写小评论一般采用简单的三段式：第一段引用已经报道过的新闻；第二段是对这个新闻的评论；第三段是总结出结论。这样的段落对初学者最合适，因为结构清晰，观点明确，只要观点有说服力就可成功。而另一种方式就是夹叙夹议，这是比较难的，是一边截取原新闻，一边进行分析的方式，这样的方式对事件阐述清晰，结合紧密，但不容易把握结构，最好达到一定程度以后再使用。

本文是简单的“三段式”的化用。本期一版报眼刊登了作者写的消息《人才工作会议强调打造一流教师队伍》，这是学校的重要新闻，应编辑的要求，配发一篇针对这一消息的评论。记者在采访人才工作会议的过程中，掌握了大量材料，特别是领导讲话，为写新闻评论提供了基本思路。因为是为消息配发的小言论，因此在本文中不需再详细交代新闻事实，而是直接切入，第一段阐述人才的重要性，第二段介绍我校师资队伍尤其是青年教师队伍现状并评论，接下来三段都在阐述“该怎么做”。

美中不足的是，这篇小言论总体文风不够活泼，第二段后几句有了一点诙谐的味道，可惜接下来又板起了面孔。究其原因，主要在于记者掌握的材料大多是领导讲话，写作时不知不觉受到了影响。这也说明记者对素材的消化还不够，没有将其中一些核心内容融化为自己的血肉，有些“生吞活剥”。要弥补这一不足，必须在不断的学习和实践中进一步锤炼。

做好改革这篇大文章

（社论）

新年伊始，学校党政联席会传出讯息：2013年，武大将大力推进新一轮改革。改革，不仅将是今年工作的重点，也将形成诸多工作的亮点，当然也会是工作的难点所在。

曾几何时，武大的改革可谓风生水起，生机勃勃，学校因此有了长足的发展，改革是武大最大的红利。处在竞争激烈的当今时代，武大要保持在中国高等教育方阵中的地位，就必须付出艰苦的努力；更何况，武大人还有“往前冲”的雄心壮志，要实现“武大梦”，建成中国特色世界一流大学，就必须在改革上更多地做文章。

武漢大學報
WUHAN UNIVERSITY WEEKLY

学校调整医学教育管理体制

学校召开党政联席会
描画改革发展蓝图

杨祖陶
八旬首译
《耶拿逻辑》

做好改革这篇大文章

标题新闻
· 刘耀林入选测绘地理信息局科技领军人才
· 《经济评论》获评最具国际影响力学术期刊
· 傅才武入选文化创意产业十大名师学者
· 程虹入选十大年度质量人物
· 校友雷军获CCTV经济年度人物新锐奖
· 彭富春当选为武汉市政协副主席

珞珈校友嘉年华汕头启动

迎接校庆120周年

要闻集萃

万鄂湘当选为民革中央主席

山西省新任副省长王一新校友致信李晓红

李晓红看望人文社科资深教授胡德平

校领导与学子相聚话新年

光明日报副总编辑沈卫星一行来校交流

全国侨务工作明星社区花落武大

开启“武大梦”新篇章
——2013年党政联席会侧记

目前我们遇到了难得的改革时机。从国家层面来说，新一届中央领导加快了改革步伐；从学校层面来说，武汉大学已经到了不改不行的时候。改革既是全校师生员工的殷切期望和强烈呼声，也是全社会对武汉大学的热切期待。

既然学校上下一致认为要改、要求改，那么，从何处着手，改什么、怎么改，就需要进一步加强顶层设计，明确改革的路径图和时间表。经过多年的改革创新，容易改的大多改得差不多了，留下的多是些难啃的骨头。要改，就必须有攻坚克难的勇气和智慧。有勇气，就是要敢于碰硬，敢于逢山开路、遇水搭桥；有智慧，就是要按最小阻力的路径前进，使改革得到绝大多数干部师生的拥护、理解和支持。

目前相关部门已经拿出了不少改革方案，修改完善后就应该尽快付诸实践。有了上下一致的决心和周密的考量，相信武汉大学一定能做好改革这篇大文章，为120周年校庆献上丰厚的大礼。

（中国高校好新闻奖三等奖、湖北高校新闻奖二等奖，《武汉大学报》第1297期一版，2013年1月15日，作者：杨欣欣，编辑：付晓歌）

【采编手记】

不打会标，不摆花草；不念文件，汇报限时；重点讨论改革，只讲工作重点、难点和亮点……2013年初学校召开的党政联席会，“转作风改会风”的崭新气象和浓厚的改革气息感染了记者。2013年是学校的改革年，从会风的转变上可见改革决心之大。这期校报一版不仅发了消息《描画改革发展蓝图》，同时还发表了这篇社论。

社论是最为重要的新闻评论和舆论工具。在我国，社论是这样定义的：“代表编辑部就某一重大问题发表的权威性评论。”甘惜分主编的《新闻学大辞典》指出，社论“集中反映并传播一定政党、社会政治集团或社会群众团体对当前重大事件和迫切问题的立场、观点、主张”，“政党机关报的社论一般代表同级党组织的意见”。

作为高校党委和行政的机关报，校报的社论表达的是学校党委的意见。武大校报的社论，很多都是根据校领导讲话精神来写的，在学校有重要工作安排、重大发展变化时，专门策划发表社论，不仅显示对工作的重视，而且起到引导舆论、统一思想、提高认识的作用。

但社论毕竟不是领导讲话，而是一种新闻评论。新闻评论讲究有的放矢、就事论理、有感而发。这篇社论立意贵深，把评论涉及的基本道理与中心论点分析透、论述透。从为什么要改、改什么、怎么改几方面层层推进，并一针见血地指出，留下的多是些难啃的骨头，要改需要极大的勇气和智慧。社论的最后，笔者号召师生员工尽快付诸实践，为120周年校庆献礼。

文章篇幅不长，行文风格简洁明快，是一个优点，但也导致社论铺陈和升华稍显不够。如果论据能够更具体、更充分，论证就会更有力量。

大学与大树

清华大学老校长梅贻琦有句名言：“所谓大学者，非谓有大楼之谓也，有大师之谓也。”当今时代，除了大师、大楼，衡量一所大学又多了一项重要“指标”：大树。大学不仅要有大师，也应该有大楼，更应该有大树。

大树，能彰显一所大学之精神。有历史、有底蕴的大学，才会有古树名木；有精神、有风骨的大学，才会有参天大树。

作为一所具有120年悠久历史的大学，树，是武大的宝贵财富。从学校定址珞珈起，一代代武大人辛勤耕耘、培植、浇灌与呵护，武大的树才有今天的根深叶茂。这里的树木蕴藏着故事，赓续着传统，彰显着风范，见证着一代又一代学子在珞珈山茁壮成长。

武漢大學報
WUHAN UNIVERSITY WEEKLY

为“天眼”戴上眼镜
中国首个北斗精准导航系统建成

用精神文明成果 凝聚武大正能量
学校召开精神文明建设工作总结表彰会

树木树人 逐梦圆梦
主题活动打造武大特色校庆

大学与大树

百余学子海外“取经”

120周年校庆倒计时35周

为“武大梦”积蓄正能量
——校级文明单位创建工作巡礼

“孔子去曹适宋，与弟子习礼大树下。”即使陷于危困，依然弦歌不辍。武汉大学不正是与至圣先师的传统一脉相承吗？无论是在西迁乐山时艰苦卓绝，却跻身四大名校之列；还是在改革开放时敢为天下先，成为中国高等教育改革的先锋，武大一直秉承弘扬学术、自强不息的精神，正如大树一般，深植学脉，兼收并蓄，顶天立地，始终保持旺盛的生机与活力。

一草一木总关情。全体武大师生、校友，应该赶快行动起来，种下一棵树，留下一片情。正如李晓红校长所说：“珞珈校园里茁壮成长的树木，不仅是我们一生中难以忘怀、最有价值的记忆，也将是我们责任与担当的有力见证！”

（湖北新闻奖三等奖、湖北高校新闻奖一等奖，《武汉大学报》第1302期一版，2013年3月29日，作者：杨欣欣，编辑：付晓歌）

【采编手记】

2013年是武汉大学120周年校庆年，学校将“树木树人”作为校庆的一项主题活动，开展新一轮植树造林、美化校园行动。学校高度重视这项工作，校报在采写消息的同时，配发此条评论，形成了良好的舆论氛围。

短评是评论中的“轻骑兵”，是报纸宣传的“轻武器”，其特点是短小精悍、运用灵活，一般评述范围较窄、所论道理单纯，因其针对性强、短平快的风格，容易做到具体、深入而亲切，因此深得读者的喜爱和重视，在舆论引导中具有独特的积极作用。

报纸就某个不是特别重要或不是全局性的问题发表言论，特别是为新闻配发言论时，往往采用短评的形式。因为消息要用事实说话，记者不能直接在消息中发表评论，配发短评就可以进一步阐明新闻的意义，交代必要的背景，做出适当的评价。也可以选取新闻中的某一点，从不同的角度进行发挥，以深化报道思想，给读者以理性思考。新闻作品的作者（记者、通讯员）和编辑，都可以为新闻报道配发短评。

对于高校校报来说，获得湖北新闻奖不易，获得言论类奖更难。这也是武大参评湖北新闻奖十多年来，十余篇获奖作品中唯一的言论类奖。社会媒体言论高手如云，要在竞争中胜出，最大的突破口就是写出大学特色。

短评论理具体，选题集中，提倡一事一议、边叙边议，开门见山、有的放矢。这篇短评只有518字，却写出了内容，写出了新意，写出了深度。

全篇文字虽少，却生发开来，既讲到了正如孔子习礼大树下一样，武大西迁乐山时弦歌不辍，改革开放时敢为人先；又从现实讲到历史，从历史回到现实。让我们看看文章是怎样随着行文层层推进的：将大树与大师、大楼相提并论，开篇即引起读者的好奇。接着写武大的树根深叶茂，象征着传统的赓续——学校正如大树一般，深植学脉，生机旺盛。最后号召大家行动起来，一起种树。

当然，如果文章最后除了号召“树木”，还能提升到“树人”的高度，评论的境界则可更上层楼。回头盘点之时，我们不得不说，报纸就是“遗憾的艺术”，唯其如此，更值得我们在工作中继续追求，不断精进。

大写的爱

本报特约评论员

在赴藏工作13年后，又33年如一日关爱武汉高校藏族学生，75岁的退休教授杨昌林，用46年的宝贵年华书写了热爱西藏、支援西藏的精彩故事，而且正在用余热续写这一故事。

“一个人做一件好事并不难，难的是一辈子做好事。”杨昌林不图名、不图利，用自己特殊的方式，谱写了一曲民族团结的新华章，树立了为人师表的新典范。

武漢大學報

WUHAN UNIVERSITY WEEKLY

我校传达学习2011年全国两会精神

学校授予杨昌林“民族团结进步模范教师”称号

校党委发出号召：向杨昌林学习

▷两会：来自武大的声音

▷佳话：12位法学校友参会

爱心，一万次惠及藏族学子

——武汉大学学习杨昌林先进事迹座谈会侧记

杨昌林事迹引起强烈社会反响

情系西藏 大爱无疆

——武汉大学教授杨昌林33年如一日关爱武汉高校藏族学生纪实

大写的爱

本报特约评论员

作为一名老教师，杨昌林是致力于民族团结、关心下一代、老有所为的先进典型；作为一名老党员，他是为党分忧、为国尽责的先进典型。他没有惊天动地的壮举，只是在平凡的岗位上，在日常生活中，帮助在汉学习的藏族学生解决了很多实际问题，为维护民族团结做了许多小事情。但正是这些小事，让远离家乡千里之外的藏族学子，感受到了来自党、来自社会主义大家庭、来自伟大祖国的温暖，从而在心灵深处形成了对统一的伟大祖国的认同、对社会主义事业的认同、对中国共产党的认同。

正如校党委书记李健所

说："构建和谐社会需要更多的杨昌林。"杨昌林平凡而感人的事迹在社会上引起了强烈反响，对促进西藏发展、增强民族团结和维护祖国统一发挥了重要作用，也将感召更多的教师见贤思齐，热爱并投身少数民族学生教育的伟大事业。对于武汉大学来说，这一身边的典型，必将激励广大党员干部和师生立足本职，在建设中国特色、世界一流、国际知名高水平大学的历史进程中，在各自岗位上作出新的更大的贡献。

（湖北高校新闻奖一等奖，《武汉大学报》第 1227 期一版，2011 年 3 月 18 日，作者：杨欣欣，编辑：陈丽霞）

【作品点评】

言论是报纸的眼睛，许多大报在关键版面的重要位置开辟专栏，刊载小言论，一般 500 字左右，通常内容新鲜、文笔活泼、一事一议、观点鲜明。

严格来讲，言论属于议论文范畴，因此写作也要遵循议论文的写作规律，既有论点也要有论据。例如，本文论点明确，即 75 岁退休教授杨昌林 46 年援藏的大爱故事，论据由杨昌林老师的个人感言和时任武汉大学党委书记李健的评价支撑。

因为小言论的字数限制，它并不能像议论文一样旁征博引、正反论述，而只能在有限篇幅内，长话短说，点到为止。要做到这一点，需要有几方面意识：

一事一议，就事论理，作者将论述对象定为"藏族阿爸"杨昌林老师，这是武汉大学师生都不陌生的典型，容易引起读者共鸣。

以事寓理，画龙点睛："一个人做一件好事并不难，难的是一辈子做好事。"以毛泽东主席的话点出本篇言论的灵魂，小言论议论部分要精炼。

叙述"一点"，论及"一类"，文章结尾上升到对所有武汉大学师生的激励，即"在建设中国特色、世界一流、国际知名高水平大学的历史进程中，在各自岗位上作出新的更大的贡献"。（严航）

乘势而上　再创佳绩

本报特约评论员

最近，刘延东同志在给校党委书记李健、校长李晓红的回信中，勉励武大“再接再厉，乘势而上，再创佳绩”。这是对武大取得突出成绩的充分肯定，是对全体师生的巨大鼓舞和鞭策。这个批示虽然篇幅不长，但是言简意赅、内涵丰富，对我们做好2012年的工作有重要指导意义。武汉大学要在2011年取得丰收的基础上，乘势而上。

乘势而上的“势”，是大势的“势”、审时度势的“势”、蓄势待发的“势”，也是气势的“势”、势不可挡的“势”、势如破竹的“势”。对于一个国家、一个地区、一个单位，“势”非常重要。它既代表一种机遇，代表一种潮流，又代表一种力量，代表一种精神状态。“势”是需要营造和积累的。应当说，经过几年卧薪尝胆，特别是去年的努力，我们在造势蓄势方面取得了重要进展。全校师生现在士气昂扬，在珞珈山已形成“团结起来，振兴武大”的强大气场，武汉大学如满弓在握，进入了一个新的发展周期。我们必须再接再厉，努力争取有更大的作为，努力争取在我们这一代人手上使武大重新成为“中国最好的大学”之一。

武汉大学报
WUHAN UNIVERSITY WEEKLY

我校获国家科技奖励项目居全国高校第五
主持4项总数6项获奖 校友谢家麟获最高奖

刘延东殷切勉励武大
乘势而上 再创佳绩

学校部署2012年工作

乘势而上 再创佳绩

我校助力资源三号测绘卫星发射

武大领衔建成南极长城站首个验潮站

武大面向海内外招聘高层次人才

全国干部教育培训基地揭牌

人勤春来早
——寒假党政联席会侧记

“武大”成注册商标

我校主编中国大学生思政教育发展报告

雷电防护设备质检中心通过认证

乘势而上的“势”，就是要继续前进，继续发展，继续上台阶。跳出武大看武大，不难发现，我们在前进，别人也在前进，有的甚至比我们走得更快。在高端人才队伍建设、世界三大顶尖学术期刊论文等方面，我们都还有较大的差距。发展不够将是我们长期面临的最大问题，我们必须始终保持清醒的头脑，树立强烈的忧患意识，在任何时候，都要把加快发展作为学校的第一要务。

要再创佳绩，就必须继续凝心聚力、振奋精神、把握主线、突出重点，要有实际行动，要狠抓落实。

在新的一年里，我们要继续实施“顶天立地”战略；继续坚持一手抓发展、一手抓民生，一手抓校内、一手抓校外，一手抓物质、一手抓精神。这几句话是学校领导班子和全校师生员工集体智慧的结晶，体现了“以人为本，统筹兼顾”，是科学发展观在武大的具体体现，我们要继续坚持，并在实践中进一步丰富、完善。

在新的一年里，我们要继续抓增强凝聚力和提高执行力。增强凝聚力的关键，一是要精诚团结，特别是各级领导班子要进一步加强团结，“家和才能万事兴”；二是要加快发展，靠事业进步凝聚人心，只有大家都觉得在武大有奔头，才能形成更加强大的向心力；三是要重视民生，多为群众办好事办实事，只有让每个人都能感受到学校大家庭的温暖，大家才能更加有“归属感”；四是要文化引领，进一步凝练、培育、弘扬武大精神，提升精气神。提高执行力，关键是抓落实。定下来要干的事，就要“一抓到底”。

2012 年，只要我们乘势而上，突出重点，狠抓落实，就一定能够再创佳绩。

（湖北高校新闻奖一等奖，《武汉大学报》第 1263 期一版，2012 年 2 月 17 日，作者：杨欣欣，编辑：陈丽霞）

【采编手记】

高校校报新闻评论的重要作用之一，在于作为学校官方媒体，表明对校内一些重大事件、重大问题的根本态度和原则立场。

2012 年春节后，中共中央政治局委员、国务委员刘延东同志回信给学校主要领导，勉励武大“再接再厉，乘势而上，再创佳绩”，这是一个让全校师生为之振奋的消息。如何深度解析中央领导指示，并将其精神用于指导学校工作，这些内容显然是一篇消息所无法表达的，这时撰写一篇评论就显得十分必要。

这篇评论首先道出由头、亮明观点，然后逐项分析领导指示中的“势”和“上”，最后结合学校工作，指出努力的方向和重点要抓的工作。整篇评论针对性强，言之有理、言之有物，且评论与相关消息同期见报，不仅凸显了消息的重要意义，也增强了报纸的可读性。

为消息配发评论，是为了更好地起到舆论引导的作用。但并不是所有的消息都适合配发评论。一般来说，配发评论的新闻报道，有的是事关全局、意义重大，需要以评论来进一步阐发相关精神；有的是涉及重要政策或工作理念，需要以评论来进一步解读，便于大家了解和理解；有的是工作经验或典型人物具有普遍意义，需要以评论来倡导和呼吁，以便进一步推广；有的是关于工作部署，需要以评论来引起大家的重视，推进工作；还有的是一些揭露性或批评性报道，以评论来进一步表明态度，引起警惕。

在写作中，配发评论一定要依托报道，以报道中的事实为基础来确定评论内容，抓住其中最重要、最有针对性的方面，找准最佳切入点；还应该深化报道，不能一味重复消息中既有事实，喊几句空洞的口号，或流于表面泛泛而谈，而应阐发独到的观点，通过有理有据的分析，对报道的主题加以引申和发挥。

写作上应采用读者喜闻乐见的方式，用通俗易懂、简明扼要的语言，直抒胸臆，为消息起到“点睛”作用，使报道的深层次意义得以开掘，内涵得以延伸，新闻价值得以凸显。

依宪治国　依法治校

设立“国家宪法日”是一个重要仪式，传递了党中央依宪治国、依宪执政的理念，同时也能使全社会更加尊重、了解并自觉遵守宪法。

加强法制教育，高校具有不可替代的重要作用。一方面，大学肩负着培养合格法治人才的重任，教师必须坚持立德树人，做依法治国、依法治校的表率；另一方面，大学也肩负着提高全体人民法治素质的重要职责，武汉大学应充分发挥学科资源和师资队伍优势，为全面推进依法治国提供理论支撑，作出应有贡献。

依法治国、依法治校、依法办事，是我们贯彻党的十八届四中全会决定的三个基本点。近期，学校举办了系列学习宣传宪法的活动，这是学校贯彻中央和教育部有关指示精神的重要举措，对于广大干部师生更加深入学习、知晓、认同、尊重并遵守宪法，深入贯彻落实党的十八届四中全会精神，对于在依法治国的前提下促进依法治校，促进每个人依法办事，将起到重要促进作用。

武汉大学报

WUHAN UNIVERSITY WEEKLY

2014年12月12日（星期五）第1348期

国内统一刊号：CN 42-0801/G

中共武汉大学委员会主办

武汉大学报社出版

“美丽武大文明珞珈”活动全面展开

『三维融合』育人才

教育与教学融合：立德为本，树人为先

选拔与培养融合：多样选拔，个性培养

首个国家宪法日党委中心组集中学习

周叶中纵论依宪治国

宪法在身边

依宪治国　依法治校

短评

我校获两项中国青年志愿服务大奖

校友雷军当选《福布斯》年度人物

要闻集萃

第二批“十二五”规划教材我校入选23种

武大学报和《经济评论》获评全国优秀期刊

校友年度捐赠88万余元资助学子

曾令良：从大别山到东湖畔

从大别山走来

学术研究开拓者

本周人物

广大党员干部要通过深入学习，牢固树立法律意识，增强宪法思维，提高依法治校的能力；要组织广大师生以多种形式开展以宪法为重点的宣传教育活动，将法制意识传递给身边每一个人；同时要进一步学习贯彻落实

《武汉大学章程》，健全依法治校、依法执教、依法办事的工作机制。(立雪)

(湖北高校新闻奖一等奖，《武汉大学报》第1348期一版，2014年12月12日，作者本名：杨欣欣，编辑：付晓歌)

【编辑手记】

2014年12月4日，是我国第一个国家宪法日。版面编辑高度重视，在一版的重要位置做了组合报道，包括消息《首个国家宪法日党委中心组集中学习》、图片新闻《宪法在身边》、评论《依宪治国　依法治校》。

新闻评论是新闻媒体对当前重大的新闻事件或重要的社会问题发议论、讲道理、明是非的一种议论文体，它是新闻媒体发挥正确的舆论导向作用的重要社会公器。

该篇评论是为消息配发的短评。首先分析了高校加强法制教育的重要意义，阐明武汉大学应为全面推进依法治国作出应有贡献。随后，评论从学校近期举办的系列学习宣传宪法活动入手，指出这些活动具有重要的促进作用。评论最后对广大党员干部发出号召，要依法治校、依法执教、依法办事。三个层次十分清晰，由表及里，分析层层深入，最后落脚在以实际行动促进依法治校上，很好地实现了评论的引导作用，表明了报纸的立场，为读者指明方向。

写法方面，该文形式短小精悍，内容鲜明独到，语言简洁明快，很好地表现出短评作为新闻评论“轻骑兵”的特点——篇幅短小、内容集中、简明扼要、运用灵活，与社论、评论员文章等篇幅较大、庄重严肃的评论相比，这种新闻短评以其独特的方式发挥着独特的作用。

向“时尚型男”进一言

学生记者 赵海燕 屈伟强

忧郁的眼神，茂密的胡茬，近乎神迹的搭配，还有那杂乱的头发，令人不免心生怜悯。他默默走在通往教学楼的大道上，忽然放慢脚步，本以为他发现了可以解渴或填饱肚子的东西，可是，定睛一看，我被吓了一跳，乞丐装扮的他，竟然在消防栓玻璃前驻足，精心整理自己的衣襟。

显然，他不为衣食所困，否则不会有精力关注自己的仪表。这让我想起了曾风靡全国的“犀利哥”，在众多网友的眼中，犀利哥那放荡不羁、不伦不类的原始版混搭风格，像清晨的曙光刺透他们麻木的世界，在网上势如破竹地一夜爆红，追随者甚众。

拖鞋、油腻头发、扑鼻体味、抽烟……似乎成了许多型男不落伍的标志。于是，行走在校园里，穿着拖鞋、头发蓬乱的男生身边，常陪伴着一位青春靓丽的女生。

可是，为什么我接受不了这样的时尚呢？在我眼中，男生故意以“犀利哥”造型示人，也许不单单是追赶潮流，更可能是根本就懒得打理自己。倘若是后者，也许我们盲目追崇“犀利哥”的混搭风格，会滋生这一类人的惰性，让他们以为一个月不洗头不洗澡也是一种时尚。

校园时空 武汉大学报 2011年11月25日 3

全球冠军的背后

青春版古代文论——文学院将辩论引入课堂一瞥

亮相创博会

夺冠釜山音乐节

获卢嘉锡奖

向“时尚型男”进一言

校运会，要点名？

崇尚学术是永恒主题

放眼娱乐圈，几乎没有明星敢邋里邋遢放纵自己的形象。就拿帅哥古天乐来说吧。为了让肤色看起来更黝黑健康、更man，他可谓煞费苦心，定期去海边晒太阳，由专门的营养师调配饮食……他之所以这样做，在很大程度上是因为，现在大多数女生都不再渴望自己的偶像很奶油，而是期待他很有男人味。迫于保住自己的演艺圈地位，他一改先前的“奶油小生”路线，尽全力打造不一样的自己。

连古天乐都为了塑造“健康时尚”的公众形象，而放弃自己本身的风格，更何况没有生活在闪光灯下的我们呢?

所以，尽管冬天临近，洗澡越来越有挑战性，但请男生们一定要记得，网上走红的“犀利哥”是天才，刻意模仿的是庸才，借“犀利哥”之名行邋遢哥之实的是蠢材。试想一下，如果“犀利哥”泛滥校园，撞衫事小，败坏校园清幽之美事大，如果再不幸闯入某位游客或者摄影爱好者的镜头，就等着被网民的口水淹死砖块砸死吧。

(湖北高校新闻奖二等奖，《武汉大学报》第1255期三版，2011年11月25日，编辑：肖珊)

与时俱进学雷锋

本报特约评论员

三月春风吹拂，“学习雷锋好榜样”的歌声在神州大地唱得更响。

半个世纪以来，雷锋精神已深入亿万人心，激励着一代又一代人成长、前行。雷锋精神经过几代人的传承、弘扬，其内涵不断丰富、拓展。在新的历史条件下，我们学习雷锋精神，应该与时俱进。

与时俱进学雷锋，就是要将雷锋精神融入改革和发展的伟大实践中，用当代社会主义核心价值观来发扬和丰富雷锋精神，使之真正成为我们的时代精神。

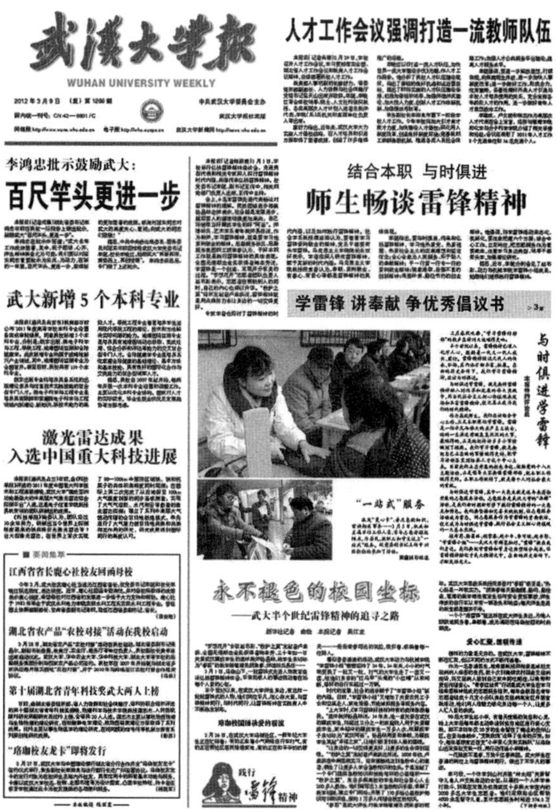
武漢大學報
WUHAN UNIVERSITY WEEKLY
人才工作会议强调打造一流教师队伍
李鸿忠批示鼓励武大：
百尺竿头更进一步
结合本职 与时俱进
师生畅谈雷锋精神
武大新增5个本科专业
学雷锋 讲奉献 争优秀倡议书
激光雷达成果
入选中国重大科技进展
与时俱进学雷锋
“一站式”服务
江西省省长鹿心社校友回函母校
湖北省农产品“农校对接”活动在我校启动
第十届湖北省青年科技奖武大两人上榜
“珞珈校友龙卡”即将发行
永不褪色的校园坐标
——武大半个世纪雷锋精神的追寻之路
践行雷锋精神

作为高校师生，我们应该结合中心工作、立足本职岗位学雷锋。雷锋是一位平凡而伟大的共产主义战士，他的一生并没有做轰轰烈烈的大事，最难得的，正是他把许许多多小事情做到了极致。我们学习雷锋，就是要把自己正在做的事情做得更好，把学习活动落实到培养人才这个中心上来。目前我们正在开展的创先争优、迎接党的十八大主题活动，正是倡导大家要像雷锋那样，把本职工作做得更好。本职工作做好了，就是每个人对社会最大的贡献。

与时俱进学雷锋，其中一大亮点就是近年来蓬勃开展的志愿服务活动。志愿服务是武汉大学的“品牌”活动，是我们新时期新形势下践行雷锋精神的一大亮点和特色。我们要坚持和完善长效机制，让志愿服务活动成为常态，将志愿服务作为学雷锋的重要载体，使之成为与时俱进学雷锋、践行社会主义核心价值观的一大基本实践。

桂希恩、杨昌林、胡常春、赵小亭、李可欣、赵书影、“学雷锋小组”……武汉大学群星灿烂，“雷锋”就在我们身边。我们要把学雷锋和学身边典型结合起来，让雷锋精神融于武大精神之中，在新的历史条件下，不断发扬光大。

(湖北高校新闻奖二等奖，《武汉大学报》第1266期一版，2012年3月9日，作者：杨欣欣，编辑：陈丽霞)

让学生好就业就好业

促进毕业生更高质量和更加满意的就业，是高校发展永恒的主题。从就业质量报告看，我校学生就业质量总体较高。但站在建设世界一流大学的高度，武汉大学必须不断提升就业质量，真正让学生好就业、就好业。

提升就业质量的根本是提高人才培养质量。确立准确到位的人才培养方向与目标，培养真正适应社会需求的人才，是提高学生就业质量的前提。作为国内一流大学，武汉大学必须不断推进教育教学改革，创新人才培养模式，为社会源源不断地输送拔尖创新人才。

提升就业质量的关键是培养学生就业能力。我校一直致力于培养大学生的创造、创新、创业能力，全面提高学生素质。而针对毕业生就业中不断出现的新情况、新问题，全面开展就业创业指导与服务，显得尤为紧迫。职业教育网络学堂、就业指导课程、大学生职业发展社团等，能够帮助学生开阔视野、接触社会，增长才干，提高就业竞争力，应在实践中进一步探索完善。

提升就业质量的保障是加强就业指导服务。对学生的就业指导服务应贯穿于学生受教育的全过程。目前，学校已成立了学生就业指导与服务中心，并充分利用各方资源推荐毕业生就业。学生就业是关系学校全局的重要工作，必须贯穿于学校工

作的全过程。要大力推进就业工作“一把手工程”和“导师工程”，整合资源，通力合作，为毕业生满意就业提供良好服务。

(湖北高校新闻奖二等奖，《武汉大学报》第1326期一版，2014年3月14日，作者：杨欣欣，编辑：付晓歌)

用行动诠释责任和理想

廖盛芳 吴桦桦

28岁的博士生黄碧海为了照顾因病成为“植物人”的单亲母亲，放弃高薪出国深造的机会，不离不弃守在病床边，帮助母亲苏醒并恢复记忆和部分运动功能，创造了生命奇迹。

讲述黄碧海事迹的报道出来后，各大媒体纷纷转载，引发网友和社会的广泛关注。黄碧海的身上充满了故事，他的遭遇，他的成长，他在学业上取得的辉煌，他照顾母亲时的那份细心，还有他面对选择时的那种决断，都有感人的故事，都可以做成生动的文章。正因为如此，人们从对黄碧海的关注中感受到了力量。

校园时空
武汉大学报
2011年12月9日 3
“最孝博士”黄碧海：
不离不弃唤醒母亲
用行动诠释责任和理想
▶▶为山里娃献爱心
大学，因你而惊艳
——图书馆新馆体验记

黄碧海的故事让人们读出了孝心。他用行动创造了奇迹，奇迹背后是一个感人的故事，他的行动让一个在中国几千年历史中源远流长的“孝”变得异常清晰。百善孝为先，孝敬父母是件天经地义的事。“最孝博士”把大写的“责任”和“担当”，用自己的实际行动进行了完美的诠释，彰显了中华民族的传统美德，是对社会主义荣辱观的生动践行，是当代人学习的楷模。

黄碧海学识高，人品更高。因科研能力突出，导师为他推荐了一份起点高、薪水诱人的工作机会，这样的机会是当今许多人梦寐以求的，显然也是黄碧海想要的。然而，当这个机会与照顾病重的母亲发生冲突时，他毅然选择了后者，这种选择让我们看到了黄碧海孝心背后沉甸甸的责任。

这种责任包含在黄碧海的理想中，黄碧海的选择是对自己内心追求的真实表白。黄碧海从14岁与母亲相依为命时起，就决心努力学习，不让母亲操心，后来虽然因要分心照顾母亲只考进了一所普通高中，但凭着自己的发奋努力，还是在高考时取得优异成绩，大学毕业后又成为硕士研究生，接着是博士研究生，这些经历表明，黄碧海的志向足够远大，而他的远大志向始终与家庭责任联系在一起。黄碧海用自己的行动诠释了理想，告诉人们：理想意味着责任。

黄碧海的行动不仅给他的母亲带来了新的希望，也让社会看到了新的希望。如果我们不再脱离自己的基本责任去奢谈远大志向，如果我们对理想的追求能够将承担对家庭和社会的责任包括在内，我们的社会将更有希望。

(湖北高校新闻奖三等奖，《武汉大学报》第1257期三版，2011年12月9日，吴桦桦本名：肖珊，编辑：杨欣欣)

烛光点亮梦想

本报特约评论员

著名教育家、清华大学老校长梅贻琦曾说："学校犹水也，师生犹鱼也，其行动犹泳也。大鱼前导，小鱼尾随，是从游也，从游既久，其濡染观摩之效自不求而至，不为而成。"

在烛光导航工程中，烛光导航师既"传道"，又"解惑"，是对辅导员和班级导师的重要补充，有效实现了全方位育人、全过程育人；一对一、面对面的交流方式又能使教师能更好地了解学生，增强学生工作的针对性和实效性，构造新型师生关系。它对于全面提高高等教育质量，特别是本科教学质量有重要意义。

武漢大學報
WUHAN UNIVERSITY WEEKLY
2012年4月20日（复）第1271期
中共武汉大学委员会主办
武汉大学报社出版

武大赴海外招揽高层次人才

学校全面推行"烛光导航工程"
引领大学生健康成长成才

"六大工程"提升研究生教育质量

创先争优 理论成果丰硕

本科生奖学金标准大幅提高

烛光点亮梦想
本报特约评论员

冰上作业

湖北省优秀博士学位论文我校34篇入选

与工行湖北省分行签署战略合作协议

葛志荣等5位国务院参事来校调研

孙洪：享受工作 享受生活

我们如何开展好这项活动？不仅学院（系）领导干部要精心组织推动，还要充分调动教师的积极性，特别是发挥骨干教师和优秀学科带头人的作用，并注重持之以恒，看准了的事就要锲而不舍，一抓到底，不能蜻蜓点水，浅尝辄止；要注重实际，始终强调以育人为本，把是否有利于学生更好成才成长作为出发点和落脚点，不作秀、不动摇、不折腾。各学院应因地制宜，设计最适合自己的模式。

"蜡炬成灰泪始干"，武大教师用自己的实际行动，无私地燃烧自己，点亮学生，生动地诠释着新时代的为师之道。

(湖北高校新闻奖三等奖，《武汉大学报》第1271期一版，2012年4月20日，作者：杨欣欣，编辑：陈丽霞)

理性看待樱花门票

张发林

微博上有网友说，是武大的“樱花”品牌，催生了中国的“樱花”品牌。但于武大而言，珞珈繁樱既是一张羡煞旁人的美丽招牌，更是一腔欲说还休的重重心事。果真，樱花开了，烦恼来了。前几年，公众围绕到武大看樱花是否应收门票大打口水战，貌似社会公众理解并认可了要收门票。今年武大樱花门票上涨至20元，又引发了少数媒体和公众的不解和质疑。也有网友打趣说，武大樱花门票涨价，是因为修新大门缺钱。

我们看到，学校一再声明“珞珈山下四时春，繁花美景各不同”，欢迎社会公众避开樱花季，随时访问武大；学校真诚吁请公众不要来武大扎堆赏樱花，提倡早间赏樱和晚上赏樱；学校今年还联合荆楚网推出“网上赏樱”活动，意在避免过多的游客来校产生拥堵之痛、脏乱之扰，乃至给师生和游客带来彼此不适之感。同时，学校自去年开始就对老人等5类特定人群实行免票入园政策，今年还向社会公众免费赠送2万张门票，并根据实际情况启动限流举措。这样看来，借樱花盛开大肆敛财——实在站不住脚。

校园时空

武汉大学报

2013年3月22日 3

边吃边聊的写作课

一线见闻

免费导游 温馨陪伴

——《导览手册》出炉记

理性看待樱花门票

寄张明信片

樱花树下小红帽

门票价格提高了，好处

显而易见。樱花之痛不仅仅发生在校园之内，还传导到校园之外。“武大樱花开了，半个武昌城瘫了”，虽言过其实，但周边交通的拥堵状况也令包括师生在内的很多市民愤愤不平。如果因门票的适度上涨而减少入校赏樱人数，这未尝不是好事一桩，也算为武汉市纾解了交通压力，更何况武大周边交通因市政工程建设已现“肠梗阻”。武汉赏樱之处已非武大风景独好，磨山樱园、江滩、青山公园等多处樱花繁盛，武大门票价格提高了，游客可酌情去别处游玩，学校可以引入更多社会力量，增派更多的人员临时上岗，为游人提供更好、更优质的服务，让校园回归秩序，回归整洁，回归常态，让游人真正享受到赏樱之趣，感受到大学之美。

武大是开放的，也是常为新的，每年都更新樱花管理政策，这是坚守大学之道并尽社会责任的表现。但眼下，武大的“樱花之困”还告无解。同样是赏樱，有的景点门票 60 元一张，以武大风景之美，20 元并不高。相对于有些人提出的“闭门谢客”的高招、“移走、砍光樱花树”的昏招和“索性涨到 100 元”的奇招，此番对赏樱门票价格进行适度上调意在突围解困，合乎情理，既关照了师生校友的诉求，也关照到了公众的感受，理应得到社会的理解、认同和鼓励。

(湖北高校新闻奖三等奖，《武汉大学报》第 1301 期三版，2013 年 3 月 22 日，编辑：肖珊)

“武大梦”归根到底是“人才梦”

本报特约评论员

“国以才立，政以才治，业以才兴。”当今世界，科技进步日新月异、经济全球化日趋深入，综合国力的竞争已由表面的科学技术竞争，转为深层次的高层次人才实力的竞争。

武汉大学正在探索中国特色世界一流大学的发展之路，我们必须把海外高层人才引进工作作为高校改革和发展的核心问题，舍得花大力气、动真功夫，以超常规的热情与举措，努力吸引、培养和造就一批高水平学科带头人和中青年骨干教师，为建设高水平大学和提高高等教育质量提供强有力的政策支持和人才保障。

武汉大学报
WUHAN UNIVERSITY WEEKLY

加强与世界名校的战略合作
我校聘任校方代表深化国际交流

我校举办交叉学科国际论坛
深入推进全球招聘计划

省校共育新闻英才
我校与湖北省委宣传部共建新闻与传播学院

杂交水稻国家重点实验室通过验收

全国推荐优秀古籍整理图书
《吐鲁番出土文书》入选

“武大梦”归根到底是“人才梦”
本报特约评论员

库尔班江在追梦

要闻集萃
谢红星调任长江大学校长
全国台联会长汪毅夫来访
学校组织观看电影《焦裕禄》
全国大学生英语辩论赛获一等奖

要建设一支国际化人才队伍。一个大师可以引领一个团队，一个团队可以支撑起一个学科。我们要打造一支国际化“精兵”，形成一批世界一流学科，产生一批国际领先的原创性成果，为提升我国综合国力贡献力量。

要以跨学科发展为突破口。学科交叉是影响创新，尤其是源头创新发展的至关重要的因素，这也有赖于多学科背景的人才引进与培养。我们要不断营造有利于学科交叉融合的良好环境，倡导先进的、富有创造力的大学文化，培养出一大批社会需要的高素质拔尖创新人才，取得满足国家战略需要的重大科技创新成果，产生引领社会发展潮流的思想文化成果。

要以管理体制改革为重点，以人事改革为抓手。加快高校内部体制机制改革，完善中国特色现代大学制度，有效引才、留才、用才，聚集一批有世界视野的教师队伍，激发教师和以教授为主体的学术机构在学校建设中的积极性和责任感。

“武大梦”归根到底是“人才梦”。只有坚持“人才强校”战略，不断提高学校高层次人才的国际化、用人方式的多元化和人才配备的多学科交叉，才能真正实现武汉大学的发展之梦。

（湖北高校新闻奖三等奖，《武汉大学报》第1337期一版，2014年6月20日，作者：杨欣欣，编辑：付晓歌）

标　题　类

就业形势好　毕业生很“刁”

本报讯(记者 肖珊　见习记者 付晓歌)“2011届本科毕业生就业工作呈现的特点是：就业形势很好，毕业生很挑剔。”截至目前，招聘单位提供的岗位数已超过往年的全年总数，但学生签约积极性不高，签约率与往年基本持平。这是记者从2011届本科毕业生就业工作会上获悉的消息。

目前，我校本科毕业生就业存在四个特点：心态平和、思想稳定、信心尚足；报考研究生、公务员和准备出国的人数有所增加；理工类就业易、文史类就业较难；校园招聘开始早，时间集中，2010年9月中旬到11月下旬，有3000多个用人单位来招聘，与上一学年全年数据持平。

学校要求，各学院(系)相关负责人认清工作形势，督促已有接收单位的毕业生积极签约；加大对就业困难毕业生的帮扶力度；做好考研录取工作以及落榜学生的推荐工作；进一步加大邀请用人单位进校招聘力度。

校党委副书记王传中强调，要进一步摸清学生就业情况，有重点地开展工作，密切关注考研毕业生情况，做好毕业班的学分清理工作、毕业生思想工作。

武漢大學報
WUHAN UNIVERSITY WEEKLY
2011年3月11日（复）第1226期

国际化学界顶级期刊发表我校多篇论文
化学与分子科学学院高水平论文实现质与量的突破

交流，让思想升华
——武汉大学“党委书记讲党课”活动走笔

对法交流：在融合中稳步前进 —2—
弘毅学堂探班记 —3—
珞珈之春2011 —4—

摸清“家底”　谋划发展
一级学科评估准备工作启动

3项国际专利获中央财政专项资助

就业形势好
毕业生很“刁”

师生缅怀周新武校友

濠沟住宅将动工

进宿舍　热水开水

李骄出任国际权威生物杂志副主编

9人参加“万名干部进万村入万户”活动

武大自主选拔录取考试举行

(湖北高校新闻奖一等奖，《武汉大学报》第1226期一版，2011年3月11日，编辑：杨欣欣)

【记者手记】

新闻标题是消息的“眼睛”，凝练生动的标题能让眼睛更加明亮传神，获得美的享受，使人印象深刻。消息一般采用倒金字塔结构，标题是重中之重，如何取一个好的新闻标题，需要记者编辑下苦工夫。

一个好的标题应具备信、达、雅三个方面，“信”就是尊重原文，不对原文进行曲解。《就业形势好　毕业生很“刁”》就很好地做到了这一点。“达”就是将新闻的内容讲清楚、讲完整。该标题仅用寥寥十字，高度概括出武汉大学2011年就业形势的状况，让人一看就知道在讲什么，丝毫不绕弯子。“雅”则是指尽可能拥有可看性和吸引力。该标题在形式上，采用了对仗，既朗朗上口，又简单易读。能够在繁杂的内容里，让读者一眼发现，吸引住目光，继续浏览新闻。

“刁”这个字是标题的点睛之笔，不走寻常路，大胆地将贬义词褒用，说明武汉大学的毕业生实力强，深受用人单位的欢迎，在选择就业单位时，显得很挑剔。也从一个侧面反映出武汉大学的育人水平得到了社会的认可。一个“刁”字，很能吸引读者眼球，并留下深刻印象。(付晓歌)

墓葬新解让古代图像“说话”

本报讯(通讯员王怀民)“死后世界”是怎样的？日前，文学院中国宗教文学与宗教文献研究中心主任吴光正教授为该院学子作了《魂归何处——古代死后世界的图像再现与文学表达》讲座，对古代墓葬图像、石窟图像、寺观图像进行解读。

吴光正介绍，“死”是普通人忌讳谈的话题。但围绕“死亡”这个话题，古人形成了一整套程序，这里面有美术、宗教和文学的研究价值。比如，发愿文、唱导文、招魂曲、挽歌等都属文学范畴，而墓葬图像对研究中国早期美术史具有相当重要的意义。

吴光正收集了大量相关图片，并对先秦到宋代的所有传世文字文献和出土文字文献中的死亡资料进行了清理，研究结论可能会改变不少墓室图像的释读和命名。

2 2012年4月13日 武汉大学报 综合新闻

离岸金融监管法制研究成果受关注

墓葬新解让古代图像“说话”

曾洪清晋升国际篮联技术代表

夏军活跃在第六届世界水论坛

秦莉红获评“武汉市十大时尚人物”

中法医学班5年再招140人

校企聚焦第六届电力樱花论坛

国内学者珞珈研讨中东问题

学校投入2.1亿元启动本科教学工程

市领导来校研究八一路通道相关工作

微机系统与接口技术：

科研教学相结合

校企携手共建电化学实验室

专家聚焦高校实验室工作

教育部高校师培大区中心会召开

学校召开人口与计划生育工作会

万林博物馆收到首份校友赠品

校庆捐赠项目发布后收到首笔捐赠

(湖北高校新闻奖一等奖，《武汉大学报》第1270期二版，2012年4月13日，编辑：冯林)

【作品点评】

一边是冰冷的文物，一边是鲜活地“说话”，这是如何做到的？这种有意的对比，让不可能发生的事发生了，让人觉得很新颖、别有趣味。细细品读，真是妙趣横生。如果标题换一种说法：“图片侦破技术在考古中发挥新作用”，那么给读者留下的印象就大为不同。

这则标题的另一特点是文字简洁。编辑用“墓葬新解”一词，将原稿标题中较为繁复的文字浓缩成四个字，简明扼要地表达了将新技术运用于考古挖掘之意。

科技新闻的标题，除了准确、严谨、简洁、精当，还要力求生动鲜活、贴近生活。要做到这一点，就像这个标题一样，活用动词、形容词，巧用比喻等修辞手法，不失为一种聪明的选择。例如，《人民日报》1985年11月2日刊发的《给沙漠“锁边儿”》，用一个传神的“锁”字，形象地传达了消息的主要内容——植树种草治理沙漠。

还要善于从读者出发，挖掘新闻与读者之间的关系，抓取最有意义、最能反映本质的事实，并用通俗的文字概括解释。例如，《新疆科技报》1986年8月22日的一篇报道，主标题是：《为“大动脉”与“微血管”会诊》，副标题是：《国内外专家通过新疆公路运输软科学研究成果》。面对农林牧区基层读者，这则标题以新闻事实为依据，针对读者群的特征，用浅显的词语使标题简洁明了。(严航)

我校与武汉市“牵手连芯”

首批八家学生创新实践基地签约

本报讯(记者付晓歌)6月20日，武汉市大学生创新创业实践“牵手连芯”工程在我校正式启动，8家基地与我校相关学院签署协议，积极打造“政产学研”高度融合的平台。

湖北省委常委、武汉市委书记阮成发，武汉市委副书记、市长唐良智，市委常委、市委组织部部长胡志强，市委常委、市委秘书长龙正才，校党委书记李健，校长李晓红，副校长谢红星等出席仪式。

胡志强介绍了工程有关情况。李健、阮成发、唐良智分别致辞。

据悉，该工程旨在充分发挥武汉地区科教资源优势，促进科技教育与经济社会发展的深度融合。计划用5年时间，在各级开发区、孵化器、重点企事业单位和市级党政机关，建立300家左右的实践基地，每年吸纳1万名左右武汉地区大学生开展创新创业实践，形成长效机制。实践期一般为1至3个月，硕士、博士研究生为6个月或1年。

阮成发、唐良智一行还参观了化学与分子科学学院实验室，听取了卓仁禧院士的相关工作介绍。

武漢大學報
WUHAN UNIVERSITY WEEKLY

2012届毕业典礼隆重举行

庆七一暨创先争优表彰大会召开

会议强调：创造新业绩，迎接十八大

十载寒窗万卷书

李晓红：用积极的心态点亮未来

教育部新闻出版总署决定共建武汉大学

我校与武汉市“牵手连芯”

首批八家学生创新实践基地签约

国内外学者纪念马克昌逝世一周年

“社会转型与法学发展”学术研讨会举行

黄碧海入选2011中国大学生年度人物

李健：珞珈山的一代师魂

414人获首届武汉大学研究生学术创新奖

周云峰边专获“中国医师奖”

我校获中国海峡项目交易会奖励

李德仁：数字绘天地大美

(湖北高校新闻奖一等奖，《武汉大学报》第1280期

一版，2012年6月29日，编辑：陈丽霞)

【记者手记】

该新闻主要事实为武汉市大学生创新创业实践“牵手连芯”工程在武汉大学正式启动，八家基地与相关学院签署协议。记者活用工程名称，将其放在标题里，一语双关。“牵手”表达了武汉大学与武汉市开展合作的事实，“连芯”巧用谐音字，既表达了双方“心连心”之意，“芯片”的“芯”又表明这是一项与科技有关的合作，是共同打造“政产学研”高度融合的平台。

向虎雏“牵”来一批辛亥文物

本报讯(通讯员蒋太旭　向菲)日前，由13位广东收藏家捐赠给武汉辛亥革命博物馆的68件(套)珍贵辛亥实物，首次亮相辛亥革命博物馆。这些捐赠得益于一位辛亥志士后裔、我校退休教授向虎雏。捐赠仪式上，辛亥革命博物馆专门为向虎雏颁发荣誉证书。

在向虎雏的“搭桥”下，经两省人民政府参事室努力，广东省收藏家协会主席陈少湘向广东省收藏家协会会员发出呼吁，为支援首义之地辛亥革命博物馆建设向武汉捐赠辛亥实物，让藏品发挥更大的社会价值。陈少湘带头捐赠14幅名人书法作品，其中以黄兴“相与观所尚”立轴最为珍贵，12位收藏家随后积极响应。

湖北省副省长张通、广东省人民政府参事室(文史馆)主任(馆长)周義等出席了捐赠仪式。

(湖北高校新闻奖一等奖，《武汉大学报》第1287期二版，2012年10月19日，编辑：冯林)

2　2012年10月19日　电话：68774315　传真：68772023　武汉大学报　综合新闻

软件工程研究获国际化新成果

武大学者找到 脂肪肝等代谢疾病发生根源

长江日报 2012年9月26日

武大全球招聘 4个院系“掌门人”

宜都二中 为张继煦塑铜像

陈文新83万字 《古代诗文选》出版

向虎雏“牵”来 一批辛亥文物

武军驻：享受教改探索之美

蔡恒进：学生成功是最好馈赠

国际交流

英国德蒙福特大学来校商讨合作

法国波尔多三大代表团来访

【作品点评】

文物作为国家历史的见证，对于任何一个国家都有着巨大的意义。这则新闻介绍了武大退休教师向虎雏为辛亥革命历史博物馆赠送了一批实物文物。新闻较为短小，仅为一则快讯，亮点在标题中的一个“牵”字。

“牵”这个字的确是切合又新颖，一下子就让整个标题活起来了。“牵”像是一个动态，让人有一种老教授带着一批文物来参展的画面感，让文物有种可亲的活性。同时，“牵”还有另外一种意思。向虎雏不仅自己为博物馆捐物，还带动了12名捐献者为博物馆捐赠大额珍贵的历史文物，这里“牵”就有了一种穿针引线的意味。而这个标题也直接点出了捐赠人、事件、具体文物，可谓三要素俱全，非常贴切。

标题是报纸的眼睛，也是检验编辑综合素质的镜子。一个好的标题需要兼具三个特质：准确、简约和传神。准确是最基本的要求，不夸大其词，不过分幽默；简约就是要对新闻事件有最直观的描述，不累赘、不拖拉；最高要求就是传神。而要做到传神，巧用动词、用好动词，往往会达到意想不到的效果。

举一个例子。2013年10月10日，新华社发出一篇通稿，原题是《5名村干部伙同他人侵占上千万元征地款》，有家媒体的编辑在转发时，没有原题照搬，而是重新制题：《吞下千万征地款　胀倒五名村干部》，在准确概括新闻事实的基础上，遴选了“吞下”、“胀倒”两个动词，描摹出村干部贪婪自私、后果难受之态，对贪腐的斥责跃然纸上，酣畅淋漓。这则标题获得当年中国地市报新闻奖、陕西省新闻奖。(严航)

朱英国院士牵手袁隆平院士

杂交水稻国家重点实验室获批共建

本报讯(通讯员杨雪)3月29日，国家科技部发文，批准我校成立“杂交水稻国家重点实验室”，与以袁隆平院士为学科带头人的湖南杂交水稻研究中心共建。科技部将在组织可行性论证后立项建设。

据中国工程院院士朱英国介绍，我国过半人口以水稻为主粮，杂交水稻的研究与利用是提高我国水稻产量的主要途径之一。在杂交水稻应用飞速发展的同时，其相关基础研究相对滞后，一些重大科学问题未能突破，不利于杂交水稻的可持续发展。因此，建设杂交水稻国家重点实验室，凝聚一批优秀人才，针对杂交水稻的重要科学问题展开研究，取得创新性成果，对于我国杂交水稻的持续发展和我国粮食安全具有重要意义。

武汉大学报
WUHAN UNIVERSITY WEEKLY

张俐娜获国际化学顶级大奖
成为首获英国化学会安塞姆·佩恩奖的中国人

朱英国院士牵手袁隆平院士
杂交水稻国家重点实验室获批共建

完善干部培训体系 建设学习型党组织
珞珈干部大讲堂开讲

省社科成果奖 我校蝉联第一

武大樱花有序迎送四方宾客

《文心雕龙》百年研究硕果累累

野田村病毒研究获重要突破

新增8个博士学位授权一级学科点

信息报送工作获教育部表彰

与广东中山商谈校市合作

张俐娜：我只是认真做好每件事

我校水稻研究历史悠久。20世纪50年代开始研究水稻的遗传和发育，特别是从20世纪70年代初至今，一直进行水稻雄性不育与杂交水稻研究，先后在红莲型、马协型水稻细胞质雄性不育新质源的发现与利用、光敏核不育系研究与开发、水稻生殖生物学与细胞工程、野生稻资源研究等方面取得一系列原创性成果，获得了多项国家和省部级奖。

2000年，我校植物发育生物学教育部重点实验室组建，并在教育部两次评估中获优秀；2007年，植物生物技术与遗传资源利用教育部工程中心建立，进一步完善了基础研究、应用研究和产业化紧密结合的完整体系，促进了杂交水稻新品种的规模产业化，形成了明显的特色和优势，也为建立杂交水稻国家重点实验室奠定了坚实基础。

（湖北高校新闻奖二等奖，《武汉大学报》第1230期一版，2011年4月8日，编辑：杨欣欣）

全球率先破解夜盲之谜

人民医院成果发表于《美国科学院院报》

本报讯(通讯员杜巍巍)最新一期《美国科学院院报》发表了来自武汉大学人民医院的一篇原创科技论文，意味着中国对先天性静止性夜盲的探索已处于全球领先地位。这也是中国眼科学界首次在著名综合性国际刊物上发表原创性论文。

论文题为《G 蛋白通过 Gβγ 双聚体关闭视网膜的 TRPM1 通道》，由人民医院眼科中心副教授沈吟与美国爱因斯坦医学院合作完成，沈吟为第一作者和通讯作者，享有独立的知识产权。

先天性静止性夜盲是一种由于遗传因素等引起的先天性眼病，一直是困扰国际眼科学界的重大难题。此项研究不仅阐明了一项悬而未决的视网膜双极细胞对光信号传递机制，同时也为未来采用基因手段治疗该疾病提供了理论基础。

早在 2009 年，沈吟就在世界上首次提出，视网膜上蛋白质离子通道 TRPM1 的缺陷是导致先天性夜盲症的原因，相关论文在《神经科学杂志》上发表，该文被同行专家引用高达 64 次。此次则进一步找到了这一通道的传递机制。

武漢大學報

WUHAN UNIVERSITY WEEKLY

全功能 IC 卡“珞珈校友龙卡”面世

学校首聘毕业生校友理事

学风建设调研情况汇报会强调：

全力建设一流教风学风

两篇论文入选全国创先争优理论研讨会

居全国高校第一

形成合力整体推进

全力以赴打好就业攻坚战

学校召开本科就业阶段总结会

全球率先破解夜盲之谜

人民医院成果发表于《美国科学院院报》

飞向世界名校

四六级高分，砌出来？

为孩子们构筑美丽的科学空间

全国道德模范湖北高校巡讲在武大启动

两名研究生获“百人会英才奖”

外交部在我校举行国际形势报告会

张蔚榛：把心献给大地

(湖北高校新闻奖二等奖，《武汉大学报》第 1276 期一版，2012 年 6 月 1 日，编辑：陈丽霞)

我校执论坛牛耳

母亲文化与女性学成焦点

本报讯(实习生高朋　记者冯林)“2011 母亲文化与女企业家发展论坛”日前举行，来自广东、浙江和湖北等地的政府、高校、企事业单位的女性学者、干部、企业家和女性管理者 520 多人与会。

该论坛由湖北省人力资源学会会长、母亲文化专业指导委员会主任、武汉大学经济与管理学院教授关培兰发起组织。我校周运清、王开敏分别作演讲，从母亲和女企业家的双重角色考虑，引领公众关注母亲文化的建设与推广，关注女企业家的生存状态与健康发展。武汉市妇女联合会主席陈光菊致辞。关培兰说，母亲是管理者最好的学校，“母亲文化”这一概念由武大王开敏提出并倡导，至今已有十年，希望通过该论坛使母亲文化从个人行为上升到社会关心的事业。她还作了《女人幸福快乐事业成功的十大通行证》演讲。原国际劳工组织性别平等局局长、原联合国国际劳工组织性别平等局局长张幼云出席论坛。

2　2011 年 5 月 20 日　武汉大学报　综合新闻

我校执论坛牛耳

母亲文化与女性学成焦点

20 万元励学援才

60 年青睐我校

80 华诞庆典在我校举行

联袂服务香港印刷业

《湖北日报》2011 年 4 月 14 日

冯天瑜：唯有勤勉才能超越

让小亭精神成为前进动力

创先争优在身边

生物技术：

“软硬兼施”谱写特色文章

个性教师给力课堂

实践教学新生创新

联合培养基因出季

思想教育领航心灵

贵州省第四期大学生思政教育研修班举办

深圳罗湖高管培训班结业

苏州代表团来校寻求合作

香港民建联辛亥革命交流团来访

杨善华畅谈“农村调查的得与思”

桂胜获湖北发展研究奖

(湖北高校新闻奖三等奖，《武汉大学报》第 1236 期二版，2011 年 5 月 20 日，编辑：冯林)

照 片 类

协同创新育水稻

由武汉大学、南京农业大学和四川农业大学联合组建的杂交水稻产业提升协同创新中心，近日在海南召开学术交流和阶段性成果现场展示会议。中国工程院院士袁隆平(左二)、朱英国(左一)，中国科学院院士谢华安(左三)出席。会上展示了三校联合研发的阶段性产品，以红莲型水稻新品种珞优8号为代表，叶青籽黄，表现优异。(黄文超摄影报道)

(中国高校好新闻奖二等奖，湖北高校新闻奖一等奖，《武汉大学报》第1306期一版，2013年5月10日，编辑：付晓歌)

武漢大學報
WUHAN UNIVERSITY WEEKLY

学校总结分析第三轮学科评估情况

国际高水平学科建设获突破

11个学科进入世界前1%

55人入选教育部教学指导委员会

青春梦 中国梦

五四青年节学校表彰先进

李建成获全国五一劳动奖章

雷爱文获湖北青年五四奖章

中国梦 我的梦

120周年校庆倒计时203天

与香港中文大学深入合作

大力推进学术期刊国际化建设

校友王艳玲当选河南省副省长

美国数模竞赛 我校创历史最好成绩

卓仁禧：不断开拓新领域

【编辑手记】

杂交水稻研究一直是武汉大学的科研工作亮点与重点，朱英国院士在杂交水稻育种方面取得了很多成果。该新闻最初是一则消息，题为《三校共绘杂交水稻协同创新蓝图》，配以新闻图片，刊登在武汉大学新闻网。

编排至校报时，编辑考虑新闻主要内容是三所学校在海南召开学术交流和阶段性成果现场展示会议，作为会议新闻，可能无法有效地引起读者的兴趣，而图片却满是看点。于是编辑将其改编成图片新闻，摒弃了会场，选取了三位院士在农田查看水稻的场景。

照片抓拍的场景生动而自然，三位院士、头戴草帽的众人、长势喜人的稻苗、田间地头的现场感，无疑都是非常吸引眼球的。图片采用斜线式构图，稻苗和人物的帽檐形成了两条斜线，很好地平衡了画面。画面中，院士面带微笑，表现了对武汉大学水稻品种的肯定与赞许。

网坛一姐 VS 晓红哥

“李晓红校长身手不凡，比分咬得比较紧！”宋卿体育馆内，WTA 明星、网坛两次大满贯得主阿扎伦卡与李晓红友好拼杀后，如是评价他的球技。

在 WTA 武网公开赛组委会的促成下，阿扎伦卡来到武大。这位前世界一姐、来自白俄罗斯的“尖叫女皇”，不仅与热爱网球的学子切磋球技，还为大家示范了标准的动作。(张然摄影，肖珊报道)

(中国高校好新闻奖三等奖、湖北高校新闻奖一等奖，《武汉大学报》第 1341 期三版，2014 年 10 月 17 日，编辑：杨欣欣)

【采编手记】

新闻摄影是以摄影图片的形式对正在发生的事件进行新闻报道，是使用相机对新闻事实作现场纪实的新闻报道形式。如何在新闻采访中抓拍到关键性画面，是考验摄影记者业务能力的重要手段。

抓拍是新闻摄影记者在新闻事物发生过程中不干涉拍摄对象，迅速拍摄出来的照片，是选择抓取镜头的一种拍摄手法。要求摄影记者善于发现新闻并抓

校园时空 武汉大学报 2014年10月17日 3

珞珈山上的"洋学生"

缤纷校园

网坛一姐VS晓红哥

重返青春路

取到精彩瞬间，既要发挥守株待兔的精神，又要避免原地不动的拍摄手法。新闻事物稍纵即逝，所以摄影记者必须具备眼快、心快、手快、腿快的本领，才能捕捉到现场感强、视觉冲击力好的新闻图片。

任何抓拍都需要摄影记者事先了解新闻事件的整个过程，在心里分析好该选择抓拍哪个瞬间，把代表性的新闻事件呈现给受众。就像一场戏里分为高潮和低潮一样，他必须抓住最高潮时的精彩画面，这是最为关键的一环。

在这张照片中，摄影记者抓拍到了武汉大学校长、网球爱好者李晓红和网坛明星阿扎伦卡友好对阵后握手言欢的一幕。与切磋技艺时的拼杀镜头相比，握手更能传递主题，如照片背景的横幅所显示"一所古老大学，一项青春赛事"。下午四点的阳光光线柔和自然，透过古色古香的体育馆透明屋顶，打在阿扎伦卡脸上，将她的笑靥衬托得格外动人。学生球迷的鼓掌和喝彩，既是送给阿扎伦卡的，也是送给他们敬爱的"晓红哥"的。

一篇好的说明文字、一个好的标题，对于图片新闻来说也是不可或缺的。这篇说明文字生动形象、简洁明快、富有现场感；标题则起到了画龙点睛的作用。网坛明星阿扎伦卡和武大校长李晓红无疑都是令人关注的人物，能引起读者的极大兴趣。编辑巧妙运用时尚元素，分别以"网坛一姐"和"晓红哥"代称，中间相应地采用富有时尚气息的"VS"，而不用"对阵"、"切磋"、"拼杀"等惯用语，让整则说明文字增色不少。正是精彩的照片配上精当的文字，构成了一则完整而出色的图片新闻。

她开始微笑了

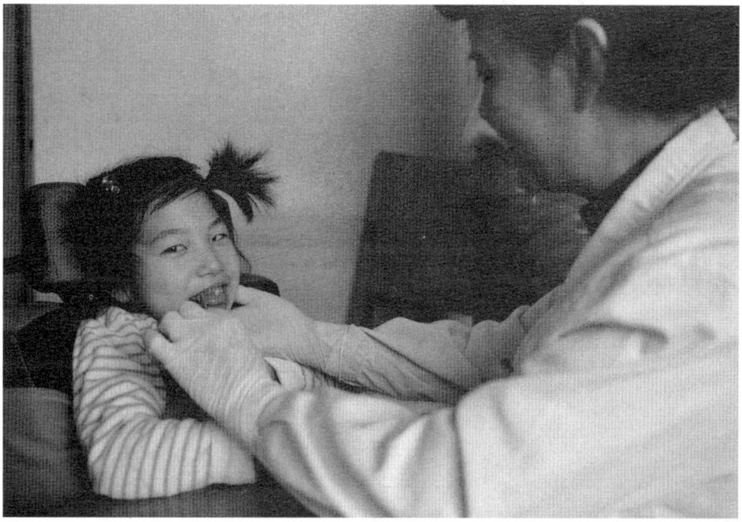

6岁的重度脑瘫患儿中井明佳，在武汉大学人民医院神经内科治疗一年后，获得显著疗效，已能张嘴微笑。此前，这位日本小朋友全身将近瘫痪，吃饭要靠灌注流食，连微笑和抬头都不能，在日本治疗无明显效果。（杜巍巍摄影报道）

（湖北高校新闻奖一等奖，《武汉大学报》第1227期二版，2011年3月18日，编辑：冯林）

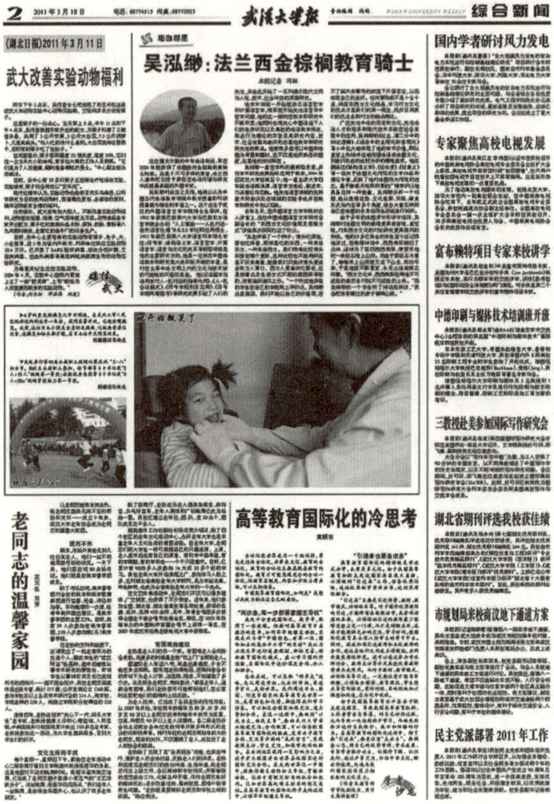
2 2011年3月18日 武汉大学报 综合新闻

《湖北日报》2011年3月11日

武大改善实验动物福利

吴泓缈：法兰西金棕榈教育骑士

国内学者研讨风力发电

专家聚焦高校电视发展

富布赖特项目专家来校讲学

中德印刷与媒体技术培训班开班

三教授赴美参加国际写作研究会

老同志的温馨家园

高等教育国际化的冷思考

湖北省期刊评选我校获佳绩

市规划局来校商议地下通道方案

民主党派部署2011年工作

【作品点评】

该作品配文字数不过一百，但是照片传达出的信息远不止此。小姑娘吐舌头的调皮表情和医生充满慈爱的笑容，使新闻富有温度和情感。这是一个具有人文情怀的新闻特写。

敏锐的判断、深刻的理解——新闻摄影的魅力不单纯是审美价值，更重要的是要捕捉到最具新闻价值的典型瞬间，即准确到位地传递信息和情绪。

这张照片显然是作者抓拍到的，抓拍的基础是对人物活动规律有一定的了解，还要把握人物的思想情况和性格。精髓在于捕捉最亮眼的瞬间，需要现场观察、耐心等待和抓拍技术，并非一声快门可以完成的。该作品视觉中心是小姑娘的脸庞，次中心是医生的双手，其中的人物关系、肢体活动一目了然。

此外，该照片具有重要的政治价值，图中的小姑娘是日本人，之前在日本治疗无效，才来中国求医，并且效果显著。因此，这张照片也是印证中日友好的一个鲜活案例。(严航)

冰 上 作 业

我校派出的第 27 次南极科考队员杜玉军、刘建军博士，历经 546 天的南极越冬科考生活，于 4 月 8 日随中国第 28 次南极考察队一同凯旋。中国南极测绘研究中心主任、副校长李斐前往迎接。此前，我校派出的度夏队员安家春博士后，在完成长城站验潮站改造升级后，已于今年 2 月回国。杜玉军(左)主要负责中山站卫星跟踪站维护与升级及 Amery 冰架运动监测项目，刘建军(右)负责执行高空大气物理观测项目。(杜玉军供图，张文燕报道)

(湖北高校新闻奖一等奖，《武汉大学报》第 1271 期一版，2012 年 4 月 20 日，编辑：陈丽霞)

【编辑手记】

放置于一版的图片应该是有一定分量的。图片绝不仅仅是新闻的点缀，那些有深度、有意义、有动感、能传神，甚至能产生视觉冲击力的优秀作品，往往能成为版面的点睛之笔。因此，在图片内容的选择上，应遵循的原则是：有强烈的现场感，能给读者留下深刻印象，使读者触景生情、有身临其境之感。

武汉大学报
WUHAN UNIVERSITY WEEKLY

武大赴海外招揽高层次人才

学校全面推行"烛光导航工程"

引领大学生健康成长成才

"六大工程"提升研究生教育质量

创先争优 理论成果丰硕

本科生奖学金标准大幅提高

烛光点亮梦想

湖北省优秀博士学位论文我校34篇入选

与工行湖北省分行签署战略合作协议

葛志荣等5位国务院参事来校调研

孙洪：享受工作 享受生活

南极科考研究一直是我校的特色之一，武汉大学南极测绘研究中心是国内参加极地考察最早、次数最多、派出科考队员最多的高校科研机构。这期报纸在编排之时，我校派出的第27次南极科考队员刚刚完成了500多天的南极科考工作凯旋。当时，学校主页刊发了一则文字消息，并配发了一张学校领导前去迎接科考人员回国的照片。在编排至校报时，编辑考虑到，南极是绝大多数普通人从未涉足过的，作为读者，应该对科考队员的工作状态和内容更感兴趣。与其刊发一则文字报道，不如做一个图片新闻，发一张他们在南极的工作照，用图片的形式展现他们的工作状态。于是，编辑找科考队员约到了这张图。

图中，在白雪皑皑的南极，两名身着红色户外服的科考队员正在用工具测量海冰厚度，编辑将其命名为“冰上作业”。虽然看不到图中人物的脸部表情，但其专注于工作的形体动作，生动地传达出一种坚毅顽强的拼搏精神和热爱科考的乐观态度，让读者也不禁深受感染。

该图色彩鲜艳、主题突出，有很强的现场感，而且具有武大特色，刊发后立即受到了师生的广泛好评。

嗨，“升级”了

光阴虽无刃，抽走留伤痕。在栀子花开的六月里，毕业生用别具一格的方式冲淡毕业季的忧伤，各式造型、各种表情、各种创意的毕业照层出不穷，给大学生涯画上圆满句号。(王凯、王铮、崔梦欣摄影报道)

(湖北高校新闻奖一等奖，《武汉大学报》第1276期三版，2012年6月1日，编辑：肖珊)

校园时空 武汉大学报 2012年6月1日 3

南极科考零距离：很幸福 很难忘

毕业季

昏迷时，谢谢你们救我

身边的雷锋

四六级高分，"刷"出来？

【编辑手记】

要拍摄出优秀的新闻摄影作品，必须把握好事物特征，抓住"典型瞬间"，在最能表现事物本质，反映人物面貌，情感表现最生动、最精彩的一瞬间按下快门。"典型瞬间"的抓取，凝结着拍摄者的艺术素养、应变能力和对报道意图的把握。

这一组毕业照镜头，采用典型瞬间抓拍，男生们在行政楼前一起跳跃，豪情直冲云霄；女生们在行政楼前的草地上，惬意地聊着天；两位外国姑娘乐开了花；男生女生们在草坪上摆成圆形；穿着盔甲化身"卫士"，似乎要永远守护心中的殿堂……一组照片中，有远景、中景、近景和特写，有男生和女生，有中国学生和外国学生，有穿着学位服的，也有搞怪的，几张照片组合在一起，内容、构图各有特色，拍摄对象造型各异，反复但不雷同，犹如一唱三叹，渲染出学子们的毕业心情。

开学第一课

中南医院桂希恩教授为700名医学新生带来了精彩“第一课”。在一个多小时的时间里，桂希恩引用事例，作了题为《大学生与艾滋病预防》的讲座，告诉大家，要提高认识，遏制艾滋。课后，桂希恩被新生“粉丝”包围，他热情地解答了大家的提问。

桂希恩是我国艾滋病防治专家、中国艾滋病高发区的最早发现者、2004年度中央电视台“感动中国”人物之一。(蒋明摄影报道)

(湖北高校新闻奖一等奖，《武汉大学报》第1284期三版，2012年9月28日，编辑：肖珊)

校园时空 WUHAN UNIVERSITY WEEKLY　武汉大学报　2012年9月28日　3

书记带你逛武大

不淡定的老生

九月里的嘹亮记忆

【编辑手记】

新闻摄影十分强调情感冲击力。情感冲击力是指画面具有深入人心、触动人心的视觉效果，可以有效地提高新闻摄影作品的画面感染力和说服力，是提升新闻摄影传播效果的重要手段。

一张倾注感情的新闻照片，并非信手拈来，而是来自火热的生活，来自摄影记者感情深处。这幅作品中，作者抓取了讲座散场后在户外，桂希恩被学生围着，师生进行互动的一幕。即使没有图片说明文字，读者也能通过图片看懂内容，并被师生专注的表情所感染。

关照中国人的“饭碗”

1位中国工程院院士、1位“973”项目首席科学家、1位长江学者、3位国家杰青……杂交水稻国家重点实验室(武汉大学)致力于水稻生殖与发育、水稻雄性不育与杂交优势利用研究，先后在红莲型、马协型水稻细胞质雄性不育新质源的发现与利用、光敏核不育系研究与开发、水稻生殖生物学与细胞工程、野生稻资源研究等方面取得一系列原创性成果，为我国粮食可持续增产，保障我国粮食安全提供理论基础和技术支撑。(薛云摄影报道)

(湖北高校新闻奖一等奖，《武汉大学报》第1304期二版，2013年4月19日，编辑：冯林)

2 2013年4月19日 武漢大學報 综合新闻

创新品牌

多学科融合
致力解决
滑坡灾害

武大牵头
提高粮食作物
“传宗接代”能力

政治与公共管理学院：
三联三为三示范

学习贯彻十八大

专家学者聚焦电力革命

关照中国人的“饭碗”

武大首发《中国质量观测报告》
并推出该领域第一本学术刊物

两专家获评全国卫生系统先进

我校摘湖北省期刊最高奖

“激活”大陆合湾村

一线传真

动态传真

中国教育电视台将来校录制《天才知道》

向虎雏发现“教育为立国根本”首提者

李璟当选共青团全国代表大会代表

博士服务团工作获湖北省表彰

用讲故事的方式做教育工作

院长书记访谈

【作品点评】

新闻重在时效，而照片重在讲述。这组获奖照片以图片的形式，来讲述科学家关照国人“饭碗”，心怀苍生的情怀。

中国地大物博，然而巨大的人口基数和不断攀升的自然增长率，使得中国人吃饭难问题逐渐凸显，不断占据媒体版面。武大师生为攻克这一难题提出自己的方案与见解。这组照片共五张，讲述了武大师生在攻克这一难关时，做科研、做实验、下乡跋涉最终获得成果的故事。仅以五张图就准确地叙述了整个经过，有情节的连贯性，也有细节的特写。其中抓拍的一张科研工作者站在田头擎着自己培育出的幼苗满面自豪的照片，在组图中起到了提纲挈领的作用。图片的质量与抓拍时对于光线的把控、构图的拿捏也很到位。

新闻组图的价值在于从不同的侧面反映报道主体的特征，对于照片的内容形式和组织特征等都有很高的要求，切忌简单的堆砌和随意的摆放。本组图将两位科学家放在中心位置，将其他包含新闻事实的图片放在四周，在每一张图的大小安排上也有慎重的考虑。单独看每一张图，似乎都平淡无奇，但是整体看来，不仅介绍了水稻研发成果，还暗指了其重要意义——为我国粮食可持续增产，保障我国粮食安全提供理论基础和技术支撑。

此则图片新闻的标题也极为吸引人，民以食为天，中国人的“饭碗”，何其重要！（严航）

最好的“药”

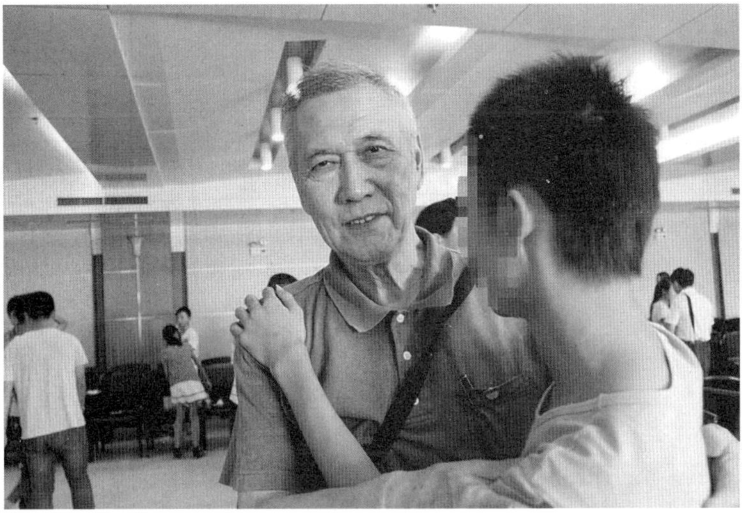

12 年前，中南医院著名艾滋病专家桂希恩教授，将河南农村的 5 名艾滋病人接到武汉自己的家中，一同吃住，一起生活了一个星期，一时轰动全国。他用行动呼吁人们用宽容、理性、关爱的目光看待艾滋病病人。

12 年之后的这个暑假，已经 76 岁的桂希恩，又将 45 名艾滋病患者的孩子接到武汉，组织志愿者为他们补习功课，进行心理辅导，带他们逛黄鹤楼、省博物馆。“对艾滋病人最好的药是爱。”桂希恩说，“我希望通过这次活动，帮助这些孩子消除自卑心理，明确人生目标，好好生活。”图为桂希恩和艾滋病患者家庭的孩子拥抱。(陈菁摄影，高翔报道)

(湖北高校新闻奖一等奖，《武汉大学报》第 1316 期二版，2013 年 10 月 15 日，编辑：肖珊)

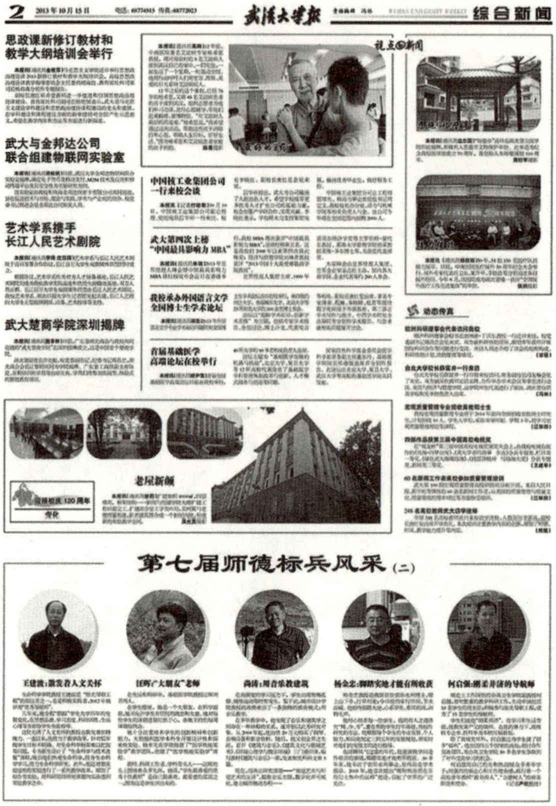
2　2013年10月15日　武汉大学报　综合新闻

思政课新修订教材和教学大纲培训会举行

武大与金邦达公司联合组建物联网实验室

艺术学系携手长江人民艺术剧院

武大楚商学院深圳揭牌

中国核工业集团公司一行来校会谈

武大第四次上榜“中国最具影响力MBA”

我校承办外国语言文学全国博士生学术论坛

首届基础医学高端论坛在校举行

视点新闻

动态传真

老屋新颜

第七届师德标兵风采(二)

王建波:散发着人文关怀

汪晖:“广大朋友”老师

尚涛:用音乐教建筑

杨金忠:脚踏实地才能有所收获

何启强:刚柔并济的导航师

【作品点评】

很明显这是一张抓拍作品，充分体现了摄影作者的临场应变能力和捕捉画面的能力。照片构图饱满而不杂乱，主要拍摄对象在画面所占比例合理，主体人物突出。著名艾滋病专家桂希恩教授脸上表情和蔼，和他拥抱的艾滋病患者家庭的孩子，则背对镜头且脸部作了虚化处理，似乎正在向桂爷爷开心地诉说着什么。桂爷爷有力的臂膀扶着他的肩头，画面平实却有感染力，有默默的温情在流淌。

桂希恩以行动表明，爱是最好的“药”。这则图片新闻不仅图片生动传神，说明文字也短小精悍，传神达意。编辑经过几番斟酌，将标题定为简洁而有悬念的四个字，“爱”这一主题词则引而不发，含蓄地表达出这则新闻的精髓。(杨欣欣、肖珊)

塑学府之魂

一尊尊雕塑，将时光定格在往昔，是谁塑就珞珈之魂？

湖广总督张之洞正在给光绪皇帝写奏折，请求创办自强学堂；李四光手搭凉棚，站在毛驴前深情眺望珞珈的山山水水；还有王世杰、王星拱、周鲠生三位早期为武大发展作出重要贡献的老校长。而伫立于物理科学与技术学院大楼前的爱因斯坦更是栩栩如生，得到曾在爱因斯坦身边工作过的诺贝尔奖获得者杨振宁教授的喜爱。

这些，都是我国著名雕塑大师潘鹤专门为武汉大学免费创作的。（冯林、

马睿摄影，冯林报道)

（湖北高校新闻奖二等奖，《武汉大学报》第1294期二版，2012年12月14日，编辑：杨欣欣）

2 2012年12月14日 武汉大学报 综合新闻

2013博士生招生将调整结构

马克思主义学院：以学科优势深入推进主题活动

湖北省青年教师教学竞赛我校获一等奖等奖项

国际交流

杜克大学来校交流学生事务管理

沙特高教代表团来校考察医学教育

韩国全北国立大学来校签署协议

把好“五关” 多措并举
——实验室安全管理工作综述

动态传真

严学军走进我校思政课堂

武大支援乐山师院本科生培养

西南大学副校长来校调研

中国计算机学会武汉会员活动中心成立

台媒万里访樱花

烟花三月，烂漫樱花，我国台湾地区记者慕名前来采访。3月19日至20日，台湾地区TVBS电视台记者在我校对樱花盛开情况进行了两天采访，对繁花满枝、花香流溢的樱花大道，花色丰富、绚丽多彩的樱园，摩肩接踵、流连忘返的游客和独具特色、精致美丽的樱花纪念品进行拍摄和采访。还就樱花的来历和培育采访了园林中心负责人。采访节目将在TVBS新闻台《中国进行式》栏目播出，该台是台湾地区第一个卫星电视频道。(韩江波摄影报道)

（湖北高校新闻奖二等奖，《武汉大学报》第1302期二版，2013年3月29日，编辑：冯林）

2 2013年3月29日

武汉大学报

综合新闻

国际交流

英国中央兰开夏大学校长来访

亚太公卫联盟主席来访

我校参加亚太国际教育协会年会

力促"三进" 入脑入心

五篇就业创业论文获省级奖励

王浩院士考察梁子湖生态站

李建成院士讲"北斗"

陈贤义受聘兼职教授

招录负责人教学子备战公务员

让幕后"英雄"登场

江苏宝应代表团来校谋求双赢

十载“世博会”

流光溢彩的文化展示，世界各地的风味小食，匠心独运的手工艺品，精彩纷呈的歌舞汇演……11月22日，第十届珞珈金秋国际文化节如期而至。

来自40多个国家和地区的留学生通过服饰、书籍、手工制作、美食和歌舞，尽情展示世界各国各民族的特色文化，带来了一场精彩纷呈的校园版“世博会”。校长李晓红、常务副校长冯友梅和学生一同参与其中。

文化节以“海纳百川、交流融合”为主题，为国际学生提供了一个展示才华、交流文化的舞台，对推动我校国际化进程起到了积极作用。本届文化节不仅吸引了来自各高校的上万名学子，不少在汉的外国专家、外企人员也闻讯前来参观交流。

“从明年开始，国际文化节要从组织和形式上完全变成一场学生活动。”国际教育学院院长胡焰初说，除了将主办和组织权全部交给学生会外，还会鼓励学生自己拉赞助筹集资金，并将活动形式主题化，不再笼统地展示各国文化，而是细分服饰、饮食等主题。(伍乐毅、沈双宏、王志明摄影，贾凡姝报道)

(湖北高校新闻奖二等奖，《武汉大学报》第 1347 期三版，2014 年 12 月 6 日，编辑：肖珊)

校园时空　武汉大学报　2014年12月5日　3

十载“世博会”

最初的自己

缤纷校园

珞珈咖啡馆 喝的不只是咖啡

一杯曼特宁的味道

版　面　类

1235-1

武漢大學報

WUHAN UNIVERSITY WEEKLY

2011年5月13日（周五）第1235期

中共武汉大学委员会主办

武汉大学报社出版

显示坚实研究基础和良好发展态势

两项973项目结题验收优秀

本学期工作开局良好

学校召开干部大会通报情况

梁子湖：全国湖泊验收“最安全”

导航与位置服务国家测绘局重点实验室落户武大

坚定信心 抓好落实

本报特约评论员

自强论坛

服务基层 净化心灵

理论学习竟这般有趣

献身马克思主义中国化

我校牵头完成测绘工程硕士学位标准制定

珞珈春来早

——本学期学校工作回眸

要闻集萃

与机械科学研究总院开展战略合作

与中国空间技术研究院全面合作

和文化部共建文化财政政策研究基地

企业家与学子结对指导就业创业

（中国高校好新闻奖二等奖、湖北高校新闻奖二等奖，《武汉大学报》第1235期一版，2011年5月13日，编辑：杨欣欣、陈丽霞）

【编辑手记】

一个优秀的版式设计，绝不仅仅是几篇稿件和照片的简单堆砌，它能体现各构成要素之间和谐的比例关系。要想创新版式设计，使校报看起来更加明快、简洁、美观、大气，要在以下因素上下工夫，让每个版面、每篇稿件和照片都有“说话”的权利：

一要有多样化的内容。不管形式如何花哨，内容始终为“王”。编辑该版面之时，学校刚召开了中期工作通报会。考虑到师生和校友都非常关心学校各项工作的进展，于是，该版面在头条刊登消息并配发言论，并在倒头条刊发侧记，采用消息、言论、侧记三种体裁突出其重要性。在版面其余位置，也充分突出了学术科研。

二要有传神的图片。版面在中心位置配有一幅大图，是口腔医学院学生在老师的指导下进行临床实践的图片，有强烈的现场感，能给读者留下深刻印象，吸引眼球。

三要讲究标题制作。标题发展到今天，演变成了版面构成的主要因素。标题是报纸的眼睛，为了使标题更加突出，该版面头条、报眼及次头条的主标题均采用黑体，其他标题配以宋体、大标宋、行楷、魏碑，使得版面主次分明，并演绎出不同的风格和效果。

但是，按照现在的版式设计标准，该版面有一个缺憾：右下角模块的左上角伸入旁边的文章中，割裂了另外一篇文章的模块，也在一定程度上破坏了整个版面的整体感。另外，版面显得较为拥挤。

1274-3

校园时空 WUHAN UNIVERSITY WEEKLY 武汉大学报 电话：68774515 传真：68772023 2012年5月18日 3

1945年的老照片

追梦，以奔跑的姿态

——珞珈风云学子颁奖晚会侧记

点击学生活动

建团90年邮票武大首发

夺冠华中新闻先生/小姐

获评省大学生年度人物

27名博士生获出国研修资助

"直通赫尔辛基"

历史博士生出版学术集刊

"花旗杯"大赛启动

港澳台侨生艺术节

博士生文化节

趣味运动会

向遗体捐献者致敬

剑桥商务英语总决赛

听妈妈的话

——写在母亲节

高手教你hold住四六级

"实战演习"很重要

"实用技巧"集锦

考试时要注意什么

（中国高校好新闻奖三等奖，《武汉大学报》第1274期三版，2012年5月18日，编辑：肖珊）

【编辑手记】

“现在很多报纸遮住报头，你很有可能分辨不出来是哪家报纸，这就是版式设计同质化的表现。”《新民晚报》视觉艺术总监靳文艺的这句话，道出了新媒体环境下报纸版式设计的弊病。

告别了传统报纸文字与图片的简单搭配，报纸的版式设计走向了另一个“极端”——很多版面是为了设计而设计，忽略了设计应该具备的新闻属性。过分强调视觉冲击力，忽视了内涵和韵味。看上去更像是广告或海报，而不是报纸。

在这种风潮下，武大校报端庄清雅的版式设计，更像一股清流。它一直更关注内容，一些必要的设计也是围绕内容而生；努力打造“易读和悦读的版面”，给读者营造一个轻松阅读的环境。本版居于中心的图片传递了两个信息：迎接校庆120周年征文活动；母亲节给妈妈写一张明信片。母校和母亲，是这个版面传递的主题。

设计的最高境界应该是形式与内容的完美结合，以最佳的方式表达新闻，不能喧宾夺主。现在有些报纸过度追求视觉化，有“炫技”之嫌，这样可能会在短时间内刺激读者的视觉神经，但长期来看，这种设计会因为与内容脱节而被读者选择性地摒弃。在新媒体的冲击下，这一点值得焦虑的传统媒体编辑谨记。

美中不足的是，该版面重点不够突出，也许居中的照片更大一些，就能形成一定的视觉冲击，更有效地吸引读者的视线，也能更好地凸显版面主题。

1304-3

校园时空 WUHAN UNIVERSITY WEEKLY 责任编辑 肖珊 武漢大學報 电话：68774515 传真：68772023 2013年4月19日 3

围坐草坪咏珞珈

学生记者 李清华

与校报形影相随

倪父

一线见闻

摇滚和爱

迎接校庆120周年 “相约武大”征文

莎剧迷

韩晓玲 王晓珊

我们的梦

直击龙舟赛

非典型诞生

学生记者 马烁 胡晓婧 苏靖尧 陈旺

（中国高校好新闻奖三等奖、湖北高校新闻奖二等奖，《武汉大学报》第1304期三版，2013年4月19日，编辑：肖珊）

【编辑手记】

好的版面，必然由好稿子组成。一些好稿子的合理组合，就构成了一个好的版面。该获奖版面即为例证。

该版由5篇稿件组成，全部来自一线，生动，接地气，图文并茂。其中，头条和倒头条是精彩看点。

头条是《唐宋诗词鉴赏》课的任课老师见春光大好惹人爱，将课堂搬到广场上，师生席地而坐围成圈，击鼓传花赋诗咏校园。文字和图片作者是班上的一名学生，也是校报学生记者，她将这堂课以白描手法，活灵活现地描摹下来呈现给读者，读之令人向往。

倒头条是“同城双星”龙舟赛专栏的第一篇。学生记者们组成“探班小组”，为读者呈现龙舟队的花絮。文字诙趣轻松，排版也有一定新意。

美中不足的是，版面上几篇稿件和几张图片所占篇幅基本上平分秋色，头条标题和倒头条标题字号大小区分不明显，整个版面重点不突出，没有形成亮点和视觉冲击。

1256-1

武漢大学報

WUHAN UNIVERSITY WEEKLY

2011年12月2日 （复）第1256期

国内统一刊号：CN 42—0801/C

中共武汉大学委员会主办

武汉大学报社出版

武大拓展与国际名校的合作

李晓红率团赴美国高校访问

加大创新力度 推动繁荣发展

我校召开哲学社会科学工作大会

著名经济学家张培刚校友逝世

担纲马克思主义理论研究和建设工程

《西方经济学》教材出版

加大力度 促繁荣 ▷2版

出发！号角已吹响

本报特约评论员

“学生是学校的主人”

——校党委书记李健与学生面对面

■ 要闻集萃

武大与外交部条法司签订合作协议

湖北日报传媒集团董事长邹贤启一行来访

第十三届高交会我校获三项大奖

欢迎来到“地球村” ▷3版

24人入选新世纪优秀人才

姜卫平获中国青年科技奖

33名师生获宝钢教育奖

李卫红评价武大哲学社会科学：

生机蓬勃的一方重镇

（湖北高校新闻奖一等奖，《武汉大学报》第1256期一版，2011年12月2日，编辑：杨欣欣、陈丽霞）

【编辑手记】

该版面的特色在于:

(1)采用模块式结构。由于该期校报需要刊登的稿件数量很多，为了使整个版面尽可能显得简洁清新、明朗大气，易于阅读，编辑把同类型稿件或是内容有关联的短稿编在一起，成为一个相对独立的报道单位，辅以照片、图标等多种形式，以字体、线条等变化来表现同一主题，并强化这一主题。

(2)体裁多样化。我们看到，能够获奖的版面，绝大多数都有贴近学校中心工作的丰富内容，以及多样化的新闻体裁，其中常常包含了评论。重要新闻配发评论，已经成了武大校报的传统和特色。作为新闻舆论工具直接发言的重要形式，新闻评论的作用主要是:揭示新闻事实的本质及其发展趋向，解释新闻事实的因果和意义，对新闻事实做出政治判断、道德判断或价值判断，深化新闻报道的主题。如果说图片可以为版面增色，那么新闻评论也能使版面生辉。

(3)有现场感的图片。在版面的醒目位置刊发了两条图片新闻，分别是国际文化节和学生"三创"成果展，体现了学校以人才培养为中心的办学理念。

但是，该版面也存在较为拥挤、留白不够的缺陷。标题和正文之间以及各稿件之间的留白不够，让版面没有停顿和呼吸的余地。

1271-1

（湖北高校新闻奖一等奖，《武汉大学报》第1271期一版，2012年4月20日，编辑：陈丽霞）

【编辑手记】

版面体现了各类稿件编排布局的整体思路。一个好的版面，既要在形式上有赏心悦目之功效，也要在内容上抓住读者的眼球，本期版面之所以能获奖，主要原因有：

一是本版稿件体裁多样化。本期稿件包含消息、通讯、评论、图片以及短讯、导读。一个好的版面，往往包含多种体裁，这样的版面才显得比较丰富。值得一提的是，头条是一篇学校推广烛光导航工程的消息，这是当时学校推出的一项重要的育人创新举措，编辑配以一个简短评论“烛光点亮梦想”，既突出了该新闻的重要性，阐释了其意义，也丰富了版面，一举两得。

二是内容主次分明，重点突出。头条与其右侧的两篇稿件，都是关于学校人才培养的举措，排在一起，起到了集成效应。倒头条讲述了一个获得法国棕榈教育勋章的教师事迹，内容生动有趣。

1276-3

（湖北高校新闻奖一等奖，《武汉大学报》第1276期三版，2012年6月1日，编辑：肖珊）

【作品点评】

这个版面能够获得一等奖，超出了编辑意料。按规定，版面评选过程中，打分向新闻版倾斜——首先是“最新闻”的一版，其次是基本为纯新闻的二版。武大校报第三版的定位是“校园生活”，新闻性不算太强，一般是新闻事件发生之后，进行追踪采访或后续采写的专题报道、深度报道等。

但新闻奖的评委都是资深报人，肯定不会集体“看走了眼”。他们一致给这个版面打高分，并不是无缘无故的。

首先还是新闻性。该版的几篇稿件基本上是围绕当时的新闻或热点事件进行的深度报道。其次是可读性。特别是头条，是对南极科考队员、博士生杜玉军的专访，请他讲述南极故事。在实习生前去采访时，笔者就一再叮嘱，要深入采访，多写细节。稿件写作过程中又经过多次补充采访、反复修改。倒头条是一篇调查性报道，在英语六级考试到来之际，请考生、学长、企业、教师出镜，圆桌讨论“四六级反复刷分有无必要”，倡导不功利的、正确的读书观。

为什么点评版面却重点讲到稿件内容？这并不是离题。通过分析可以看出，一个版面好不好，表现形式固然重要，但内容依然是最重要的。有了好的内容，再用与之匹配的形式表现出来，就能让版面出彩。

从排版形式上看，版面清爽简洁，头条的照片是统一的海蓝色，与主题呼应。图片新闻的排版经过了精心设计，以竹简这种富有历史感的形式寓意学子毕业了，收获了成长。这种对图片的分割在当时是一种颇为流行的时尚元素，虽然在今天看来未免有点“萌萌哒”，而且图片信息有些割裂之感，但它当时能得到评委的青睐，也充分表明，给大学生看的报纸不必一味中规中矩，应该适度追求青春的时尚。(杨欣欣、肖珊)

1283-3

（湖北高校新闻奖一等奖，《武汉大学报》第 1283 期三版，2012 年 9 月 21 日，编辑：肖珊）

【编辑手记】

版面是报纸的“脸面”，是一扇面向读者的“窗户”，直接影响着受众的观感和对报纸的评价。在高效性和信息爆炸的时代，新媒体以其浏览的高效、信息的直观、设计的精美，一步步拉高了读者对形式美观的要求，也一步步拉低了读者的耐心。作为传统媒体的报纸，要在竞争激烈的同类媒体和不同质媒体之间夺得生存空间，避免读者“因噎废食”，就要精编内容，巧装形式，设计出“高颜值”的版面，以吸引受众眼球，抓住报纸命脉。

需要强调的是，所谓的“高颜值”并不是纯粹的装饰美，而应该具有高度可读性、易读性、设计感，让受众耳目一新。换句话说，“高颜值”版面能更好地实现承载文化、传达信息、获得美感的功能。

该版面之所以能获奖，主要原因正在于以内容取胜，形式服务于内容。

一是信息及时，有针对性，品位较高。9月份新生开学季，头条是传统栏目“新生学堂”，请院士、资深教授、学生喜欢的院长为新生寄语，为新生指引方向。侧头条是喻杉校友的《女大学生宿舍》有望回母校拍成电视剧，主创人员与学生面对面；倒头条是诺奖得主丁肇中与武大学子分享自己的科研感想。如果说，侧头条是文化味的，倒头条则是科技味的；侧头条是历史的，倒头条则是今天的。历史代表品位，今天代表高度，二者首尾呼应，相得益彰。

二是信息主次安排合理。作为9月份的校报，这一期的稿件安排以照顾新生的感受为主，帮助新生了解武大、尽快适应大学生活。从新生的视角看过去，稿件包括：指点方向、了解校史、关注时政、社团即景、做好科研。这种稿件安排暗含了编辑对新生的期待，也与校报引领主流价值观的功能相一致。

三是编排淡雅不花哨。校报作为学校的主流媒体，不能人云亦云，走上肤浅浮夸的道路。该版面在版式上用心设计，用了勾边、照片放大作底纹等形式，但仍然让位于“内容”，没有让形式大于内容。这一点，也得到了评委们的认同。

1293-2

2 2012年12月7日 电话：68774515 传真：68772023 武汉大学报 综合新闻

创新品牌

《自然》子刊发表 武大细胞色素研究成果

首次澄清P450催化氧化反应机理

校庆办就校史问题答问

电子信息学院：注重实干

为唐宋文学建数字地图

2012年中国中部发展论坛举办

黄双全：让学生爱上学术

学术"狂人"

用心育人

以身作则

三院士为智慧社区培训班授课

中外学者研讨胎源性疾病

《人力资源管理》课程：从实践中来到实践中去

教学新视域·精品课程

武大深圳研究院与深圳大学合作

（湖北高校新闻奖一等奖，《武汉大学报》第1293期二版，2012年12月7日，编辑：冯林）

【作品点评】

校报二版一般为校园综合新闻，内容涉及面广，多为学术成果、学术动态、院系活动、人物通讯、专家访谈等，既有不少简短的新闻，也有很多长篇的报道，版面追求内容翔实、主次鲜明、鲜活生动。

本期版面的特色在于：

一是采用模块式结构，对称式排列；全部采用横标题；将稿件分类排列，分为创新品牌、学习贯彻党的十八大精神、珞珈群星、精品课程等栏目。这些特点使版面简洁明快、疏朗大气、易于阅读。另外，版面中心位置配上一幅由武汉大学人民医院医生陪同其治愈的先天性心脏病患儿参观游览的照片，起到了画龙点睛的作用，使版面生动起来。

现代生活节奏日益加快，读者的视线逗留在报纸上的时间大大减少。高校校报采用模块版式，整个版面由矩形板块构成，这些板块可以是单篇新闻、图片、图表，也可以是相近新闻组合。同时版面编排弃用竖题，打破了版面横题不碰撞的戒律，以字号线条的变化来减轻横题区的干扰，避免了穿插寻找文字的困难，方便了读者阅读。同时模块式版面崇尚简洁大气，便于图片和稿件的集合，形成版面强势，从而产生出奇制胜的功效。

二是从内容上突出学者、学术。本期头条“创新品牌”栏目，反映的是我校学者所取得的科研创新成果或是服务社会的显著成效。“珞珈群星”栏目刻画了一位喜欢学术、享受学术，并让学生们也爱上学术的教师形象。倒头条“教学新视域·精品课程”，讲述的是一门深受学生喜爱的国家级精品课程。版面上点缀的一些消息也多为学术研讨。这些都突出了二版的学术特色。(陈丽霞)

1315－1

武漢大學報

WUHAN UNIVERSITY WEEKLY

2013年9月27日（夏）第1315期

国内统一刊号：CN 42－0801/G

中共武汉大学委员会主办

武汉大学报社出版

教育部领导王立英一行来校调研

第八次党代会动员部署大会召开

我校深入学习贯彻习近平8·19重要讲话精神

校友张晓刚当选国际标准化组织主席

为中国人首次担任该组织最高职务

120周年校庆倒计时 63天

迎接党代会 共谋发展

迎接第八次党代会

■ 要闻集萃

新华社社长李从军与李健会谈

尹汉宁来校调研马克思主义学科建设

李健获武汉市参事特殊贡献奖

武汉大学水研究院揭牌

让武大精神伴你成长

顶天立地 报效国家

——李德仁院士做客“大学文化与武大精神”论坛纪略

（湖北高校新闻奖一等奖，《武汉大学报》第1315期一版，2013年9月27日，编辑：付晓歌）

【编辑手记】

报纸的版面是版面编辑传达信息的手段，如何让受众优先接受自己要传播的信息，是组版编辑时刻要研究的问题。据统计，人们从外界获取的信息中，视觉成分占74%~80%。该版面是典型的粗题短文多板块、钢筋结构的版式。

该版面采取了相似性组合，按照版面设计的组合规律，如果两个视觉元素相似，或在空间中彼此接近，或意义上有关联，就容易被看作同一个整体的两个部分。该版面"模块式排版，相似性组合"，将意义相近稿件用线条或色块框起来，独立成块，不与其他稿件交叉。为读者预先设置最佳的阅读板块和路径，尽量减轻读者的视觉疲劳。

同时，版面信息量大，图片丰富；大图居于版面中部偏下，重心稳定；模块多而不乱，整个版式令人赏心悦目。

1347-1

武漢大學報

WUHAN UNIVERSITY WEEKLY

2014年12月5日 (星)第1347期

国内统一刊号：CN 42—0801/G

中共武汉大学委员会主办

武汉大学报社出版

首届刘道玉创造学习奖颁奖

凝聚共识 服务社会

校友珞珈论坛打造武大新品牌

18位校董共话学校建设

郭水尧校友捐赠500万元设立讲席教授基金

庆祝建校121周年

顶天立地创一流

张培刚塑像揭幕

金色艺术

找差距 谋对策 促发展

——世界一流大学建设论坛走笔

本报记者 付晓歌

要闻集萃

学校召开文明创建工作推进大会

十教授入选首批黄鹤英才计划

杨昌林当选全国离退休干部先进个人

◇本版编辑 付晓歌◇

（湖北高校新闻奖一等奖，《武汉大学报》第1347期一版，2014年12月5日，编辑：付晓歌）

【编辑手记】

一个好版面，从内容到形式都必须贯穿着一种编辑思想，而且必须由这种编辑思想来统帅和支配。有思想的传播才是有持久影响力的传播。因此报纸要发挥其影响力，不仅要成为读者的信息源，更重要的是要成为读者的思想源。

版面要好看，得有“花样”。本期版面恰逢校庆121周年，编辑在组稿时特别注意搜集校庆相关的内容，并形成一个鲜明的主题：打造世界一流大学。采用多种体裁的新闻报道，包括消息、通讯、评论、图片等。为了烘托主题，头条选取校庆的重头戏——首届校友珞珈论坛开幕的新闻，并配以图片。倒头条则选取校庆另一个主题活动——世界一流大学建设论坛的通讯，此外还专题刊发了社论《顶天立地创一流》，很好地点明了主题。

版面要好看，还得有“色彩”。有“色彩”，指的是作为版面编辑，要抓住读者的眼球，除了稿件的标题和内容之外，版面结构也是一个十分重要的因素。该期版面从结构上来看，沉稳大气，标题、字号等经过精心设计，互相呼应。头条标题十分醒目，居中的大图形成一个有力的支点，撑起了整个版面。同时图片的选择上注意了色彩、构图等细节，很好地烘托了校庆的气氛。

1311-1

武漢大學報

WUHAN UNIVERSITY WEEKLY

2013年6月21日（复）第1311期

中共武汉大学委员会主办

国内统一刊号：CN 42—0801/G

武汉大学报社出版

打造在京学术交流和人才培养平台

董辅礽经济社会发展研究院成立

大学精神的“变与不变”

——刘经南院士开讲“大学文化与武大精神论坛”记

不变的追求：人文与科学精神的融合

通变的追求：与时俱进与开放包容

武大精神大讨论：实现梦想的集结号

医学生公交救人获赞誉

央视等媒体报道 学校和省卫生厅表彰

王之卓教育发展基金成立

要闻集萃

尼泊尔驻华大使来访

学者赴英国研讨青年发展工作

西藏大学校长率团来访

与湖北日报推进高层次人才培养

瑞典院士霍尔曼谈气候变化

昆山市捐赠200万元种“友谊林”

120周年校庆倒计时 161 天

武大人逐梦行动引关注 —2版—

校园开放日掠影 —3版—

让马克思主义“说中国话” —4版—

（湖北高校新闻奖二等奖，《武汉大学报》第1311期一版，2013年6月21日，编辑：付晓歌）

1346-3

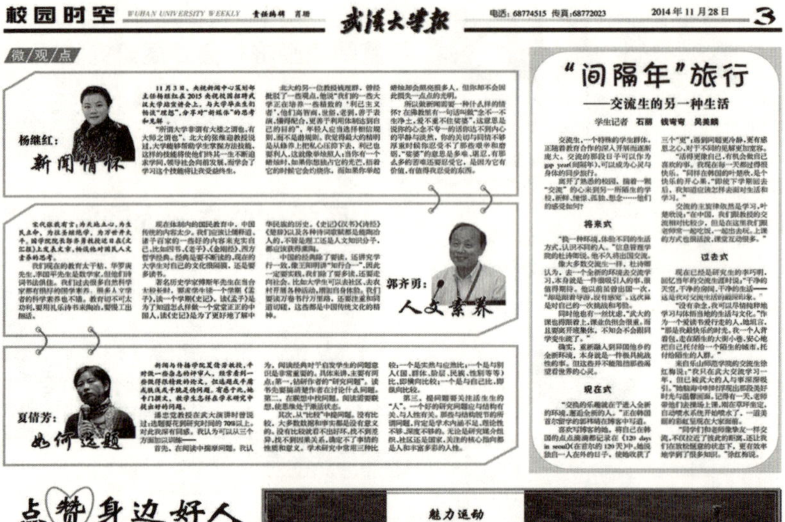

（湖北高校新闻奖二等奖，《武汉大学报》第1346期三版，2014年11月28日，编辑：肖珊）

1348-1

武漢大學報

WUHAN UNIVERSITY WEEKLY

2014年12月12日（星期五）第1348期

国内统一刊号：CN 42—0801/G

中共武汉大学委员会主办

武汉大学报社出版

"美丽武大文明珞珈"活动全面展开

"三维融合"育人才

教育与教学融合：立德为本，树人为先

选拔与培养融合：多样选拔，个性培养

质量正前方

首个国家宪法日党委中心组集中学习

周叶中纵论依宪治国

宪法在身边

依宪治国　依法治校

短评

我校获两项中国青年志愿服务大奖

守护民族文化精髓 2版

珞珈24小时 3版

大师们的借书往事 4版

校友雷军当选《福布斯》年度人物

■ 要闻集萃

第二批"十二五"规划教材我校入选23种

武大学报和《经济评论》获评全国优秀期刊

校友年度捐赠88万余元资助学子

◇本版编辑　付晓歌

曾令良：从大别山到东湖畔

通讯员　闫振宇

从大别山走来

学术研究开拓者

钟情珞珈山

本周人物

（湖北高校新闻奖二等奖，《武汉大学报》第1348期一版，2014年12月12日，编辑：付晓歌）

1349-3

校园时空 WUHAN UNIVERSITY WEEKLY 责任编辑 肖珊 武汉大学报 电话：68774515 传真：68772023 2014年12月19日 3

招聘会，高大上

通讯员 刘文彬 黄蕊

聚焦就业路

终于找到你

通讯员 高翔

身边事

缤纷校园

学长学姐帮帮团

交流是门艺术

做有准备的人

要知道帮什么

浓浓人情，乐在其中

（湖北高校新闻奖二等奖，《武汉大学报》第1349期三版，2014年12月19日，编辑：肖珊）

1304-2

（湖北高校新闻奖三等奖，《武汉大学报》第1304期二版，2013年4月19日，编辑：冯林）

系列报道类

樱花喜忧录

（组合报道）

代表作一：

游人镜头

学生记者　赵海燕

徜徉在樱花大道、鲲鹏广场、情人坡……一树树的繁花争先抢入游人的视野。

众多游人里，有在校学生，有毕业校友，有周边学校的中小学生，也有从广东上海慕名而来的远方朋友。一片片素雅的樱花勾起了一份份欣喜和感慨，在樱花树下，我们采撷到如樱花一样美丽的心语：

校园时空　武汉大学报　2011年3月25日　3

樱花喜忧录

游人镜头

记者观察

观点PK

给力"樱花考"

"花使"在行动

有老年人的安详：在樱花大道一角，胡奶奶推着轮椅上的老伴，两人惬意地享受着午后繁茂叶缝里筛下的阳光。"来武大是为了怀旧，我隔三差五就推着他来散步，闻闻桂花香，赏赏梅花，看看樱花。"

有年轻人的情致：一些游人特别有趣，他们并不把镜头瞄准樱花，而是聚焦正在拍摄樱花的人。"她在拍樱花的时候，我在拍她；我在拍樱花的时候，她却走了。"一位校友乐呵呵地为自己的照片配上了画外音。

有感激：“从413公交车下来的时候，很多学生帮我推轮椅，也不收门票，这是真正的人文关怀。而且，和以前相比，武大绿化更好了。”一名坐在轮椅上的老年游人很认同地说。

有思念：“刚刚毕业，回到母校，特别怀念大学生活。”何勤端举着相机，对着樱花选择心仪的角度认真拍摄。作为摄影爱好者，这里是令他回味无穷的家园。

有喜悦：一位推着婴儿车的母亲，抱起宝宝，让宝宝细细观赏美丽的樱花，宝宝乐得手舞足蹈。

有憧憬：周边县市的中小学生，在老师带领下遨游武大，樱花城堡旁的绚灿云霞，志愿者哥哥姐姐的灿烂笑靥，令他们心驰神往，“将来我也要来这里上学”，他们心里暗暗思忖。

有如愿：“以前只在日本电影里看过樱花，现在如云的樱花就簇拥在眼前。”趁着周末，来自广东的周女士和家人乘坐高铁，一圆自己少女时期的梦。

如潮的樱花引来如潮的游人，他们迷醉了眼，遗失了神，似乎只愿置身此处，不吟词曲，不聆妙音，痴在这花瓣翩翩坠落的舞蹈中……

代表作二：

记者观察

学生记者　路庆凯

从“坐公交×××，到武大看樱花”的公汽招牌，到校门口人头攒动的售票点；从樱花大道上的纪念品摊点，到学生食堂点餐区……樱花背后，隐藏着一条长长的经济链条。

各式各样的樱花标本，印着武大风景的明信片，精美而有特色的小纪念品……此类小摊点在赏樱路线上屡禁不止。“一张明信片的进价是三毛，卖一块钱；樱花标本成本更低。”练摊客、经济与管理学院大二男生吴可(化名)透露，“如果天气晴好，摆上一个星期的摊，一年的学费就有了。”

足以与游人赏樱热情相媲美的，当属各商家热火朝天的促销大战。各种旗帜鲜明的饮料促销广告，进行着终极PK，买二送一、搭售T恤、买饮料送雪糕等，各路“秒杀”策略令人眼花缭乱。

学校食堂也不甘自弱，在宋卿体育馆前做起了外卖促销，饭菜、面条、大鸡腿……令人垂涎欲滴的美食使人严重怀疑，食堂师傅谙熟“分身术”。

行政楼、樱花城堡、鲲鹏广场上，十块钱一张的快照生意门庭若市。而甜蜜地摆着各种 pose 的准新娘新郎们，在浪漫的樱花陪衬下，俨然成为校园里另一道美丽的风景。

现场素描，从几年前樱花大道上的一两处，发展到如今的半条路，各路“画家”既 PK 画技也 PK“悬术”，“一量手指就知道你姓什么”“从你面相便知滚滚财运将至”。印象里出现在街边公园角落的算命摊子，这时也惊现樱花大道。传统工艺“小面人”、足写书法重出江湖，棉花糖、盒装小金鱼“粉妆”亮场……“樱花经济”席卷武大，大好商机吸引来各路捞金“猎人”的手。

代表作三：

观点 PK

学生记者　姚茜

“刚刚风无意吹起，花瓣随着风落地，我看见多么美的一场樱花雨。”“年年岁岁花相似，岁岁年年人也烦。”每年的樱花时节，各种吐槽平台的各种吐槽，抒发着“爱也樱花、恨也樱花”的纠结心情。

取消门票？

正方：游人都是合法纳税人，武汉大学又不是赢利机构，凭什么收门票？作为一所自信而开放的学校，一年门票收入也就几十万，至于嘛？我简直怀疑，这是学校扩大知名度的一种手段。

反方：收门票都挤成这样，不收还了得！收门票的最大目的是对人流进行适当控制，尽可能维护学校正常教学生活秩序。至于门票所得，除开管理成本，每年的门票收入大概三四十万，其中 60%用于勤工助学及活动经费，30%用于补偿花草树木的直接损失，10%用于后勤劳动补贴。

国耻之花？

正方：樱花虽美，但国耻勿忘。武大的樱花正是侵华的罪证，它们是为了慰问日本士兵，鼓舞他们的士气，望其为继续侵略而努力。所以，这里的樱花不能成为全国人民追逐、“仰慕”的对象。

反方：景物无分国界，人们之所以会欣赏和喜欢樱花，完全是因为它自身的美丽。而且，樱花的生命周期很短，一般只有二三十年，当年日军种下的第一批樱花早就死绝。我们现在看到的樱花，是 1972 年中日邦交正常化，日本首相田中角荣向周恩来总理赠送了 1000 株大山樱，周总理将其中 50 株转赠给了武汉大学，它是中日友好之花。

徒步无理?

正方：今年武大出台新规，旅游车不许进入校内。在工学部茶港门前下车，徒步走到樱园，一般人需近 20 分钟。如果在武大正门下车，则路途更远。武大校内地势起伏，台阶、长坡比比皆是。等走到樱园时，难免走到腿软。这一举措表面上缓解了校内拥堵，实际上增加了游人在校内滞留的时间，得不偿失。

反方：如果校内停满旅游车，武汉大学不如改名“武汉公园”；再说，公园就允许旅游车长驱直入？退一步说，您是愿意在停满各种车的缝隙里穿行、一只眼盯着路、一只眼看着花呢，还是愿意优游自在地且玩且赏呢？

(湖北高校新闻奖一等奖，《武汉大学报》第 1228 期三版，2011 年 3 月 25 日，编辑：肖珊)

【编辑手记】

年年岁岁花相似，岁岁年年愁啊愁。作为校园主流媒体的编辑，每年从樱花打苞起，就开始惆怅：今年的樱花专版怎么做？内容上要有新意，版式上要有突破，要达到这两点挺难的。

2011 年的这一个樱花专版，呈现的是“现象和观点的看台”，包括游人、校园管理举措、护花志愿者、文艺和商业行为、网络上的各种观点辩论。

在写法上，我跟学生记者们反复说明：行文不要啰嗦和感性，要克制和客观，尽量不带感情色彩地将所见所闻传达给读者。这样定位的用意在于：作为报道对象的樱花美丽浪漫引人遐思，行文简洁中性，其间造成的反差会形成一种特别的阅读感受，好比吃火锅时来一口冰淇淋。

在编排时，版式反复修改，最后将一张樱花特写和一张摄影师的特写制作后放在一起，表面上看，是“拍客在拍樱花”，同时暗寓：记者们眼中的樱花季。同时以纷纷落落的樱花花瓣作背景，主题呼之欲出。此外，版式左边 4 张竖排的六边形照片，也是寓意“观点的多棱镜”之意。

时隔六年后再看，这种实验性的、带着好奇心去策划专版的体验，依然是值得回味的。版式设计方面的不足之处在于：一是主图构图不理想，画面太满，削弱了樱花季的意味；二是配图的设计花样太多，显得不够大气，若适当地做做减法就好了。

团队的力量

（系列报道）

代表作一：

潜心笃志修大典

本报记者　陈丽霞

6年、40余位专家、18卷1400万字、时间跨度达3000余年……这几个数字是大型著述《中国文学编年史》（18卷本）的关键词。当文学院教授陈文新担任主编，集合十余所高校专家力量耗时6年编写的这一著作出炉后，赢得业界好评如潮。著名红学家、中国人民大学国学院院长冯其庸称其为中国文学史界的“长城”。

武汉大学报
WUHAN UNIVERSITY WEEKLY
我校新增两位国家教学名师
总数15人居全国高校第二
大力提振武大的“精气神”
李健到多个单位调研时强调
感恩心　师生情
我校举行杨昌林先进事迹报告会
李健李晓红会见报告团成员
藏族学子的“武汉阿爸”
梁子湖入选首批国家湖泊生态环境保护试点
潜心笃志修大典
刘耀林当选国际制图协会副主席
刘超获中国青少年科技创新奖
舒红兵当选湖北跨越发展青年先锋
武大与赤壁市签订合作协议
团队的力量

这部中国第一部系统完整、涵盖古今的中国文学编年史是怎样炼成的？它的编纂过程有着怎样的艰辛？

学术理想凝聚学术团队

《中国文学编年史》的编纂始于2000年。那时，40岁出头的陈文新开始思考“我们这一代学者能否在学术史上留下点什么东西”。回顾以往的中国文学史写作，陈文新发现，编年体文学史的写作总的来说比较薄弱，于是，要编一套系统完整的《中国文学编年史》的想法在他脑海中开始酝酿。

没有国家编制的实体编纂机构，没有充裕的经费保障，也没有摆在眼前的既得利益，编纂这样一个大部头，专家如何能聚齐？“必须钟爱学术。”陈文新道出他选人的最重要标准。此外，“这个人必须是某个时段的文学史研究专家，能做事，能做漂亮事”。

逐个摸底、耐心沟通，凭着“想把大家聚在一起做成一点事”的诚意和对业界各专家学者的了解，陈文新成功地聚集了一帮和他有着同样追求的学者。就这样，以武汉大学为主体，来自北京大学、中国人民大学等十几所高校的40余位专家，全凭对学术的追求以及学术伙伴、师生之间的感情纽带走到一起。

接下来，合理地分解任务、编纂过程中的充分交流、各卷负责人交稿、统稿、多轮审稿……6 年中，编纂工作有条不紊地进行着。

事实证明，这支自由组合的“民间团队”确实干得“漂亮”。这个庞大的学术工程不仅按期完成，其结构之宏大、内容之丰富、方法之完善，更是引来大量好评，并获首届中国出版政府奖等奖项。

青年学者在参与编纂的过程中也很快得到成长。余来明成功获得国家社科基金项目，鲁小俊也拿下教育部社科基金项目。“参与编纂后，明显感到自己的学术感觉不一样了。不仅学术根基更为深厚，还由此生长出新的学科增长点。”鲁小俊说。

学术细节体现学术精神

编年史的特点是以时间为经、以事件为纬来记载历史事件。这意味着，上自周秦，下至当代，18 卷本必须实现“无缝对接”，18 卷的负责人中任意一人出现疏漏，都会导致全书不能竣工。

为了统一体例和篇幅、交流最新思想，陈文新已记不清自己给各卷负责人打了多少电话：“只记得高峰期时，一连好多天我从早到晚地打电话，有时候水都顾不上喝。”为此，西北师范大学赵逵夫教授曾经感慨：“文新真是个做事细心的人。”

团队特别重视文献使用的原始性和可靠性，大量文献都是由编纂者第一次搜集整理，并对相关史料做了有效辨误和订正。这无疑要依靠全体团队成员的精益求精。6 年间，他们一头埋进故纸堆里，不放过每一条有价值的信息，细心地捕捉错误，尽量做到完美无缺。

武汉大学石观海(原名孙东临)教授负责汉魏卷，有前人的《汉晋学术编年》可供参考，可以省去一些功夫。然而石观海并不依赖这部著作，而是尽量查阅第一手材料。通过仔细比对，他发现和纠正了《汉晋学术编年》的若干不准确之处。

负责宋辽金卷的武汉大学张思齐教授是个很“较真”的人。有一次他的书稿中一处笔误被发现后，老先生马上像做错了事的小孩一样，不仅欣然承认错误，还主动把相关内容全部审核了一遍。

武汉大学於可训教授是参与编纂工作较年长的一位，负责现代、当代卷，需要查阅大量报刊。他要求编纂人员不仅尽可能地注明年月日，还注明版面，以便引用时提醒自己更为仔细，并方便复查。

团队成员的治学精神也得到了不少专家的肯定。“全体参与编撰的专家学者潜心治学、力戒浮躁、严谨求实的学术精神，必将对当前的学风产生积极的影响。”武汉大学人文社科资深教授冯天瑜说。

（《武汉大学报》第 1245 期一版，2011 年 9 月 16 日）

代表作二：

常忧国家质量之忧

本报记者　付晓歌

短短四年，质量发展战略研究院从建立之初没有办公地点、没有建院经费、没有完整教师队伍，到今天成为质量研究领域的“兰德公司”和培养质量人才的“黄埔军校”，其发展速度让人震撼。

是什么在支撑团队飞速发展？“是对中国社会的责任感、对质量研究事业的使命感和坚定不移相信团队的力量，让我们奋斗不息。”研究院院长、创始人程虹坚定地说。

2009 年 2 月 14 日，程虹在和队友讨论问题时，不小心崴伤脚踝。送到医院，整只脚已完全失去知觉，不能落地。他放心不下工作，放心不下学生们。翌日，在学生们等待的目光中，他拄着拐杖，毅然进了教室，开始新学期的课程。随后，他又拖着伤脚，北上京城、西到广西，深入企业现场调研，传播宏观质量管理理念，没有因为脚伤耽误任何一项工作的开展。

程虹身上体现的“质量精神”，是研究院整个团队的缩影。

项目多是质量战略发展研究院的特点，一个项目还未完成，另一个项目又找上门来了。院里有十几个研究人员，并行项目多达 5 个，繁重的科研项目满

武漢大學報
WUHAN UNIVERSITY WEEKLY
2011年11月18日(星期五) 第1253期
中共武汉大学委员会主办
国内统一刊号：CN 42—0801/C
武汉大学报社出版

我校973计划立项再创新高
5项获批 居全国前列

尹汉宁来校作辅导报告
学习贯彻十七届六中全会精神

珞珈学子夺冠全球创业大赛
李健赞誉："三创"教育的重要成果

将武大的名字告诉世界 >3版

万林博物馆方案广泛征询意见

国家高水平大学建设首批20门视频公开课
赵林《古希腊文明的兴衰》上线

我校首聘"千人计划"非华裔外籍专家
悉尼大学本波尔受聘武大教授

协同创新 合作共赢
武大与中科院武汉分院签署战略合作协议

要闻集萃
首次集中组织中层干部赴美培训
随中国第28次南极科考队远征
参加大学生后备军官领导小组军事活动

常忧国家质量之忧

学生食堂降价保质 —2版—
学生的最高肯定 —3版—
师者风范 学界楷模 —4版—

团队的力量

满地占据了大家的时间——

走进樱园半山的小咖啡馆，幽暗的灯光下，几个年轻人你一言我一语，兴致盎然地讨论着……这是研发中心的教师们在进行每周一次的头脑风暴。范寒冰说，吃饭的时候，大家一聊到项目，便一发不可收拾，等谈得差不多，才发现碗中饭菜早已凉透。

夜色浓重，质量院大楼灯火通明，22：00已过，研究室的张继宏老师还在挑灯夜战。而早上6：00多，他又精神抖擞地来到院里。自从来到这里，他一直抽不出空回宁夏老家看一眼。

2009年的寒假，为完成我国首部宏观质量管理方面专著，程虹一天只休息两三个小时，一晚参阅20余本专著……正月初二，他与助手便已开始通过QQ等方式沟通协作，准备新的工作了。

开会到凌晨、没有周末、没有寒暑假已是家常便饭，带着强烈的责任感和使命感，每个质量院人如同辛勤的蜜蜂和不知彼倦的春蚕，“疯狂”地和时间赛跑。校党委书记李健说：“从干事来讲，质量院的老师们是一群‘玩命的疯子’。”

不同学院的教授专家，持着相同的信念，紧紧“抱”在一起。质量院团队永不停止探索的脚步。他们瞄准中国质量研究的空白点和薄弱点，将中国质量问题担在肩上。

团队建立了基于语义的质量评测与安全预警技术研发平台，设计了中国质检技术机构的改革和方向，以集团化推动国有质量检测机构的发展，为我国质量事业的发展注入了活力；《我国宏观质量统计与分析》中提出的质量伤害率的统计与分析，为我国宏观质量管理提供了技术支撑手段和决策依据。

“武大质量院要讲质量。”这是该院成立之初，国家质检总局和校领导提出的要求与期望，也是每个武大质量人前行的方向。

为做好广西壮族自治区质监局委托的质量兴桂方面的研究，课题组更改了进入广西调研的行程，5天内奔波了4个地方，获得了大量一手数据。为做好《我国宏观质量统计与分析》项目，项目组成员赴黑龙江、新疆、广西等15个省市区进行调研，持续3个月，召开41场520人次参加的座谈会，发放调查问卷逾6万份，整理调查问卷时的建模运算，光是手工运算就达几十万次。

该院教师李丹丹还记得2008年暑期开展“湖北名牌”产品顾客满意度调研时的情形。

顶着炎炎烈日，在40度高温的炙烤下，她带着十几个学生到武汉周边地区做重型卡车调研。5：00起床，赶最早一班车，2小时到达目的地。中午没有地方吃饭，就啃点面包。学生们跑了一个又一个物流公司，寻找驾驶该种型号卡车的司机，吃了无数闭门羹，却不放弃一丝和司机攀谈的机会。晚上拖着沉重的腿回到学校，学生宿舍已大门紧闭。

两天下来，学生们都顶不住了。调研组的老师们每天早晨开团队动员会，给学生们打气，晚上开总结会交流经验。学生调研期间，老师们不断地打电话询问进展情况，鼓励他们坚持下去。

“工作条件很辛苦，调研也四处碰壁，频遭白眼。但老师学生都很有责任感，一定要把调查完成。”谈起团队，李丹丹的脸上洋溢着幸福。

除了院里的专职科研人员，这个开放的跨学科研究平台以自己独特的魅力，吸引了众多“实干家”，为培养“中国质量后备军”孜孜不倦——

来自历史学院的李工真教授，为了“尽量在有限的时间里讲最有用的东西”、在课堂上“唤醒学生的力量”，精心准备每堂课，对课程讲义反复斟酌、仔细修改，并不断增加新内容、补充新素材以支撑和丰富课堂内容。

来自法学院的祝捷教授，数次深入一线调研，主讲来自一线的行政复议案例，受到学生们的热烈欢迎。

来自文学院的吴天明教授，为了搞清楚学生论文中关于食品添加剂方面的知识，打电话请教企业、医院的专家。

来自政治与公共管理学院的张星久教授，对参与质检体制改革项目的研究生，不厌其烦地指导……

湖北省质监局局长王泽洪曾说：“以程虹为首的团队是肯吃苦、善于奉献的团队。”诚然，研究院团队所付出的一切，都源于对解决中国宏观质量问题的使命感。就是凭着这份对社会的责任感，年轻的质量院交出了一份份高质量的答卷，续写着百年武大求是拓新的新篇章。

(《武汉大学报》第1253期一版，2011年11月18日)

代表作三：

“交叉”走出“创新”路

本报记者　付晓歌

研发活细胞合成CdSe量子点、新型荧光标记材料合成、建立病毒侵染宿主细胞快速、动态示踪方法……珞珈山上，有一群以化学与分子科学学院庞代文教授为学术带头人的学者，以探索科学前沿和服务国家重大需求为己任，致力于纳米生物与医学方向的交叉融合，走出了一条属于自己的创新之路。

交叉：创新的源泉

武漢大學報
WUHAN UNIVERSITY WEEKLY
突出改革　加快发展　注重民生　强调落实
武汉大学“十二五”规划正式发布
崇尚学术是永恒主题
——武汉大学特色校庆文化扫描
四教授获国家“杰青”资助
“天神”对接打上武大印记
筑就现代化多媒体学习平台
图书馆新馆举行开馆典礼
武大2012年计划招收1500名博士生
招生考试制度逐步改革完善
顾海良来校解读六中全会精神
中国社会科学杂志社总编辑高翔来访
深圳市企业家代表团来校调研
“交叉”走出“创新”路
为学科发展装上“全球眼” —2版—
全球冠军的背后 —3版—
悟校训 —4版—

庞代文是国家“973”项目首席科学家，他介绍，经过19年的磨合，武汉大学的“新型生物医学探针技术基础及应用”研究团队规模已达22人，成员的学术背景包括化学、微生物学、肿瘤学、病毒学、物理学等不同学科领域。团队成员不仅仅局限于不同专业的校内专家，也有一部分来自中科院武汉病毒所和湖北省肿瘤医院。该团队先后得到国家自然科学基金委创新研究群体科学基金项目、两项国家“973”计划项目、国家传染病重大专项项目等国家重要科研项目的大力支持。

该团队不仅仅满足于交

换研究材料和方法的层面，而是力求在研究问题上相互渗透。“我们的思路是淡化学科界限，以问题为主导。”生命科学学院教授谢志雄说，“为了配合大家的研究，我们都积极探索所涉及的新领域。”

庞代文的博士生李勇，从硕士阶段起，就在谢志雄的实验室里接受熏陶，一待就是5年。李勇说：“谢老师视我为自己的学生，总是给我很多帮助。”

在庞代文实验室里，常能见到其他老师和外单位的学生做实验的身影。几个实验室间仪器是互用的。“不需要繁琐的程序和申请，只需一个电话，轻松搞定。”2009级博士生姜鹏笑着说。

人才：创新的关键

“人才难得，对交叉学科研究尤其如此。”庞代文深谙此理，因此，团队运行过程中“重才”、“聚才”、“惜才”、“养才”。

谢志雄说：“青年教师研究遇到瓶颈时，庞代文拿出自己的经费来支持。让人感受到我们是一个整体，一个大家庭。”

在重才理念的指导下，团队成员成长迅速。团队现有4位国家杰出青年科学基金获得者，10人次获得教育部跨世纪(新世纪)优秀人才计划和中科院百人计划资助，1人获德国洪堡学者基金资助。中南医院肿瘤科教授李雁由于在生物医学交叉学科领域的突出贡献，日前被国际权威生物医学工程杂志《生物材料》聘为新一届副主编。

据了解，目前庞代文团队里，不论资历辈分、校缘学缘、学科背景，人人都有牵头的课题和项目，人人都能找到足够的发展空间，令许多人十分羡慕。相关部门负责人评价：“博大的包容性、鲜明的开放性和强烈的团队协作精神，是庞代文团队富有生机活力的关键。”

对于实验室里的学生，庞代文要求非常严格，从不放松。到目前为止，已经发表的每一篇论文，都是他和学生一起对着显示屏，一字一词一丝不苟修改完成的，为了赶时间，经常还会通宵达旦。他不仅一一指出论文中的问题和错误，连电邮中的标点、文字错误也从不放过。“给庞老师发邮件，‘鸭梨’很大。”学生们纷纷表示。

2008年4月，李勇代替庞代文前往北京交“973”项目中期检查材料，当天是截止日期，来不及修改就视为自动放弃。一些单位的材料因格式、装订、盖章等错误较多未通过形式审查。李勇把材料递上去后，却一次通过检查。

“我在那里待了几个小时，庞老师整理的材料是唯一不需要修改的。他总说科学研究无小事，我真正体会到了其中的深意。”李勇感慨。

成果：创新的结晶

2009年，在庞代文组织下，多个课题组合作，运用一种新颖的策略，在纳米生物合成领域得到了一个奇妙的研究结果：利用活酵母细胞作为反应器，在非常温和的条件下成功地合成出尺寸可控、闪闪发光的CdSe量子点。该研究成果被遴选为2011年3月在北京举办的《“十一五”国家重大科技成就展》参展成果。

“我们经常说‘学科交叉’，现在找到了一个交叉的切入点，或者说一个小小的入口。”庞代文说，“我们多个课题组长期以来一直合作，而且各有专攻。所以说我们的初步成功是学科交叉、群体力量和智慧的结晶。”

肿瘤严重威胁人类健康，为解决肿瘤诊断中存在的问题，该团队已经进行了多年的努力。李雁课题组、庞代文课题组和湖北省肿瘤医院病理科夏和顺主任、武汉珈源量子点技术开发有限公司朱小波等合作，采用最新的量子点标记生物探针技术，在乳腺癌诊断、分子分型、个体化治疗监控、肿瘤转移机制等方面开展了比较系统的研究，取得了国内外同行认可的成果，可望较大幅度地提高肿瘤诊断的准确率，并为肿瘤学研究提供更有效的新手段。他们的部分研究成果已经转化为产品。

这支队伍并未就此止步，继续沿着打破学科界限、以前沿科学问题为主导的交叉之路前进着。大批青年学子争相投入这支科研“国家队”，竭力探索国家重大需求中涉及的关键科学问题，共同孕育出一个又一个前沿成果。

东方微明，一道曙光映照在珞珈山上。

（《武汉大学报》第1255期一版，2012年11月25日）

（湖北高校新闻奖一等奖，编辑：杨欣欣、肖珊）

【作品点评】

所谓“系列报道”，是围绕同一新闻题材、新闻主题，从不同侧面、不同角度作多次、连续的报道，各条报道之间没有外在的时态连续，却有内在的必然联系。多个独立报道集合在同一主题思想下，以求对新闻事实作比较系统、全面、有一定深度的报道。

团结汇聚力量，合作铸造成功。创建一流大学，必须打造众多一流的团队。为了在全校大力倡导和树立“团队精神”，营造团结协作、开拓务实、勤政廉政、昂扬向上的浓厚氛围，大力提振武大的“精气神”，武汉大学报开展“团队的力量”系列报道，推出一批优秀领导班子、创新群体和教学团队。以上三篇报道，选取《中国文学编年史》编纂团队、质量发展战略研究院研究团队、纳米生物与医学交叉融合研究团队，都是在学术研究中执著追求、矢志创新、成果突出的科研团队。

该系列报道具有几个特点：一是题材集中，紧扣“团队精神”这一主题来展开；二是内容广博，报道聚焦文科、理科等学科，从多侧面、多角度反映各方面的情况，内容博而不散，信息量较大；三是主题深刻，深入挖掘了每个团队的成果、建设机制、科研经验等方面的典型做法和成效。

系列报道不仅具有主题、题材和内容上的相关性，亦有行文方式上的“神似”，这样便于几篇文章在内容与形式上都构成“系列”，整个风格具有一致性，显得和谐与协调。从“团队的力量”系列来看，选取的几篇文章写法各有特点，又具有某种相似性，例如都在开头介绍团队的成绩，吸引读者往下继续阅读；注重用数据和成果说话；突出整个团队的特点，而不是单纯就某个人的成绩进行渲染等。(付晓歌)

学子看世界

（系列报道）

代表作一：

在台湾当交换生

通讯员　刘抒曼

大二上学期，我交换到了台湾政治大学，这是一个依山傍水的学校，只不过“山”比较小，“水”只是一条流过政大的小溪。尽管不能与武大的美丽大气相比，但是校园也是非常小巧雅致。

校园时空　武汉大学报　2012年4月20日　3

在台湾当交换生

食堂婚礼

爱，并快乐

点名这件“小”事

李宗盛来讲选修课

我在武大的专业是社会学，在政大也学这个专业。我选了《社会阶层》、《社会思想史》、《个人与社会》、《社会学理论》四门专业课，其实光看课名与在武大没什么差别。不过，政大老师的教学方法有点不一样。这里的社会学专业课没有标准教材，很多老师都要求我们在课前看文章，课堂上对这些文章进行分组报告。这些文章都是在各领域颇有建树的社会学家的文章。折磨人的地方在于，老师要求我们读英文版，其实有的文章中文都不见得能读懂，英文就只有崩溃了，但如果坚持下来，对专业英语和理论学习很有帮助。

政大的学习压力比武大大一些。从制度上看，每门专业课都要求期中考试(少数老师会用期中报告取代)，所以大家在期中考试前几周就开始猛啃书了。图书馆座无虚席，闭馆时间也从晚上十点顺延至十二点。另外，期中考试后，老师会把考卷发下来，学生有机会弄清楚错误，有些“学术墨水”可能借着这个机会永远内化到心里了。

政大的通识选修课种类跟武大差不多，但特色在于聘请社会上的专业人士授课。比如有一门课叫《神奇的海洋生物》，请来了海洋馆馆长；《道家传统养生》课上，老师请她的气功师傅来给学生做演讲；最惊人的是，传播学院竟然聘请音乐人李宗盛做讲师，给学生们讲一学期课。老师们对待通识选修课一点也不含糊，我选了一门历史系的《历史思维与多元文化价值》，老师自己编写的讲义就有 400 页。

社团活动是一项事业

政大的社团活动和艺文活动很有意思，调酒社、剑道社、佛拉门戈舞社、摇滚社等，五花八门。我报名参加了彩妆社，社里好几次都请来专业的彩妆师教我们化妆。大家可以想象，一个教室充满了各种化妆品和化了一半妆来左右脸对比的女孩(还有好几个男孩)的混乱情况，不过真的挺欢乐。

我还报名参加了天文社举办的观星活动。坐 5 个小时车，从台北到台中的一座山上宿营，可惜后来下雨了，千里迢迢跑去一颗星都没看到，但经历是宝贵的。到了山上后，我们遇到了台湾大学、成功大学等天文社的同学，大家在空地上支起五颜六色各种型号的帐篷，当时的情景就与去观看魁地奇的巫师们在营地宿营一样。

那天晚上我睡在帐篷里，朦朦胧胧听到耳边惊呼“猎户座的三颗星”。后来同学告诉我，凌晨一点左右有一瞬间云被吹开了，露出了天边的几颗星，是猎户座。

我听了无限感佩：他们竟然彻夜守在帐篷外等待星星，那可是在海拔三千米的山上啊，晚上的温度可能不到十度，还下着小雨。这种对星空的热情让我陷入了沉思：我似乎没有对哪项爱好投入过这样的热情。上大学以来，参加的社团活动就是小打小闹，只是生活中一个小小的补充，而不是一项让我全心投入的活动甚至“事业”。

来到政大，台湾地区学生的大学生活我才大开眼界，也让我反思到底该怎样度过大学生活。政大的学生们狠狠玩也狠狠学。哪怕是夜里十一点，还有很多人在练舞练吉他，图书馆的“悦读区”24 小时开放，有人在那里学习到清晨。

政大的同学热爱交流联络感情，校园里有很多长凳，兴致来了可以坐在路边的凳子上高谈阔论，操场上也经常可见围成一圈谈心、玩游戏的同学们。虽然我可能不愿天天熬夜玩或学，但在平日里可以把上网逛淘宝看美剧的时间拨出一部分，与亲爱的朋友们一起，慢慢地在美丽的武大校园里散散步，或者在樱顶看星星，或者干脆坐在奥场的草地上聊聊天，该是很简单很美好吧。

在当地人家过春节

我还想说说与台湾人之间的趣事。

台北富有人情味的都市气息和北海岸的浪漫气质让我很是倾心，合欢山和日月潭的美景也让人十分陶醉。总体来说台湾人非常谦和亲切，他们的最大特点之一就是说话轻声细语，绝少听到人们大声说话。他们待人接物的态度也很温和，比如在百货公司，店员们的服务态度特别热情有礼，让厚脸皮的我都觉得不买东西是有罪恶感的事，这也许是大陆客在台湾狂买东西的原因之一。

另外，我成功说服父母让我留在台湾过年。在台湾的最后十天，我先从花莲再到台南再到嘉义，虽然路途奔波，但经历了非常有趣、可能永远难忘的春节。我受到台湾朋友家人的热情招待，跟他们一起做饭。我做的湖北菜受到热烈欢迎，尽管他们有点受不了我们的“重口味”，吃时直呼“好辣好辣”；我们一起贴春联、骑自行车欣赏美景、去寺庙、逛老街吃美食……对了，我甚至收到了红包。

在政大的学期已经结束，我觉得我很努力地完成了学习任务，学到了很多东西。其实知识是其次的。这次的交换经历让我打开了视野，认识了很多优秀的同学(既有大陆交换生也有台湾同学)。他们让我知道，上大学除了操心考研出国考公务员之外还有很多选择，比如参加环保组织、出国当义工、环岛、参加国际会议……宝贵的青春不能被限制在狭窄的空间里。

在台湾的记忆会让我铭记一生。我也建议那些想要体验不同环境的同学勇敢地申请交换，如果不尝试，你永远不知道会在另外的环境取得怎样的进步，受到多大的启发。

(《武汉大学报》第1271期三版，2012年4月20日)

代表作二：

工科男在安哥拉

本报记者　肖珊

SEVEN：“85后”工科男，毕业于土木建筑工程学院，2008年签约某“国

校园时空 武汉大学报 2012年4月27日 3

“小盖茨”的创业路

汇丰银行『偷师』记

魅力女生厨艺

法航骑车秀

工科男在安哥拉

字号”施工单位。“我还年轻，渴望上路”，读书时代鲜少出远门的“好学生”SEVEN主动报名，随队赴安哥拉援建SOYO(安哥拉地名，译作“索约”)高速公路。

体验荒野生存

安哥拉是非洲贫穷落后的一个小国家，跟初中地理书上介绍的差不多，虽然靠近赤道，但濒临大西洋，海风习习，常年气温在22度左右，对来自武汉的我来说，气候十分宜人。

我们这帮学土建、戴眼镜的民工，成天扛着测绘仪器，在齐腰深的杂草丛里勘探测量。有时勘测地点离工地太远，我们就干脆带齐干粮，背着帐篷，在池塘边选一块营地，支起帐篷，就地取水和钓鱼，在篝火上烤鱼烤螃蟹，就着大学时代的扯淡记忆喝啤酒。

项目所在地地处高原，夜幕低垂，星星近得触手可及。风不大的夜里，我们横七竖八地露营，畅谈心中理想。我们都懒得剃胡子，每天的快乐之一是比谁的胡子长得快。我的最高纪录是保持了一个多月，海风拂来，胡子微微起伏如麦浪，我甚为陶醉。谁知回到工地后，在视频里向爸妈秀，爸说像极了本·拉登，妈却哭了。

在野外勘测的日子，我见过许多知名不知名的动物。安哥拉野猫、黑面羚、长毛兔……印象最深的一幕，发生在一个没有风的湿热下午。为了赶工程进度，大家都埋头苦测，我隐约感到身边有点异样。猛一抬头，一只豹子在不到10米处和我面面相觑。我一惊，出了身冷汗，想到书上说过，千万不能逃跑，否则猎豹会毫不留情地把你当成猎物。我盯着它，脑子里塞满了心脏突突急跳的声音。大概过了几分钟(无比漫长的煎熬，我也不确定过了多久)，豹子不在了，似乎一切不曾发生过。脑中有个想法闪过，“今天回去一定要多喝两瓶”。

安哥拉动植物种类繁多，茂密的非洲草原上各种动物在这里栖息。在测量和探奇时，我就偶遇过穿山甲两次、大蟒蛇N次，眼镜蛇平常得不值一提。起初，我总是条件反射地想操起家伙干掉它们，后来就相当淡定了，有时还会恶作剧地朝它们笑笑。

非洲人并不野蛮

我们工地在扎伊尔省的穆库拉村，直接请当地的村民当工人，惯称为“黑工”。我手下有三个黑工：Adao、Baka、Sinba，三人各有特点。

Adao脑子灵活好使，我最欣赏他，还刻意培训他中文，希望以后也能跟着我混。他学得也挺快，跟聪明人交流就是轻松愉快。Baka是猛男，施瓦辛格式的人物，适合单干。如果说Adao善用巧劲，利用工具拆箱子比较强悍，Baka则直接用蛮力就可解决问题，有时候相当迅速直接。当我试着教Baka简单的中文时，他最常说的一句话是：“我今天脑子病了，明天带个本子来好好记。”结果这家伙一次都没带过。Sinba是当地村子里的高个子葡文教师，暑假到工地上兼职，他不仅认识英文，而且葡文好，教会我不少葡文单词。Sinba对中文毫无兴趣，他坚信葡文总有一天会成为世界语言。

黑工很热情，常常邀请我吃当地的美食。一天，Adao送给我一包黑咖啡粉，他说咱们是amigo(葡文，“朋友”之意)，非不让我给钱，我就大大咧咧地收下了。那包咖啡粉看起来像泥巴，我鼓起勇气泡了一杯，聊胜于无的咖啡味在味蕾上蔓延，久违的幸福感涌了上来。

在来非洲前，我也认为非洲人原始野蛮，对他们充满了不屑和畏惧交织的复杂情感。后来发现，这种先入为主的成见，跟外国人以为中国人还留着长辫子一样可笑。

公司曾为项目部请过一个英葡翻译，我和他关系很好，专心跟他学葡语。他是刚果人，英语说得腔调十足，很有老派英国绅士的味道。此人讲究挺多，吃芒果竟然还得洗了再吃。我送芒果给他吃，他总是礼貌拒绝，跟黑工迥异。原来，他在英国受过几年教育。在他面前，我越来越体会到教育的重要性，教育可以改变任何种族，任何基因的人们。在学校读书时，我最困惑的问题是：“读书到底有没有用?”在这个刚果人面前，在不会用计算器的安哥拉人面前，这个问题找到了答案。

使种菜蔚然成风

安哥拉生活物资匮乏，除了石油，几乎一切靠进口。我们的日常生活物资，都从国内空运过来。小米粥加饼干是早餐，土豆炖面片是正餐，这样的日子令人抓狂。初抵安哥拉时，我的硕大行李箱里，除了生活必需品，就是20包珍贵的川味火锅底料。在视频里，我最受不了同学用美食诱惑我，没出息到一见“香辣”、“回锅”、“爆炒”等字眼就口水肆虐。我的同道中人也不少。一群“80后”工科男，在安哥拉度过的第一个春节，只吃上一顿皮厚馅少的饺子后，迅速达成了共识：种菜。

我们跟中国工友讨了几包种子，选了块比较肥沃的荒地，开垦、引水、播种。工科男的测绘才能和动手能力真不是吹的，我们挖出来的菜畦，如接受检阅的士兵般整齐。种子发芽后，我们都很兴奋，小心呵护，感觉自己也像这种子，在异国扎下了根；我们和种下的小白菜、西红柿、黄瓜、苦瓜、四季豆一样，迎着大西洋的海风恣意成长。

种菜的那些日子，我摸着晒伤的脸，只好叹息，好在看过《生命八卦》，知道晒太阳可以补充大量维生素A、D及钙。但吃到黑工厨师为我们开小灶炒的第一盘清炒小白菜后，叹息瞬间化作无法言喻的成就感。为了报答黑工厨师的义气，我们邀请他“利益均沾”，这个以木薯和海鱼为食的哥们，吃过中式炒菜后，跟我们做了一笔秘密交易：我们教他老婆种菜，他帮我们搞到稀缺的辣椒、胡椒粉等佐料。

当黑工厨师的村子里，种植中国蔬菜蔚然成风后，我们的菜畦渐渐荒芜了，但口福依旧：以极低的价格，就能去菜畦里现摘蔬菜。

2010年世界杯期间，酷爱足球的我，在Adao、Baka通力配合下，搭了一个露天看球棚。他俩还为球棚融入了美观而神秘的当地元素。在那里，我们度过了一个个狂欢之夜。后来，这个棚子被发展成咖啡屋、棋牌室、当地情侣卡座……

我的偶像老狼，曾经这样唱：“有多远就走多远，我不会怕难。”这首歌，曾伴着校园中的我对远方蠢蠢欲动，并在毕业后毫不犹豫走进安哥拉。我已经离故乡无限遥远，何不再走得更远一点呢？因为我还年轻，我渴望上路。（本文由记者根据SEVEN口述整理）

（《武汉大学报》第1272期三版，2012年4月27日）

代表作三：

一个人的巴黎

学生记者　洪雅笠

编者按：校报学生记者洪雅笠，曾于巴黎新索邦大学留学。在她眼中，巴黎和中国的学习和生活氛围很是不同。塞纳河弱水三千，且取数瓢，初品巴黎。

课堂“无本宣科”

巴黎新索邦大学又称巴黎第三大学，位于巴黎市中心的拉丁区，是法国著名的人文学科类学府。

新索邦大学十分注重国际交流，每年吸引很多外国学生前来就读。对于国际学生，学校虽持欢迎态度，但一般并不给予任何特殊待遇，老师不会因为有外国学生存在，而放慢讲课的语速。

校园时空　武漢大學報　2012年12月21日　3

一个人的巴黎

易中天：回到母校很幸福

拿什么换回体质

刚进入法国的公立大学学习，我便发现，这里的课堂上没有教材，老师在阶梯教室的讲台上旁征博引，“无本宣科”，学生只能奋笔记录。因没有书本可依赖，学生的压力更大，但每堂课的含金量反而更高——只有尽力做好笔记，日后才有复习的资料。

对于外国学生来说，压力更大。若想听懂一堂课，听写、速记能力就尤为重要，做好笔录后，还需要迅速消化理解，以跟上老师的步伐。

几年前初入法国大学，我也曾感到不适，笔记总是做不完整，后来边做笔记边用录音笔录下来，课后再听，和做的笔记反复对比，将之补全。后来发现，这是一种极好的训练方式，不光能提高法语能力，还能琢磨出不少外语速记的技巧。

课堂上虽无书，但书本的地位仍然很高。第一堂课，老师就列出一份长长的书单，每本书都先给大家做个简介，再让学生进行选择性阅读。很多知识点老师只点到为止，更深厚全面的内容，需要学生自己去翻阅课外书籍。读书笔记也是成绩考核的重要组成部分。这种没有固定教材的学习，反而敦促学生增加了阅读量，读了更多的书。

到景点上课去

初到巴黎，便踏着晨雾，慕名来到位于巴黎东部的拉雪兹公墓。作为巴黎市内最大和最具包容性的公墓，与传统的刻板印象不同，这里伟人与平民比肩共栖，绿树苍翠，精致大气。与其说是严肃的墓地，更像是供巴黎市民休闲与冥想的园林。

初秋的拉雪兹公墓，游人并不多。行至墓园深处，视线便被十来个孩子吸引，原来是老师带着小学生来到墓园里上课。我跟在一旁，悄悄做起了旁听生，和这个小班级一起，上了一次墓园里的课。

在老师的指引下，孩子们围坐在巴尔扎克的墓前，仔细聆听这位文学巨人的生平和成就，似乎能切身感受到《人间喜剧》里的悲欢冷暖；又来到萨特和女伴波伏娃的墓前，听老师描述存在与虚无，对萨特的存在主义哲学观点有了初步的概念；再往深处前行，下一课的主角是肖邦，这位异国的钢琴诗人长眠在巴黎，心脏却依照遗愿被带回祖国波兰，“至爱所在，心之所在”，他的墓前永远鲜花盛开。

在先贤的圣光之下，老师的讲解严肃认真，孩子们也都凝神聆听。

孩子们或在墓前放下一枝新鲜的玫瑰，或是留下一张纸条，写着自己的所得所感。这样立体真实的课堂，不仅教给孩子知识，也教给他们对文化的崇敬和爱。此时，教育不是灌输知识，而是让你感受知识。知识不再遥远和抽象，而是真实并可被感知的。

在人文古迹中上课，是法国常见的人文教学手段。

也曾在奥赛美术馆，见到成群结队的美术学校学生。老师在巨匠的原作前讲解和分析，学生近距离地揣摩学习。真正原作所蕴有的神圣光彩，是教材上的印刷品所不可比拟的。

位于巴黎西郊的凡尔赛宫，则是学习巴洛克风格的好地方。皇室园林的对称感，宫殿的华丽浮夸，这些身临其境、眼见为实的画面，能帮助学生将理论的历史脉络更好地联系到实际内涵。

法国是一个艺术大国，文化传承历代不息。这里的人文教育，充分利用了这些丰富而宝贵的资源。将景点作为课堂，这种零距离、浸入式的教学方法，让从小只在书本上读过蒙娜丽莎的我不禁有些羡慕。

爱书的法国人

法国人爱书，尤爱旧书。

对于欧洲人而言，自古图像和文字就传载着神旨，书籍也自然负有神圣的意味。时至今日，即便电子阅读已经发展到了普及的程度，书籍依然有着无可替代的崇高地位。

说到法国的图书文化，就不得不提到拉丁区。拉丁区是巴黎著名的学府区，聚集着好几所大学，包括我的母校新索邦大学。从文艺复兴时期到17、18世纪，拉丁区开设的大学日益增多，这里自然就成了知识分子云集之地。

拉丁区里多横街窄巷，独立的小电影院、先锋画廊林立，而最具“拉丁”特色的，是这里的旧书店。法国的图书售价十分高，一本最普通的平装畅销书就约合人民币一百多块，法国的学生和工薪阶层更乐意去拉丁区逛二手书店，淘旧书。

每天，位于拉丁区圣米歇尔广场附近的二手书店便人满为患。有慕名而来的游客，也有前来淘书的巴黎市民。GibertJaune是拉丁区规模最大的二手书店，这家成立自1886年的书店，如今已有9家分店，全部分散在拉丁区各处，每个分店都有自己的主题，例如这家只售社科类旧书，文学类的书请到街对面去。

旧书的种类异常繁多，售价也极其便宜，原价20欧元的书，只用2角钱就能买去。旧书经过修缮，品相往往不差。每到周末，笔者便到旧书店里去淘宝。也常能以低价淘到极好的书籍。除了二手书籍，旧书店里还兼营二手唱片和影碟。朝书店深处走，别有洞天，充满惊喜。

人们爱在这里淘书，也爱卖书。

有一家书店专门回收旧书，每到周末便排起长龙，一直把圣米歇尔广场绕了个圈。书的回收价低廉，不论新旧程度和价值，一律只按2分钱每本回收。但巴黎人仍乐此不疲地来排队，常常运来一大箱或一推车的旧书，最后也许只能换得1欧元，却依然心满意足地离去，到街对面的二手书店继续买书。

回收的旧书就流通进拉丁区的二手书市场，又以低价供人选购。如此循环，市面上的旧书越来越丰富。“与其让旧书在家闲置，不如落入有缘人之手。”巴黎人这么想。

拉丁区靠这些分散各处又相对集中的书店维系起来，充满活力的旧书店也成为一道独特的人文风景线。巴黎人读书的热情，让人感到欣慰。你看，在这个电子时代，图书业的生命力依然旺盛。

（《武汉大学报》第1295期三版，2012年12月21日）

（湖北高校新闻奖一等奖，编辑：杨欣欣、肖珊）

【编辑手记】

“学子看世界”（后改为“看世界”）是武大校报的品牌栏目之一，于2012年推出，报道内容为海外访学工作师生的见闻和体会。

有别于“看热闹”“采采风”的旅游见闻，它的定位在于：不猎奇，重体验，重思索，用“跨文化传播”视角讲述自己的经历和体会。同时，这也是校报打造深度报道、向杂志化靠拢的一次成功体验。以选送的3篇代表作为例，这个栏目的特点如下——

一是叙事视角，以第一人称（或口述整理）叙事。叙述者同时又是故事中的一个角色，叙述视角因此而移入作品内部，成为内在式焦点叙述。叙述者不仅可以参与事件过程，又可以离开作品环境而向读者进行描述和评价。正因为如此，才会让读者产生身临其境般的逼真感觉。

二是主题新鲜，力求从主题上第一眼就能抓住读者。主题即为标题。台湾是文青自助游爱去的地方，编辑跟作者沟通，将主题定为“当交换生的体会”，不要落入写旅游见闻的窠臼；工科男SEVEN是记者的朋友，在和他平时的网络交流中积累了大量素材，因而文章故事性强，先后被一家杂志和《楚天都市报》看中发表；法国是一个艺术大国，文化传承历代不息，这里的人文教育和艺术教育又是怎样的呢？校报学生记者洪雅笠分享了自己在巴黎新索邦大学的留学见闻。

三是不厌其详，把作者最深的感触写透。在写稿前，编辑和作者深入交流，得出最有跨文化视角、最值得传递给读者的三点异域体会。要求作者写稿时忘记自己是在写新闻稿，而是写叙事散文，活用各种文学表现手法，像讲故事一样写自己的见闻，尽量不要发表评论，而是交由故事和细节去呈现。

四是图文清新，整体格调是文艺而沉静的。校报三版是校园时空版，选稿时注重从各个侧面呈现武大校园的气质。这个栏目从2012年推出至今，积累了可观的作者和粉丝，这种生命力也证明，推出这个栏目是一个有益的尝试。(肖珊)

书，带你去远方

（组合报道）

“年轻人读书，就好比迎着朝阳走路。”正如罗曼·罗兰所说，年轻人成长道路上，书，无疑是最便捷、最无私的导师之一。书，会使人心胸开阔，眼光远大；书，能够活跃思维，陶冶性情。

当今大学校园里，普遍的读书现象可分为两种：把书当良师，当名医，有困惑时去寻求帮助；不知道读什么书、不知道怎么读书，于是在图书馆里随便翻阅，盲目地读书。

对此，我们倡导一种良好的、理性的读书习惯和读书方式，使有计划地读书成为一种生活方式。恰逢世界读书日，本期聚焦校园读书镜头，给爱读书的年轻人一点启思。

——编者

校园时空
武汉大学报
2013年4月26日
3
书里能遇见幸福吗？
书，带你去远方
数字时代，怎样做个读书人
世界读书日的由来
读书，不只在读书日

代表作一：

书里能遇见幸福吗？

学生记者　徐雅璇

刘桂红　周丹

“希望散居在全球各地的人们，无论是年老还是年轻，无论是贫穷还是富有，无论是患病还是健康，都能享受阅读的乐趣……”正如世界读书日的主旨宣言所说，莘莘学子正享受书籍带来的乐趣。排队时、上课前、奥场边、树荫下，随处可见学子捧书苦读的场景。

皇皇武大，巍巍珞珈，人文荟萃，卷帙飘香。当阳光又一次洒向樱顶老图，春风又一次拂过靓丽新图，“4·23”世界读书日悄然而至。借由此机，记者多路走访，深入调查武大学子读书现状。

依赖推荐书单

英国著名哲学家培根曾说：“读史使人明智，读诗使人聪慧，演算使人精密，哲理使人深刻，伦理学使人有修养，逻辑修辞使人善辩。”选择不同的书籍，就会有不同收获。

武大数万名学子，选书标准又是什么？

“根据自己兴趣选择，比较偏爱经济法学类。”经济与管理学院大二的叶祖滔说。新闻与传播学院大三的张轩也赞同道：“我觉得看书是一件很自我的事情，我喜欢看我喜欢的书。”

外国语言文学学院大一的熊丹枫，向记者推荐了万门大学(民间的公益的网络大学)，“主要是看它推荐的书，想多补充一下其他专业知识”。

果壳网之各学科领域入门书籍、香港中文大学书单……许多学子会根据推荐书单默默做功课，更多学生则仰赖专业课老师开列的书单。

经典小说、畅销读物比较受欢迎。“每次到图书馆就会借畅销书看，有时候还要提前预约。”外国语言文学学院大一的孟妍笑言。

在武大图书馆借阅排行榜上，《明朝那些事儿》《张爱玲典藏全集》《读库》排行前三名，另外《藏地密码》《天龙八部》《兄弟》《蒋勋说红楼梦》也排在前列。从中可以看出，武大学子爱读小说又不失经典，爱读史书也不失幽默。

文学院叶李老师援用孔庆东“无为读书和有为读书”的观点：“有些书要有为地去读，带有一定目的，比如专业书。此外，还要无为地读书，给自己创造一个精神空间。”

读与不读的理由

你为什么读书？记者就该问题开展随机调查，得到的答案很丰富，有戏谑有深思。

“为了找个好妹子。”基础医学院大一彭同学打趣道。

“毕业后可能没这么好的读书条件了。再说女孩子多读书总有好处。”经济与管理学院大一的肖湘说。

“读书是自然而然的发生，是内心的欲求。人必须保持在路上的状态，不是身体在路上，就是精神在路上。”信息与管理学院大二的徐承宇有感而发，“精神在路上，就需要源源不断的思想补给，这种补给来源于读书。”

采访过程中，不少人大倒苦水：“挺想读书，但逛街、聚会、社团活动挤占了太多空闲时间，从图书馆借的书一直摆在桌上没看。”

上述现象不是个例，挤占读书的“诱惑”很多。针对这一现象，法学院辅导员杨辉给出建议：制订学习计划，按照计划执行；寻找志同道合的朋友一道努力。

书为媒文会友

偌大校园里，幸福感最高的地方在哪？回答十有八九便是图书馆。武大学生好福气，既坐守巍峨古朴的樱顶老图书馆，又拥有高端大气现代化的新图书馆。

2011 年 10 月，总建筑面积为 35548 平方米的图书馆(总馆)新馆落成启用，图书馆的服务功能进一步提高。在新图的留言板上，可以看到很多这样的留言：“我爱图书馆，它带我成长。”“这是一个温暖的大家庭，让我能在这里安静学习。”

作为人文气息浓厚的百年名校，武汉市“十佳书香校园”，武大收藏文献总量颇丰。据资料显示，截至 2012 年 12 月 31 日，全校文献资源总量达 1416 万余册，其中印刷型文献近 688. 7 万册，各类文献数据库 449 个，其中中外文电子书刊 727. 3 万册。学科覆盖面广，遍及文、法、理、工、农、医等各个领域。宏富的藏书和良好的网络信息服务平台，为学子博览群书、涉猎各科知识提供了条件，图书馆也成为传播知识的圣殿，孕育人才的第二课堂。

只需动动手指，30 家高校图书馆和上海图书馆百万册人文社科外文图书等随意“畅读”，教你玩转图书馆资源，历史学院杨华教授作主题为“中国古人的日常生活：读《礼记》”的读书报告……图书馆今年读书日推出了诸多新活动。

除了图书馆，武大还有多个以书为媒、以文会友的学生社团，如真趣书社、春英诗社、浪淘石文学社、太阳雨文学社等。

2003 年创建的真趣书社，坚持“阅读提升品位，交流延续思想”，联合图书馆定期开展读书交流会等活动。

“‘真趣’二字取自‘真心阅读，趣品人生’，我们希望在同学之间创造良好的读书氛围。”该社社长刘洋介绍，“目前，我们定期推荐好书好句子，同时正在联系作家来校进行读书讲座，为武大更添一缕书香。”

前不久，真趣书社举办的“刘瑜《送你一颗子弹》读书交流会”，吸引了许多师生参与。“一是督促自己多读书，二是通过讨论听听别人的想法，可以读得更深入，理解得更透彻。”经济与管理学院研究生李同稳说。

代表作二：

数字时代，怎样做个读书人

学生记者　姚裕瑞　吕斐洋

互联网带来了新的阅读方式，一场“阅读革命”正悄然展开。形式各样的数字阅读方式，少了些青灯黄卷和书香墨痕，消遣时尚的“快餐读物”正日渐成为大学生阅读流行趋势。数字时代，怎样做个读书人？

记者：当今时代日新月异，各种挑战无处不在，读书学习比任何时候都更加重要和迫切。许多大学生困惑：如何在浩瀚的书海里选择适合自己的书籍？

陆保生(武汉大学军事教研室副教授)：我平时唯一的娱乐活动就是读书，中国传统文化、西方哲学是我的最爱。当代大学生，无论是文科还是理工科，对于中国传统文化以及人类历史文明发展规律都应有基本的了解和把握。年轻人应多读一些人文科学方面的书籍，特别是文史哲艺，对自己的人格养成、理性判断与反思能力都有极大帮助。大学校园的风度和气质，恰恰因为文史哲艺的熏陶变得扎实而有厚度。

骆瑞鹤(文学院古籍研究所所长)：读书就要读经典，特别是古人、前辈认可的经典。大学几年，认真读书的时间有限，就更应“好钢用在刀刃上”。读书不要贪多，只要能认真读完一部经典，就会受益匪浅。

周玄毅(哲学学院副教授)：对我自己而言，除了专业书籍以外，我还会读科学方面的书籍，因为我想紧跟科学的步伐，比如心理学、生物学、物理学等科普方面的书籍。小说倒看得较少，我觉得生活本身比小说更丰富。

杜天尧(社会学系硕士研究生)：我看书不局限于自己的专业领域，只要是有营养价值的书，几乎来者不拒。一般来说，老师开的书单和同学推荐的书都会认真读。专业书籍和小说散文交叉着看，状态好的时候读难懂的经典，累了就随手翻小说杂志，既能缓解疲劳，又能了解到多方面知识。

记者：读书是有窍门的，各位老师是否可以分享一下自己的读书方法？

张杨波(社会学系副教授)：在看专业书时，读书卡片、批注和笔记一定要做，方便后来回想和找灵感。要把厚书读薄，把薄书读厚，做到可以复述和概括的程度。经典虽然很难读，但还是要坚持读，一遍两遍地过，每遍会有新的感悟。

周玄毅：“书非买不能读也”，喜欢的书一定要买回来。读纸质书要敢于“乱画”，比如做标记写书评。读电子书要有专门的 word 文档，用于整理读书笔记。如果随时在网上查一些相关的拓展知识，就更好了。读经典要带入，经典本身并不晦涩，也并非故弄玄虚，你读不懂只是因为你不了解，所以要在生活中带入，想象自己生活在那个环境里。未来电子书一定会成为趋势，媒介并不是关键，完全可以用电子书做深度阅读。我对阅读工具并不在意，关键还是看自己。

陆保生：做读书笔记是必需的。多思考、做笔记，是我阅读的两大法宝。我从不追求阅读的速度与进度，却力求收获自己的见解和感悟。年轻人读书要像海绵一样吸收知识。人类认识社会的过程有三个阶段：吸收、重估、创造，读书也是这样。吸收大量的观点，然后重估价值，最后创造属于自己的东西。所以读书要及早，趁你们还年轻。

读书要思考，要有目标，先围绕某个中心，然后慢慢形成体系。有人说，网络时代会让人变得弱智，碰到不懂的就用搜索工具，好像什么都知道，其实什么都不知道。我同意这种观点。“快餐式”的阅读，收获的只是知识，而对于人格境界的提升百害而无一利。

记者：当下做任何事，总会面临“有用无用”之争，读书也一样。对此，大家怎么看？

周玄毅：“追求有用”的读书并不是真正意义上的读书，你只是去查资料，或者学习一些技术。我认为，“读书无用论”严格意义上是对的，“无用之用，是为大用”。人整体的精神素质和文化，不可能在某个具体的用处上体现出来。如果你追求具体的有用，的确无法通过阅读来实现；若你想增强整体的素质，阅读是必不可少的途径。

陆保生：在知识爆炸工具不断更新的时代，那些看起来“无用”的读书，那些根基性的知识能力，才恰恰是影响我们一生的永恒的东西。在大学里读书，培养的是独立完整的人格与自由的思想，而不是追求功利目的工具。

何瑞麟(2010 级弘毅国学班学生)：我们越来越不愿意做一些事先无法预知结果的事情，希望一切都能提前计量好。读书能改变人，但这种改变无法提前预知，可能你满怀期盼读某书，最终发现并没有获知太多。但同时，有些偶得翻阅的书，却带给你大大的惊喜。读书，本来就是场邂逅。

杜天尧：现在社会上对“用”的追求达到了极致，追求功利、实用的价值观根深蒂固，但大学生应警惕这种思想。我们现阶段的阅读，应该是一种自我寻找、实现和创造的过程，不要被现实牵绊得太牢。

代表作三：

读书，不只在读书日

学生记者　叶子

1995年，联合国教科文组织宣布，4月23日为世界读书日。关于读书的节日和活动层出不穷，然而我们却离读书却越来越远了。在当今生活水平大为提高、信息几近爆炸的时代，读书成为了某种意义上的奢侈品。

那些不读书的普遍原因，不外乎缺少时间。国家图书馆常务副馆长詹福瑞曾表示，读者生活节奏越来越快，是阅读率下降的原因之一。穷人没时间读书是因为忙挣钱，而富人没时间读书是忙休闲。当各种物质追求充斥生活，读书，这一以精神满足为目的的活动，被毫不留情地排除出必需品之列。大学的节奏以学期计算，每每临近期末，不乏学生感叹：我的专业书还没看过！连课本都来不及"啃"，更别提其他非专业书籍了。

然而仔细推敲一下便发现，以上理由其实站不住脚。鲁迅先生早就告诉我们："时间就像海绵里的水，只要愿意挤，总还是有的。"成长在书香世家的央视主持人董卿说，"阅读是我睡前的必修，几天不读书，我会感觉像几天不洗澡那样难受。"即使每天几乎凌晨才下班回家，她依旧会留出一两个小时静心阅读。

当下，读书和文艺似乎是一对近义词。不幸的是，校园里，"文艺"一词似乎已被污名化，若不是学习所需，手捧书籍潜心阅读会被戏谑："哟，这么文艺！"被调侃者会无奈恼怒地回敬一句："你才文艺，你全家都文艺。"

我不禁要问：文艺怎么了，读书有错吗？北京大学哲学系教授冯友兰，90岁时双目失明，仍在助手帮助下写书阅读，一直坚持到95岁过世。别人问其为何坚持，他只回答：春蚕吐丝，欲罢不能。多么虔诚的信仰。

《云梦学刊》主编余三定教授曾在一次讲座中说："大学生最重要的是做一个读书人。要注意，不能把大学生与读书人画等号，有些人上了大学却不一定是读书人；有些人没上过大学，却是真正意义上的读书人。"真正的读书人，应该是热爱阅读，以读书为快乐的人。做自己喜欢的事，即使再忙再难，也会义无反顾，乐此不疲。

村上春树有个词——"小确幸"，即微小而确实的幸福。读书便是体会小确幸的最佳途径之一。正如清人张潮在《幽梦影》中说：读经宜冬，其神专也；读史宜夏，其时久也；读诸子宜秋，其致别也；读诸集宜春，其机畅也。沉浸在书本之中，熟习历史的进程、体会前人的智慧，那种微小但真实的幸福感，无法用物质满足来衡量。

每逢世界读书日，身边都会掀起一股读书热潮，各类活动办得风生水起，迅速高涨却又很快归于平静没有下文。我不知道，从这些中所获取的养分能维持多久，唯愿当花瓣离开花朵，能有些许暗香残留。

只有把每天都当成读书日，我们才勉强算得上一介读书人。

（湖北高校新闻奖一等奖，《武汉大学报》第1305期三版，2013年4月26日，编辑：肖珊）

【编辑手记】

随着新媒体一路高歌猛进，纸媒不断沦陷。那么，长期以来就算在纸媒中也处于弱势的高校校报，怎样图谋转型与突破，才能更好地吸引读者，发挥校园主流媒体应有的作用？武大校报进行了多种尝试，开展专题策划与报道便是其中一项。

为何这样做？首先，武大校报是周报，缺乏时效性是其短板。动态报道功能已由新闻网承担，师生们不会把校报作为看新闻的首选。其次，校报受众是知识水平高、善于理性思维的大学师生和校友，他们阅读的兴趣不仅在于“发生了什么”，还在于“是怎样发生的”、“为何会发生”、“有什么影响”、“该如何改进”等新闻背后的新闻，这正是专题报道所要揭示的内容。

这一组关于“世界读书日”的专题报道之所以能获奖，胜在深度上。它以“调查当今大学校园年轻人的读书现状”为切入点，提前策划，深入采访，给爱读书的年轻人指出一条读书的路径。

这一组报道由3篇稿件组成：第一篇是通讯，以全校为采访范围，揭示了大学生普遍的读书现状和心理；第二篇为访谈，请老师和研究生讲述自己的阅读方法和心得；第三篇为言论，将全文立意升华为“读书，不应只在读书日，而应内化为一种生活习惯”。

就某一主题进行组合报道，要注意体裁的多样化，最好是消息、通讯、评论等并用，还应图文并茂，从不同的角度、不同的侧面，进行全方位的报道和开掘。

毕业时节

（系列报道）

代表作一：

最后一课

通讯员　李倩岚　张永

“希望各位同学在未来能努力追求最好的生活、最好的职业、最好的婚姻、最好的友谊。但是无论得到最好，或是次好、次次好，我们都应坦然接受。人生本就是有缺憾的，大家用心去感受生活就好。”5 月 27 日下午，经济与管理学院青年教师张培，陪伴着该院金融系大四毕业生，共同度过了他们在学校的“最后一课”，也拉开了该院“Never Bye”毕业狂欢系列活动的序幕。

校园时空
武汉大学报
2013年6月7日
3
毕业时节
最后一课
李当娜：咬定青山
捐髓救人
耄耋院士母校行
“学霸姐”的启示
校友频道
直击龙舟赛
身边事

“最后一课”的授课教师由学生民主投票产生，该院最年轻的老师张培以绝对优势当选。张培以“金融工程的新发展”为主题，从“什么是金融工程”、“金融工程的产生和新发展”、“我们的历史使命”三个方面出发，展开讲授，系统阐述了金融学以及金融工程的发展历程和现实意义，并引用美国前总统尼克松“谁能掌握金融，谁就能掌握世界”的言论，来强调金融学的重要性。

从不拖堂的张培把他唯一一次拖堂留给了“最后一课”。下课铃声早已响过，但他仍觉还有好多话想对学生们说。最后，他告诫大家，每个人都要有一种使命感，从国家、民族的角度去思考问题，要把握好理论与实践、读书与创造的关系。他还叮嘱在座学生，一定要选择好自己的事业方向，持之以恒，循序渐进。“今天属于离别，但离别也是一个新的开始。”

课程结束后，毕业生为张培送上了他们精心准备的礼物——一段全系学生参与拍摄的视频短片。视频中，大家纷纷高调“示爱”，真情表达了对老师的喜爱和感谢。学生还为老师赠送亲手书写的祝福卡片和鲜花，现场一片温馨。

谈到举办此次活动的初衷，活动组织者之一的金融学毕业生方伊舟说：“作为即将离开校园的学生，那曾经伴随大家多年的教室、黑板、粉笔、老师都将在这个夏天逐渐离开我们的生活。为了给大学生活画上一个完美的句号，我们选择了一种回归学生的本质，回归课堂的方式，纪念我们大学四年的青春。”

据了解，经济与管理学院“Never Bye”毕业狂欢系列活动在5月17日至6月14日期间举行，活动还包括“我与珞珈山”主题摄影、毕业微电影和毕业狂欢夜等。

（《武汉大学报》第1310期三版，2013年6月7日）

代表作二：

最美瞬间

实习生　汪泉　洪燕

“看镜头！”“一、二、三，茄子！”“下一组！”毕业时节的校园里好不热闹。

微微上扬的嘴角自此定格，画面中留下一张张纯真笑靥。身着学士服，将帽穗统一拨到右侧。整齐的列队前，只听得到摄影师按下照相机快门的声音，留下关于校园，关于青春最重要的印记——毕业照。

创　意

队列中的毕业生互相帮助扶正学士帽，在快门按下的几秒钟内保持微笑的表情，一队拍摄结束后有序地退场。短短几分钟的拍照时间里，每个学院（系）的学生都有些不同的小创意——

武汉大学报
WUHAN UNIVERSITY WEEKLY
打造在京学术交流和人才培养平台
董辅礽经济社会发展研究院成立
大学精神的“变与不变”
医学生公交救人获赞誉
央视等媒体报道 学校和省卫生厅表彰
王之卓教育发展基金成立
瑞典院士霍尔曼谈气候变化
120周年校庆倒计时161天
昆山市捐赠200万元种“友谊林”

遥感信息工程学院的本科生在拍摄最后一张照片时，心照不宣地拖长了“茄子”的音调，让镜头中的每一位同学都呈现最灿烂的笑容；土木工程与建筑学院则齐声高呼“土建、土建”，嘹亮的口号声，响彻桂园操场的上空。

艺术学系的学子们，拍完合影后，意犹未尽。他们围聚在一起，或是互相拥抱，或是抛弃学位帽，留下珍贵的影像，因为，没人能取代记忆中的你和那段青春岁月。

资源与环境科学学院的全体毕业生在结束集体照相后自发地鼓掌欢呼，这之中有对师长的感谢，也有离别的不舍……

看着排队等待拍照的学生，校党委书记韩进猜测起他们的心思：“我想，他们不光是兴奋、高兴，也许还有点忐忑，因为毕业照也是即将走向社会的标志。希望他们在社会上走得又快又好！”

忙　碌

拍毕业照时，全场最忙碌的人不是摄影师，不是学生，而是韩进和校长李晓红。

社会学系的曾子婧紧张地盯着前排就座的韩进和李晓红。她抓着照相机，对同学说：“他们要照完了。快，快过去！”

“OK，照好了”摄影师的话音刚落，她们已经跑上前去，簇拥着两位校领导。韩进和李晓红笑呵呵看着冲上前来的年轻人：“不慌不慌，一个个来。”

曾子婧一行是这天上午头一拨“吃螃蟹”的人。完成了心愿以后，她们还迟迟不愿离去，翻看着相机中的照片。另一名女生蔡灿似乎还没有从兴奋劲中回过神来："实在是太高兴了，我也可以拿回去跟同学炫耀一下了！"

看到两位师长如此平易近人，其他的学生也按捺不住了。就这样，坐下、站起、拍照、再坐下，韩进、李晓红一点也没闲着，成为了整个操场最受欢迎的合影对象。

"这是我头一次拍摄毕业照。"韩进笑着说，"当年我毕业时，没有照毕业照，今天正好补上。"

活动结束后，还不时有学生来找他们合影，"都来吧！"李晓红停下脚步，搂着学生的肩膀，留下纪念。

有　爱

"珞珈 style！"伴随着洪亮的口号，6 名"珞珈 style"宣传大使簇拥着韩进、李晓红完成了武汉大学独有的手势造型。

宣传大使田雪榕介绍，手势是以武大英文缩写 WHU 为构思元素，寓意为"W：追逐梦想，H：顶天立地，U：家是珞珈"，代表了"I-love-WHU"。

他们先是伸出双手，做出"W"的手势。随后，又用手比划出"爱心"，放在胸前。正在排队等待拍照的毕业生们看到这一幕，也纷纷伸出双手，开心地比划。每个珞珈山的孩子，用小小的手势表达对母校的爱，将回忆定格在一帧帧画面中，留与日后细细品味。

新闻与传播学院 2012 级本科生文玉洁是"珞珈 style"的一名宣传大使。她兴奋地表示："气氛真的很好，书记、校长很配合，手势做得十分到位。"据了解，这些宣传大使们还将在不同的场合演绎和推广"珞珈 style"。

"毕业照传达的是一种感情，是学校、老师与学生情感的纽带。"李晓红说，"这对我们来说，也是一个愉快的事情。希望学生们体会到学校的爱。"

（《武汉大学报》第 1311 期三版，2013 年 6 月 21 日）

代表作三：

心，永远停留在这里

学生记者　王彦忻　苏靖尧

过去与未来，在这里交汇；结束与开始，在这里发生；梦想与现实，在此刻连接……6 月 23 日，15876 名武大学子毕业了。从此，他们将身怀知识和本领，带着武大人的精气神，开启人生新航程！

校园时空 武汉大学报 2013年6月28日 3

下一站，未来
——2013年博士学位授予仪式侧记

毕业时节

心，永远停留在这里

致青春

做感兴趣的事

我见证 我成长
——记校园媒体表彰交流会

2011—2012年度武汉大学优秀学生记者名单

2012—2013年度武汉大学优秀学生记者名单

不忘初衷，方得始终

是否还记得，填写高考志愿时，心底萌发的梦想？是否还记得，第一次踏进武大时，面对如画校园的那份欣喜若狂？是否还记得，每天穿梭在校园，与书为伴、与球为友的充实生活？

“成为‘武大人’是我迄今最幸福的事。”回顾大学，哲学学院熊艳感慨，“最初的梦想不仅成真，还收获了意外的惊喜。”如今已被保送至北京大学读研的她坦言，大一时很迷茫，慢慢调整，坚持不懈，终于找到了方向。

“大二时目标渐渐清晰，选了好多课充实自己。”国防生李寒也深有体会地说。土木建筑工程学院的张自伟以自己的经历总结道，读大学，就应当广而全地获取知识，夯实基础，厚积薄发，提高自身竞争力。

资源与环境科学学院的张月峰从小在北方长大，第一次来到武大是秋季，置身丹桂飘香满目葱茏的校园，他被惊艳到了。回忆起在校篮球队的四年，他滔滔不绝：“大三时，我下决心要珍惜在珞珈山生活的宝贵时光，每天6点半起床跑步、做俯卧撑。”

“武大是块‘好招牌’，好庆幸高考前努力了一把。”政治与公共管理学院本科毕业生秦强，即将踏上工作岗位，在接受记者采访时说，“应聘面试时我没有那么紧张，是武大给了我自信和能力。”

相逢是缘，珞珈情重

“青春无悔，相逢是缘。毕业不说再见。”政治与公共管理学院硕士毕业生陈园在武大已生活了整整六年。甚至可以说，武大的每片瓦、每块砖，她都那么熟悉："我还记得，夏天周末，在梅操，顶着婆娑细雨、被蚊子追赶着也要看完露天电影的一幕幕情景……我的心将永远停在美丽的珞珈山。"

"从梅操开始，在梅操结束。"经济与管理学院本科毕业生王凌霄最不舍的地方，就是梅操和宋卿体育馆：每周五的小电影、体育馆里的每一场比赛，都将是她难忘的回忆。

"忘不了珞珈山飘落的黄叶，忘不了林间小径旁昏黄的路灯……"哲学学院马任细腻地表达对武大的热爱。而今即将离开，他更是箴言相告："一所大学的精神，体现在她如何对待老师、对待学生，近年来武大上升势头很快，我希望她永远是一所'文武'兼备的优秀大学!"

马上就要离开，不少毕业生提到了共同的遗憾——没能在就读期间经历120周年校庆。数学与统计学院的胡亭和信晶雪难掩心中不舍："真的就要毕业了，无法亲历校庆盛况了。相信学校会越变越好。"

新闻与传播学院国防生贾伟民用一首词来总结："何日功成名遂了，还乡，醉笑陪公三万场。不用诉离觞，痛饮从来别有肠。"

告别过去，起航梦想

毕业典礼后，大群毕业生扛着校旗、院旗，在校歌的旋律中走上樱花大道，开始了今年的毕业游园。校长李晓红，校党委副书记、副校长王传中走在队伍中，和同学聊着、唱着。

九一二操场、樱花大道、老斋舍……天气炎热，但大家难抑兴奋，摇旗呐喊、三五合照，处处回荡着毕业的欢歌。

资源与环境科学学院本科毕业生陈显平扛着院旗走在队伍前方，"'红哥'拉着我一起走。等我研究生毕业那年，继续跟他走!"即将留校读研的他兴奋地对记者说。

游园结束，赶着"校庆护照"发放的最后机会，资源与环境科学学院的徐爱珍，连忙拉着好友排队盖印章。已奋战一上午的校庆委员会工作人员尹文彦表示："手都盖酸了，可是看到毕业生对护照爱不释手，也值了。"

党委宣传部专门录制了一部短片《珞珈·向梦出发》。它由摄制组在校园随机采访剪辑而成。面对镜头，毕业生讲述自己所理解的"什么是梦想"，诉说"我们的梦想在哪里"……这个六月，是梦想起航的季节。

此外，今年的毕业典礼还增加了微博互动、现场直播等，大大提高了毕业典礼的参与性和互动性。"别了，WHU！我还会再回来的!"微博墙上满满的祈望和祝福，打破了毕业季的感伤。（学生记者马烁、实习生刘高阳对本文亦有

贡献)

(《武汉大学报》第1312期三版，2013年6月28日)

(湖北高校新闻奖一等奖，编辑：严航、肖珊)

【编辑手记】

大学是一场流动的盛宴，永远高朋满座，永远朝气蓬勃，永远有人背着行囊兴冲冲而来，又有人背着行囊雄心勃勃而去。新生入学、军训、就业、毕业……这些常规性选题怎样做得既有温度又有新意？这是摆在校报编辑面前的一道永恒课题。

在这一年毕业季到来之前，编辑们在选题策划会上经过头脑风暴，一致决定在新闻网推出“毕业时节”专栏，报道与毕业季有关的新闻，并择优呈现在校报上。于是有了这一组报道。

虽然同属毕业报道，三篇选送报奖的稿件又各有侧重——

第一篇是经济与管理学院青年教师张培给金融系大四学生上的“最后一课”。这一课授课教师由学生民主投票产生，该院最年轻的老师张培以绝对优势当选。授课老师的产生、授课内容、学生感想等，是这篇稿件的看点。

第二篇是全校各院系学生拍毕业照的各种瞬间，既有美丽的镜头，也有美丽的心情，留下的回忆也是美丽的。“毕业照传达的是一种感情，是学校、老师与学生情感的纽带。”校长“晓红哥”与每个学院(系)的毕业生拍照，并道出此举背后的情意，为全文点题。

第三篇是毕业典礼花絮，以毕业生的小故事、小心情，为这一年的“毕业时节”专栏画上句号。

这个专栏由编辑策划和指导、学生记者和实习生独立完成，对作者们而言，是一次深入的新闻专题采访和写作实训体验。(肖珊)

质量正前方

（系列报道）

代表作一：

为“梦之队”筑梦

——我校国家级教学成果一等奖全国第一的背后

本报记者　肖珊　李琳

在第七届高等教育国家级教学成果奖评选中，我校《世界史专业国际化、开放式办学模式探索与实践》等8项成果获奖。其中一等奖3项、二等奖5项，一等奖数量与清华大学并列全国第一，获奖总数在全国高校中排名第三。

武汉大学报
WUHAN UNIVERSITY WEEKLY
首次以竞争上岗方式选拔副校长
为“梦之队”筑梦
——我校国家级教学成果一等奖全国第一的背后
武大进入QS世界大学排名400强
万新学子汇聚珞珈
2014级开学典礼隆重举行
全国教育系统先进集体和模范教师获表彰
我校获一项全国五个一工程奖

一流大学之所以成为一流，本科教育是基础，是一流大学的重中之重，教学质量始终是生命线。在本届获奖名额和推荐数均比往届少一半的情况下，我校推荐的8个项目全部获奖（此外还获1项基础教育类成果二等奖），再次证明了这一办学理念。

勇于创新，将荆棘路铺满鲜花

实施创新驱动发展战略是时代要求，勇于创新是武大鲜明的特色之一。此次获奖项目中，成熟的新概念、新方法、新模式、新探索不时涌现，这些创新型教学成果在全国高校起到了示范作用。

专业课按照业务流程设计，形成“专业课程链”，“专业课程链”上的课程又与“专业素质链”上认知、理解、运用、创新四个层次一一对应，教师授课时可以依据专业素质层次的划分来把握讲授深浅。在一等奖成果《“专业素质链”与“专业课程链”深度融合的信息管理专业人才培养模式构建》中，信息管理专业以一种全新而实用的人才培养模式摘得头牌。

“学生接触专业课的顺序，就是标准的信息管理业务流程的顺序。这种模式有助于全面提升学生的专业知识应用和创新能力，工作后会很快融入角色。”项目主要负责人马费成教授说。

习近平总书记指出：“没有网络安全，就没有国家安全。”要确保我国信息安全，关键是人才。2001年，我校创办全国首个信息安全本科专业，教学团队运用“六步工作法”，摸着石头过河。经过14年办学探索，一等奖成果《创建信息安全专业培养体系，引领信息安全专业建设》应运而生。

制订全国第一套信息安全本科专业课程体系和教学计划，建立全国第一个信息安全本科专业实验室，成立全国第一个信息安全企业博士后产业基地，出版全国第一套信息安全本科教材……信息安全专业以踏实的足迹承载着这一使命。

记者走进文学院，在采访中得知，这个至少五年获本科教学状态评估一等奖的学院，以评促建，本科教学取得了不俗成绩：尚永亮教授的《唐诗艺术》获选国家级精品视频公开课，陈国恩教授主讲的《中国现当代文学史》获批湖北省高校省级精品资源共享课，教师们推出的富有创意的考试改革举措经媒体报道后享誉全国……这只是二等奖成果《高校院系本科教学状态评估的研究与实践》的一个侧面。

今天的学生，就是未来实现中华民族伟大复兴“中国梦”的主力军；三尺讲台上的广大教师，就是打造这支中华民族“梦之队”的筑梦人。他们以创新性的劳动，将实现梦想的荆棘路铺满鲜花。

直面挑战，乌云背后的幸福线

如何处理研究型大学中科研和教学的关系，怎样提高国际化办学程度，毕业生缺乏实践经验怎么办……面对这些高等教育中的“硬骨头”，以获得教学成果奖为代表的武大教师团队给出了自己的思考。

曾几何时，海外名校在武大学子心中遥不可及；如今，哈佛、耶鲁、斯坦福、普林斯顿等著名学府已不陌生，因为那里有他们的学长甚至同窗。对世界史专业的学生来说，常年与国内外著名专家的课堂接触、去国外著名大学学习交流的经历，令他们申请名校 offer 时如虎添翼。“校外专家授课制度”、“请进来与送出去相结合”是世界史专业“世界化”的招数之一，也是《世界史专业国际化、开放式办学模式探索与实践》项目获得一等奖的有利元素。

“教师的良心和职责，不支持我们在老生常谈的史学领域进行低水平的重复。”项目负责人向荣告诉记者。他以其在国外留学的多年经历，率领团队积极思考并探索中国世界史人才培养模式问题，诞生了诸多优秀成果，如国家级精品课程、教育部哲学社会科学研究重大攻关项目等。

“大一下学期，我进入‘973’首席科学家周翔教授的课题组。等到大二下学期，除了上课，我基本在实验室。一学期的早出晚归自有回报，我的研究结果最终发表在《自然》子刊上。”已在北京大学硕博连读的化学与分子科学学院本科毕业生肖阳说。

肖阳对科研的痴迷和自信源于学院“科研反哺教学”的人才培养模式。通过“将科研成果转化为教学内容，将科研设施转化为大学生创新实践平台，将科研信息转化为教学信息”，学生的创新能力不断提高。2010 年以来，化学与分子科学学院获湖北省优秀学士学位论文 23 篇，在校生发表科研论文 222 篇，获批国家大学生创新科研项目 14 项、全国“挑战杯”一等奖 1 项等。二等奖成果《以科研反哺教学，培育化学创新人才》以这样的方式实现了教学和科研的双赢。

二等奖成果《土木工程专业复合型创新人才培养体系的构建与实践》，提出了校企协同创新的实践教学体系，通过在企业聘请实践经验丰富的工程师指导本科生动手实践，解决了传统工程教育非工程化倾向、理论与实际相脱离的问题。“很多用人单位反映，我院毕业生解决实际问题的能力很强。有位才工作不久的学生，在卢旺达解决了 38 米单层空间网壳结构施工问题，受到同事一致好评。”该成果主要负责人徐礼华教授自豪地说。

二等奖成果中，《制度化推进实践教学与新闻传播人才培养创新》打造了一条“实习京广线”，一头连着学校人才培养，另一头牵着业界人才需求；《“一强化两贯穿”临床医学教学模式的探索与实践》通过建立社区医学实践教学基地，让学生提前穿上白大褂，用所学理论服务社区卫生工作。

直面高教挑战进行思考与改革，虽困难但已曙光初现，就好比乌云背后的幸福线，太阳在厚重的乌云后努力射出一线光芒，那是多么惊艳的景致。

制度护驾，阳光自然照进来

“申报项目只是我校众多优秀成果的一个缩影。”本科生院院长陈传夫总结道，“此次申报载誉而归，与学校一直以来高度重视本科教学、以制度引导教师开展教学研究并运用到课堂上密不可分。”

“书记校长进课堂”是武大一道独特的风景线。不少武大学子都有和校党委书记韩进、校长李晓红“同堂听课”的经历。从2013年开始，我校进一步加强干部教师听课制落实力度。这项从2001年开始实行的制度，是我校抓本科教学质量的重要举措之一。全体校领导纷纷走进本科生课堂，随堂听课，掌握教学一线情况，并反馈意见，作为考核、院系评估、资源配置的重要依据，教师应付教学、不认真备课、迟到早退等现象骤减，教学状态稳步见好。

听课制的落实有效助推本科教学质量的提升，提高了教师的教学能力，为教学成果呈井喷态势打下基础。不少教师认为，通过听课能够取长补短，互相学习：“听其他老师的课，可以借鉴他们的讲课体系；很多老师听了我的课，也和我交流板书设计、互动方法等问题。”

“教授为本科生授课制度”是学校重视本科教学质量的又一体现。从2012年起，我校将承担本科教学任务作为教授聘任的基本条件。“我们要把教授为本科生上课确立为一项基本制度，要求所有教授，包括院士、‘千人计划’入选者、长江学者、也包括我自己和其他校领导，都必须给本科生上课或开讲座。”李晓红说到做到。

在制度落实过程中，无论是倡导知名教授开设新生研讨课，还是定期开展教授为本科生授课情况专项督查，配备课程助教，都有效督促了名师和学科带头人积极参加实践教学、投身教学研究，为教学成果的不断涌现创造了条件。

提倡研究型教学，积极开展教改研究项目立项，大力资助教师开展教改研究；指导学生探索式学习，建立完善的教学成果奖评价机制……在日常本科教学中，学校还出台了一系列措施，引导教师与时俱进，教学相长，促进教学水平和教学质量不断提高。

“获奖是对前一阶段本科教学的肯定，但提高人才培养质量是长期的工作，必须常抓不懈。”副校长李斐介绍，下一步，学校将继续开展改革，以人才培养为核心，进一步提高本科教育教学质量。

自由的空气、纯净的水、充足的阳光，才能生长出健康的“树苗”。好的制度酝酿好的氛围，让教学改革成为自发行为，自由发展，自然调整，适宜学子生长。

“近年来，通过深化改革和队伍建设，武汉大学人才培养工作取得了显著成绩，国家级教学成果奖即为一例。”李晓红的一番话鼓舞人心，“这些成绩彰显着学校的声誉和影响力，可以说，武大的教育教学在全国高校具有越来越显著的引领作用和示范效果。”

9 月 10 日，珞珈山开启迎新季，新学子从五湖四海加入武大“梦之队”；师生共庆第 30 个教师节，将掌声和鲜花送给这一群孜孜不倦的“筑梦人”。英才与师者的相逢，注定传奇未完待续……

（《武汉大学报》第 1340 期一版，2014 年 9 月 26 日）

代表作二：

今天，你“慕课”了吗？

通讯员　肖安东　王友富　袁劲

武汉大学报
WUHAN UNIVERSITY WEEKLY
解决世界难题　形成国家标准
中国专利优秀奖花落武大
两个协同创新中心入选“2011 计划”
依法治校　迈向一流
十院士共贺曾云鹗教授期颐之寿
方国光获年度全球唯一约翰·布克奖章
我校与《中国日报》开展战略合作
今天，你慕课了吗？

随着全球在线教育技术的日益完善，“慕课”等在线课程学习渐成风潮。慕课是以学习者为中心设计的课程。只要能上网，学习者就能免费学习各大名校名师的课程。

武汉大学 7 门慕课在国家级慕课平台“爱课程”网中国大学 MOOC 上线以来，吸引来自全国各地近 5 万人报名学习，得到了持续好评。

7 门课分别为：文学院李建中教授的《中国文化概论》，历史学院潘迎春教授的《简明世界史》，哲学学院汪信砚教授的《马克思主义哲学精粹九讲》，信息管理学院马费成教授的《信息管理学基础》、黄如花教授的《信息检索》，经济与管理学院文建东教授的《微观经济学》，文学院陈国恩教授的《文学欣赏与批评》。其中，《信息检索》和《微观经济学》的学习人数均超过万人。

挑　战

慕课对高校和教师提出了多方面的挑战。这不仅要求教师根据网络教学时间碎片化的特点重新设计教学内容，使之更加精炼，合理安排课时，而且要做大量技术工作。

以知识点切分的5分钟左右的视频更适合学习者利用碎片化的时间学习。视频中间插入用以巩固或提示的小测验，打造讨论区，为学习者构建学习共同体。让学习者既能以自己最习惯的方式自主学习，同时也能寻求同伴的互助，使学习过程更轻松。

然而，看似简短的视频背后，凝结着教师、助教的辛勤劳动。《信息管理基础》课程团队的老师时刻关注论坛，及时回答学习者的问题。《信息检索》更是从全国精选了近200名助教为用户回答问题。

潘迎春感触很深："我的慕课得以顺利进行，要感谢课程中心的技术人员和本课程的专业助教团队，他们做了大量的幕后工作。"

"老师上课的方式很有趣，博闻强识，信手拈来都是有趣不落伍的小故事及新词新语。""作为一个大学毕业已经一年的人，重新在网络课堂里体会到'开学'的感觉，真是太好了！"学习者的赞赏是教师最大的动力。

分　享

慕课学习者的构成非常多元。以《信息管理学基础》为例，其学员就包括乡村中学的信息技术老师、流行病学的学生、教育管理工作者、从事生产现场管理的工程师、危险固废处置的从业人员等。在教学过程中，教学团队根据各领域学习者的实际需求进行适当调整。

慕课借助互联网各种终端设备适应了快节奏与碎片化的现代生活方式。然而，李建中在课程伊始却为《中国文化概论》慕课的学习之旅定下"慢"的基调："要慢慢地品，细细地品，越品越有滋味。"学员得以暂离日常工作与学习的快节奏而从容散步。

在李建中看来，慕课模式下的师生教学应是一种平等的交流与对话，老师扮演的不再是知识传授乃至灌输者的角色，而应是更多地去分享体验进而引导学员领略中国文化的魅力。

多元的授课模式被学员纷纷“点赞”：“似乎又重新认识了自我，重新找到了人生的方向，接受了一次心的洗礼。”“时间太短了，要连听 2 个小时才过瘾。”

用　心

与快节奏与碎片化的现代生活方式相对应，一些快餐式的、吸引眼球的“快餐”文化更受欢迎，这也一定程度影响了当前开放课程的走向。但是对于负责任的高校、教师和平台来说，应坚守课程教学的学术性和知识性，在此基础上，将知识性、学术性与趣味性结合。

开始一项新事物通常要付出很多努力。人文社科资深教授、国家教学名师马费成已年近古稀，也学习利用新的技术进行教学。为了上好慕课，他带领课程教学团队对教学框架进行了重新编排和设计，反复揣摩了知识点的切分、准备了大量的教学素材。

潘迎春为了达到最佳教学效果，根据学习者的反映，对第一次课反复设计，重录了好几遍。黄如花为了准备教学内容，反复琢磨，每天只睡两三个小时。

授课老师的用心，换来了学习者的肯定。学生们纷纷反映获益匪浅，并在讨论区分享自己的心得。每一条精彩发言都被团队视作教学思路的启发与不断完善的动力。

黄如花谈起慕课很兴奋：“学员们的宝贵建议是我们不断提高教学质量的最大动力。当筋疲力尽之时，想到背后有那么多关注的目光，我就精神倍增。”

（《武汉大学报》第 1343 期一版，2014 年 10 月 31 日）

代表作三：

“三维融合”育人才

本报记者　严航　通讯员　陈琛　肖安东

按照业务流程设计“专业课程链”，并与“专业素质链”上认知、理解、运用、创新四个层次一一对应，深度融合形成知识应用的脑图，这是第七届高等教育国家级教学成果奖一等奖作品——武汉大学《“专业素质链”与“专业课程链”深度融合的信息管理专业人才培养模式构建》的核心理念。

深度融合的理念不仅体现在武汉大学专业课程设置上，也体现在其机构改

武漢大學報

WUHAN UNIVERSITY WEEKLY

“美丽武大文明珞珈”活动全面展开

首个国家宪法日党委中心组集中学习

周叶中纵论依宪治国

『三维融合』育人才

我校获两项中国青年志愿服务大奖

依宪治国 依法治校

校友雷军当选《福布斯》年度人物

曾令良：从大别山到东湖畔

第二批“十二五”规划教材我校入选 23 种

武大学报和《经济评论》获评全国优秀期刊

校友年度捐赠 88 万余元资助学子

革中。2013 年 9 月，武汉大学整合重组涉及本科生管理和培养的相关部门和机构，成立体量远超一般职能部门的本科生机构——武汉大学本科生院，下设教务处、招生工作处、质量管理处、学生工作处等职能机构，将本科招生、教学、德育等职责融合一身。

“机构酝酿已久，成立只是第一步。关键是人才理念的提升和人才培养机制的实质创新。”中国工程院院士、武汉大学校长李晓红说：“教育与教学融合、选拔与培养融合、实践与课堂融合，要通过三维融会贯通起一个更加尊重学生个性的培养链来，培养他们成为研究型、复合型和引领型人才。”

教育与教学融合：立德为本，树人为先

“把立德树人贯注于学校教育的全过程，将德育教育与专业教学内置在一起，创新德育方式方法。”武汉大学党委书记韩进这样强调该校教育与教学融合的理念。

“梁羽生小说里有个叫江南的书童，这小子就会一招武功‘同归于尽’，但哪位武林高手愿意和菜鸟同归于尽呢？所以每次遇到危险，他都能化险为夷。”这是武汉大学文学院《形势与政策》课的一个场景，主讲教师是该学院党委副书记王怀民，他站在讲台上，双手背在身后，仿佛一位说书先生，用妙趣横生的语言讲述严峻的就业形势下的“冷思考”，结合小说情节强调练就一技之长对于学生就业的重要意义。

精美的课件、生动的案例、独到的视角、丰富的影音资料……这是武汉大

学《形势与政策》课堂的“标配”。“像这样的课，我们都爱听，每节课都获益匪浅。”同学们纷纷表示。教学内容与时俱进，结合“90后”学生特点，引入动漫、流行语、现场秀等时尚元素，一门“睡觉课”、“自习课”在武汉大学自由的土壤中不断壮大，成功“逆袭”为学生追捧的热门课程。

“学生工作处并入本科生院以后，让我们更自觉地站在‘立德树人’这个共同高度上思考德育与教学的关系，推动工作也更加有力。”本科生院长、长江学者陈传夫说，“今年新学期开始，武汉大学新生入学教育明显得到了加强，更加体系化。”

选拔与培养融合：多样选拔，个性培养

“兴趣是前提！因此，我们要建立一套选拔体系，让学生在高考分数之外，按照自己的兴趣再选一次专业。”校长李晓红一语中的，道破招生工作处的工作重点。

这个目标被本科生院规划成两条具体路径：第一，建立校内转专业制度，让所有新生入校后规范、有序、便捷地选择自己喜欢的专业；第二，拔尖学生选拔制度，让一部分尖子学生通过严苛选拔进入“弘毅学堂”，强化创新人才培养。两条路径指向共同的目标——将选拔与培养挂钩，实现个性化培养。武汉大学2014级年龄最大和最小新生，恰好对这两条路径作出了最好的诠释。

27岁的最大新生何林夕(化名)10年前就曾以高分考进武汉大学经济与管理学院，但因一度沉迷网络未修满学分，没有拿到毕业证。今年他重新参加高考并报考武大，按高考分数被信息管理学院录取。

“我想回到以前的母院，走好我本该走完的路。”何林夕对校长表达了自己的想法。“我们要正确看待一个学生的跌倒，并且要想办法帮助他重新站起来。”李晓红回应。根据《武汉大学普通本科生转专业管理办法》，何林夕在大学第一学期结束后可以向本科生院递交转专业申请，通过考试后能够回到以前的学院和专业学习。此外，根据学分认定办法，他当年的部分学分仍然有效。

据统计，武汉大学将每年转专业人数控制在当年新生总数的10%以内，学校放宽出口，一般不控制各专业学生转出人数，给予学生更多选择权利；但是对于转入专业，接收学院则会进行综合考试和考察，录取确实适合的学生。

13岁的最小新生汪逸凡今年9月被武汉大学土木建筑工程学院录取，被同学们称为“天才”。小小的他有着大大的梦想——制造一艘光子飞船。根据他的兴趣和能力特点，李晓红建议他参加拔尖创新人才试验田“弘毅班”的选拔，打好理学基础。入学2个月后，通过选拔考试的汪逸凡进入了该校物理学弘毅班。

像汪逸凡这样通过选拔进入武汉大学“弘毅学堂”学习的学生，每年大概有140人，占当年新生的1.84%，他们进入数学、物理、化学、生物、计算机和国际数理经济与数理金融、国学等7个“弘毅班”学习。首批121名毕业生中，98%选择了赴国内外一流大学继续深造。

实践与课堂结合：立足实践，强化专业

9月23日，武汉大学耗资2800万元精心打造的6200平方米的大学生创新创业实践中心面向全校学生开放，同时，武汉大学第四届本科生实践成果展也在此开幕。

“学生创新、创造的天赋最终要靠他们自己的实践成果来体现”，面对展厅里学生们650多件琳琅满目的实践发明，李斐副校长说：“从这个意义上，实践既是检验人才的标准，也是培养人才的有力途径。因此，我们特别着力去把实践与课堂理论紧密融合起来。”

在“研究型、复合型、引领型”培养目标和一系列制度的引导下，追绩点、发论文已不再是武汉大学学生成长成才的唯一方式。将课本上、课堂中的理论知识高水平地运用在创新、创造之中，让武大的本科生们屡屡在国际、国内学科竞赛、创新创业大赛中如鱼得水、游刃有余。

“培育创新型人才的摇篮和平台是前沿专业学科，这也是实践教学最好的途径。将课堂教学与实践教学无缝对接，使知识‘学用一体，加深理解’。”陈传夫说。近年来，学校充分挖掘校内资源外，与校外企业共建了一批实践教育基地，涵盖新闻、遥感、测绘、土木、生物等多个学科。

新闻学是一门实践性很强的学科，为此，新闻与传播学院实行教师“双聘化”，要求老师到校外脱产学习一年，同时聘请媒体工作者走进课堂。为实现交流常态化，武汉大学-湖北日报传媒集团新闻传播学类文科实践教育基地应运而生。

“学生对鲜活的案例更感兴趣，他们十分愿意学以致用，有时只是缺了一个平台。”新闻与传播学院教授强月新谈起他的感受。让他印象深刻的是，有一年在讲授《新闻编辑与评论研究》时，恰逢湖北日报筹划改版之际，他调动同学们对湖北日报进行内容分析，最终提交了一份1万多字的改版方案，大量内容最终被采纳。“同学们在那次实践中，获得了强烈的荣誉感和自信心。”

（《武汉大学报》第1348期一版，2014年12月12日）

（湖北高校新闻奖一等奖，编辑：杨欣欣、付晓歌）

【作品点评】

系列报道是指同一新闻主旨下多篇新闻报道的连续发表，具有主题重要、内容深刻、形式统一等特点，成败关键在于策划。

该作品就是围绕武汉大学本科教育改革这一主题策划的系列报道，从“三维融合”理念的解释报道、“慕课”在线课程学习的写实报道、教学成果奖的分析报道三方面展开。三篇文章各有侧重：

第一篇开门见山地道出高等教育国家级教学成果奖一等奖的核心理念。整篇报道行文灵动活泼、不失严肃，是政策性解读和通俗性表达完美结合的好作品。文章选取几个课堂实况展开描写，读来令人仿佛身临其境，妙不可言。

第二篇先从慕课“火”了这一新闻事实切入，从“挑战”、“用心”、“分享”三个角度介绍了“慕课”从设立之初到深入人心这一嬗变的过程，让读者清晰地了解它的全貌。

第三篇从获奖的整体情况谈起，第一部分介绍了两个成果获奖的缘由，也就是创新之处；第二部分讲述了问题与对策；第三部分从制度层面给予观照。结构工整、行文流畅，从微观、中观、宏观三个层面介绍了获奖成果背后的故事。

综合来看，三篇文章既不流于现象描写，也不拘于枯燥解读，既采访师生，也搬出权威，从不同角度解读了武汉大学不断开展本科教育改革、提升教育教学质量的举措和成果，正所谓“手中一支笔，胸中有政策”。该系列报道像栏目名称“质量正前方”一样，为读者传递了源源不断的教学正能量。(严航)

向杨昌林学习

(组合报道)

代表作一：

杨昌林事迹引起强烈社会反响

本报讯(记者张全友)近日，体育部退休教师、民族团结楷模杨昌林的先进事迹，经新华社、人民日报、中央电视台等媒体集中宣传报道后，在社会上引起了广泛关注和强烈反响。

新华社、人民日报、中央电视台、光明日报、中国青年报、湖北日报、长江日报等20余家中央和省市主要媒体，分别在显著位置大篇幅报道了杨昌林先进事迹，新浪、网易等主流网络媒体也进行了转载。

武漢大學報

WUHAN UNIVERSITY WEEKLY

我校传达学习2011年全国两会精神

学校授予杨昌林“民族团结进步模范教师”称号

校党委发出号召：向杨昌林学习

▷两会：来自武大的声音

▷佳话：12位法学校友参会

爱心，一万次惠及藏族学子

——武汉大学学习杨昌林先进事迹座谈会侧记

杨昌林事迹引起强烈社会反响

情系西藏 大爱无疆

——武汉大学教授杨昌林33年如一日关爱武汉高校藏族学生

大写的爱

此前，湖北省委书记、省人大常委会主任李鸿忠就此作出批示：“武大杨昌林老师33年如一日，关爱在汉藏族学生，事迹感人，立意高远，情操高尚，为培养爱党爱国、建设西藏的藏族人才作出了重要贡献。杨老师是我省为师者的楷模，是推进民族团结进步事业的典范。”

杨昌林事迹在武大校园内也引起了广泛反响，校领导高度评价，广大师生纷纷表示将以实际行动学习杨昌林的精神。

校党委书记李健认为："作为一名老教师，杨昌林是致力于民族团结、关心下一代、老有所为的先进典型。作为一名老党员，杨昌林是为党分忧、为国尽责的先进典型。杨昌林的故事还告诉我们，创先争优并不神秘，关键是要增强党员意识，主动发挥先锋模范作用，把正在为党做的工作做得更好。"

校长李晓红评价说："杨昌林老师堪称民族团结的楷模，也是为人师表的典范。杨昌林也深深地感动了武大人，将激励我校广大党员干部和师生立足本职，在建设中国特色、世界一流、国际知名高水平大学的历史进程中，在各自岗位上作出新的更大贡献。"

武汉大学少数民族团结发展促进会会长、曾在西藏工作17年的土家族教师徐昌荣，体育部退休教师、杨昌林的同事潘庆德，政治与公共管理学院藏族学生格桑多吉等也纷纷表示杨昌林事迹十分感人，要以实际行动来学习杨昌林精神。

据悉，学校将以多种形式进一步深入宣传杨昌林的感人事迹及其所蕴含的精神价值和时代意义。

代表作二：

爱心，一万次惠及藏族学子

——武汉大学学习杨昌林先进事迹座谈会侧记

本报记者　杨欣欣

"一位75岁的退休老教师，一位有51年党龄的老党员，46年情系西藏，33年如一日关爱在汉藏族学生，帮助藏族学生近1万人次，用自己收入的1/3来从事这项事业，在国庆60周年时自费购买600面小红旗送给藏族学生……"

一组数字记录了一位平凡老人不平凡的经历，演绎了一个感人肺腑的援藏故事。

3月16日，在武汉大学学习杨昌林先进事迹座谈会上，校党委书记李健用这样一组数字概括杨昌林的先进事迹，也表达心中的敬意和感动。他说，这些数字，让我们再一次看到了平凡中的伟大。

会上，学校授予杨昌林"民族团结进步模范教师"荣誉称号。校党委副书记王传中宣读了学校表彰文件，李健为杨昌林授牌。校党委副书记骆郁廷主持座谈会。

"扎根西藏一辈子的心愿没有实现，我就想用别的方式继续为西藏做点事。"杨昌林深情回忆了自己的援藏经历，"我是西藏的儿子，要尽到自己的责任。”不在西藏，也能援藏。他与藏族学子的难解之缘，正源自当年藏族人民对他这个援藏干部的深情厚意。

“一想起杨老师帮助我们的很多细节，我就会忍不住悄悄掉眼泪。”藏族学生达娃扎西在杨昌林的帮助下，被免试推荐攻读武汉大学硕士研究生，也是目前武汉地区学历最高的藏族学生。说到动情处，这位“康巴汉子”数度哽咽。“我要学习杨老师的高尚品德和可贵精神，将来为民族团结、家乡发展、祖国繁荣尽可能多作贡献。”

从杨昌林身上，国家级教学名师石云霞教授感受到了为人师表的崇高品格和境界。把“经师”与“人师”统一起来，把真理的力量与人格的力量统一起来，这就是杨昌林作为一名教师带来的启示。

“要实现藏区大发展，最终要靠培养有文化的高层次藏族人才。”具有17年援藏经历的少数民族教师代表徐昌荣深有感触。杨昌林积小善成厚德，搭建了民族团结的桥梁，情系西藏，大爱无疆。

由于父母长期一心扑在工作上，自己六岁前是由爸爸的同学带大的，见到妈妈都认不出来……在此前一天举行的武汉大学少数民族教职工座谈会上，杨昌林的女儿杨红梅介绍了父母许多不为人知的感人故事。在体育部教师座谈会等场合，参会人员也都动情地讲述了他们所认识的杨昌林。

“太阳啊，霞光万丈；雄鹰啊，展翅飞翔。高原春光无限好，叫我怎能不歌唱……”听了大家的发言，质朴厚道的杨昌林非常激动，即兴高歌一曲。让杨昌林感到格外高兴的，并不是自己获得了巨大荣誉，而是藏族学生有了更大希望：“能得到社会的高度肯定和各方的大力支持，以后就有希望汇聚更多的力量，来共同帮助藏族学生了。”

从一个人走进高原援藏，到夫妻双双筑起在汉藏族学生的“武汉之家”，再到一女一子先后去西藏工作，如今，杨昌林又看到了更加强大的“援藏”力量。

一位老人的爱心，一万次惠及藏族学子。他的行动感动了千千万万的人，他们同他一起，正汇成民族团结、社会和谐的洪流。

代表作三：

大写的爱

本报特约评论员

在赴藏工作13年后，又33年如一日关爱武汉高校藏族学生，75岁的退休教授杨昌林，用46年的宝贵年华书写了热爱西藏、支援西藏的精彩故事，而且正在用余热续写这一故事。

“一个人做一件好事并不难，难的是一辈子做好事。”杨昌林不图名、不图利，用自己特殊的方式，谱写了一曲民族团结的新华章，树立了为人师表的新典范。

作为一名老教师，杨昌林是致力于民族团结、关心下一代、老有所为的先进典型；作为一名老党员，他是为党分忧、为国尽责的先进典型。他没有惊天动地的壮举，只是在平凡的岗位上，在日常生活中，帮助在汉学习的藏族学生解决了很多实际问题，为维护民族团结做了许多小事情。但正是这些小事，让远离家乡千里之外的藏族学子，感受到了来自党、来自社会主义大家庭、来自伟大祖国的温暖，从而在心灵深处形成了对统一的伟大祖国的认同、对社会主义事业的认同、对中国共产党的认同。

正如校党委书记李健所说：“构建和谐社会需要更多的杨昌林。”杨昌林平凡而感人的事迹在社会上引起了强烈反响，对促进西藏发展、增强民族团结和维护祖国统一发挥了重要作用，也将感召更多的教师见贤思齐，热爱并投身少数民族学生教育的伟大事业。对于武汉大学来说，这一身边的典型，必将激励广大党员干部和师生立足本职，在建设中国特色、世界一流、国际知名高水平大学的历史进程中，在各自岗位上作出新的更大的贡献。

（作者本名：杨欣欣）

（湖北高校新闻奖二等奖，《武汉大学报》第1227期一版，2011年3月18日，编辑：杨欣欣、陈丽霞）

寻找珞珈红色记忆

(系列报道)

代表作一：

献身马克思主义中国化

——李达及其“哲学传人”陶德麟小记

本报记者　冯林

1966年，李达生命中的最后一个夏季。这一年他76岁，正在为完成毛泽东主席1961年当面委托他主编的马克思主义哲学教科书而带病工作。“文化大革命”的狂风暴雨突然向他袭来。当时他病情已危重，但仍被强迫参加大小批斗会。8月上旬，他几次请求去医院治疗，都未被准许。

4　2011年5月13日　武汉大学报　副刊

献身马克思主义中国化

——李达及其“哲学传人”陶德麟小记

本报记者　冯林

无悔青春

珞珈春来早

8月24日，这位1953年2月23日从湖南大学校长任上调任武汉大学的红色校长，受迫害致死。他临终前嘱咐夫人石曼华，如他死去，转告他的学术助手陶德麟同志，希望他一定要把《马克思主义哲学大纲》下卷编出来，上卷改好，帮他完成毛主席交付的任务。

他为何如此看重马克思主义？如此看重毛主席交付的任务？如此看重陶德麟？

李达一生的命运始终与中国革命运动和建设事业、

与马克思主义的中国化紧密相连。而正是因为与马克思主义的历史性相遇，改变了中国人的命运。

日本是马克思主义在中国早期传播的主渠道之一。“五四”运动时期，在日本学习的他就开始进行社会主义思想的宣传，积极致力于系统地传播马克思主义。当时就职武大的李汉俊也是早期把马克思主义引入中国的重要人物。1922年初，李汉俊来到武昌高等师范学校任教。1927年，李达应李汉俊的邀请来到武昌中山大学任教。1949年后李达再次来到武汉，成为武大历史上任职时间最长的校长。

1921年7月的一天，上海法租界博文女校的一间普通宿舍里，两位湖南籍年轻人终于谋面了。他们兴奋地谈论着马克思主义、即将诞生的中国共产党和中国的时局与未来。他们是毛泽东和李达。从那时起，这两位马克思主义的传播者、实践者开始了长达40多年的交往，留下了许多耐人寻味的故事。

1936年8月14日，毛泽东早年的好友、闻名一时的“文化书社”经理易礼容突然收到毛泽东的来信，问：“李鹤鸣、王会悟夫妇与兄尚有联系否？我读了李之译著，甚表同情，有便乞为致意。”信中的李之译著，就是李达、雷仲坚合译的《辩证法唯物论教程》。

延安时期，毛泽东撰写了《实践论》《矛盾论》这两篇光辉哲学著作，从理论上总结了中国革命的实践经验，丰富和发展了马克思主义的认识论和辩证法，从而成为马克思主义哲学巨人。但是，这两篇哲学名著的写成也浸透着另一位哲学巨人——李达的功劳，正是李达的哲学著作为毛泽东的理论创造提供了丰富的思想资料，其中尤以《辩证法唯物论教程》和《社会学大纲》影响最大。

1936年11月，毛泽东得到了这本书的第三版。《辩证法唯物论教程》是毛泽东批注文字最多的哲学著作。毛泽东在要求党的高级干部学习理论著作时，把李译《辩证法唯物论教程》第六章“唯物辩证法与形式论理学”指定为六种必读材料之一。

《社会学大纲》是李达倾心写作的一部哲学名著。1937年5月，该书由上海笔耕堂书店出版后，李达立即将此书寄给了毛泽东。毛泽东对这本书爱不释手，读了多遍，并作了很多批注，合计约3500字。毛泽东说：“李达同志给我寄了一本《社会学大纲》，我已经看了十遍。我写信让他再寄十本来，你们也可以看看。”毛泽东在给李达的信中称赞他是“真正的人”。1948年，毛泽东指示中原新华书店再版《社会学大纲》，作为全党干部的学习教材。

李达对毛泽东的影响由此可见一斑。而毛泽东，是马克思主义的本土化最勇敢也是最成功的实践家和理论家。

这种将异国理论本土化的趋向，从一开始就在李达的身上显现出来。李达以毫不动摇、始终坚定信仰马克思主义的革命立场，勤于思考、勇于批判的创新精神，敢于坚持真理、实事求是的崇高风范，在推动克思主义中国化、时代化、大众化方面取得了巨大成就。不久前，由哲学学院教授汪信砚任首席专家的国家社科基金重大项目“李达全集整理与研究”开题，对李达的哲学、经济学、政治学、史学、教育学、法学等著述进行全面整理与研究。最终成果将包括15卷750万字的《李达全集》，以及专题研究论集《李达论著与思想研究》。由陶德麟等担任丛书编委会主任。

“要倍加珍惜李达同志留给我们的宝贵精神遗产。”担任过李达学术助手长达13年的人文社科资深教授陶德麟说。“通过组建学术团队、传承学脉，以陶德麟等为代表，李达精神及其研究马克思主义的范式，已经在武汉大学乃至中国理论界得以发扬光大。”汪信砚说。

哲学家校长李达对毛泽东的卓越成就由衷敬佩，认为毛泽东是唯物辩证法的巨匠。但他反对盲目的个人崇拜。对毛泽东的某些不当的观点也敢于直陈己见，绝不随声附和。1958年他与毛泽东在讨论“人有多大胆，地有多高产”的口号时曾发生激烈争论。当林彪拼命鼓吹“顶峰论”即毛泽东思想是马克思主义发展史上的顶峰时，他坚决反对。李达也因此成为新中国理论界为坚持真理而献身的楷模。

陶德麟是李达亲手选定的学术助手和秘书，《唯物辩证法大纲》的主编是李达，但执笔人是陶德麟。李达开创了武大的马克思主义哲学专业，陶德麟将这一学科优势传承下来并有所发展，使这一学科在1987年就成了全国首批国家重点学科，培养了大批优秀人才。但他始终把自己看作李达的学生和哲学的探索者。在李达去世26年后的1992年，陶德麟也担任了武大校长，他以哲学家的大智慧致力于打造“和谐武大”，让武大停止折腾，重新步入发展的轨道。

2010年10月31日。陶德麟80华诞。

国内哲学界、理论界名流齐聚武大，共同为这一当代中国著名的马克思主义哲学家、理论家、教育家祝寿，探讨其哲学思想和理论贡献。陶德麟被学界誉为“我国马克思主义哲学领域最前沿、最有影响力的前辈学人之一”，在马克思主义哲学的中国化、现代化和大众化，在真理标准大讨论等方面作出了重大理论贡献。教育部部长、哲学家袁贵仁在贺信中赞扬他“具有高度的社会责任感和使命感，在追求真理的道路上历经磨难而矢志不渝”。

作为李达的“哲学传人”，陶德麟让武大的马克思主义哲学学科在李达开创的基础上不仅薪尽火传，而且不断创新。

在武汉大学，中国的马克思主义哲学传统已然形成。

它追求“爱智求真与忧国忧民的统一”。

李达研究专家、哲学学院教授李维武认为：“提出‘马克思学说与中国’论题、探讨中国社会与中国革命的特殊性、建立普遍与特殊之统一的理论、对马克思主义大众化的可贵探索，李达在马克思主义中国化探索中留下的这些思想足迹，不仅属于历史，而且启迪今人。总结他对马克思主义中国化的历史贡献，推进今天的马克思主义中国化、时代化与大众化，正是对这位中国马克思主义先驱者的最好纪念！”

（《武汉大学报》第 1235 期四版，2011 年 5 月 13 日）

代表作二：

筑牢革命堡垒

——记武大地下党组织的革命活动

本报记者　田业胜

“1949 年 6 月 10 日，人民解放军武汉军管会文化部潘梓年，与派驻武汉大学的军代表朱凡等 6 人，正式接管武汉大学。从此，武汉大学的历史揭开了崭新的一页。”在寓所里，曾是武大地下党员的前校长齐民友教授，将那段往事向记者娓娓道来。

草长莺飞间，倏忽已过一甲子。

雨雾天，在行政楼远眺，眼前荡漾的珞珈风景，如同水墨画一般。那些尘封已久的旧事，依然历历在目。踏着历史的足迹，我们查阅历史档案，翻阅武汉大学校史，采访武大地下党员，寻找地下党组织革命者的身影，感受先辈们留下的灿烂与荣光。武大地下党组织在上级党组织指导下，充分发挥政治核心作用，始终指引着进步师生前进的方向，为救亡图存不遗余力。生动光荣的爱国爱校史和优良的革命传统，催人奋进。

时间追溯到 1925 年，武大校史上第一个共产党的基层组织——中国共产党武昌大学支部正式成立，这也是我国高校成立最早的中共党支部之一。

1937 年 2 月，在武昌贡院街 30 号谢文耀家，8 名进步学生集会，成立了一个自发的党组织——武汉临时支部。此后，“七七”事变，抗日战争全面爆发。

在中共中央长江局、中共湖北省工作委员会筹建过程中，党派陶铸、何伟、杨学诚等人到武汉大学着手党组织的重建工作。以武大的青年救国团、抗

4 2011年5月17日 武汉大学报 副刊

武汉大学在历史上为建党做出的三个贡献

铸牢革命堡垒

——记武大地下党组织的革命活动

马克思主义中国化时代化大众化历史经验

校史钩沉

纪念建党90周年获奖论文（摘要）选登

明星组合

嘉兴日暖 南湖月明

日救国会等群众组织的领导骨干为主，发展了刘西尧、朱九思、肖松年、潘乃斌等一批党员之后，正式重建了中共武汉大学支部。这是抗日战争时期武大的第一个党支部，首任支部书记是李汉俊之子、武大学生李声簧。

青年人的前仆后继，如一场春雨，使得革命焕发新的生机。

1938年4月，武汉大学西迁乐山。在白色恐怖弥漫的民族危难之际，武大进步师生在地下党组织的领导下，与敌人展开了英勇顽强的斗争，为校史增添了光辉的一页。

1939年1月，汪精卫公开叛国投敌的消息传到乐山后，武大师生群情激奋，自发组织起讨汪运动。武大地下党组织因势利导，使之明讨汪暗讨蒋，狠狠打击投降派的活动，激发了广大群众的抗战热情。

自1940年“七六”大逮捕到复员珞珈山前夕的这段时间，虽然党组织形式复杂多样，党员人数大为减少，但是在各级党组织领导下，始终在坚持战斗。他们坚决贯彻执行党中央提出的白区工作“隐蔽精干，长期埋伏，积蓄力量，以待时机”的十六字方针和“勤学、勤业、勤交友”的方针，转变工作方法，树立良好作风，扎根基层，依靠群众，利用公开、合法的社团和建立秘密的社团，积极而审慎地开展工作。

迁回珞珈山后，武汉大学经历的“反美抗暴”、“五·二二”请愿和“六一”惨案等一系列政治活动，促使不少师生走上了革命道路，既锻炼了大批积极分子，又促进了武大党组织的建立和发展。中华人民共和国成立前夕，武汉大学已经成为武汉地区党员最多、革命民主势力最强大的革命堡垒，被人们誉为武汉的“小解放区”。

1947年，抗战胜利后武大第一个党支部成立，武大学生运动进入了崭新阶段。“六一”惨案后，武汉地下党学运小组决定根据当时的形势，从关心学生生活着手，发动一次助学运动。从 1947 年 8 月中旬起，武大助学运动开始发动，地下党组织依靠进步社团组成武大助学筹委会，并与武大教授会、武汉社会民主人士、基督教青年会和学生公社等取得联系，争取广泛的同情和支持。9 月 13 至 15 日，武大助学会组织 800 多人，开向武昌、汉口，借用武昌汉口的青年会，设立两个指挥所，组织助学活动。劝募队、宣传队、义卖队遍布武汉街头、码头、影院、剧院等公共场所。

助学运动不仅使贫困学生在经济上得到帮助，更重要的是向广大人民群众揭露和控诉了国民党反动派扩大内战带来的巨大灾难，从而使人民群众深刻认识到国民党的反动本质。

1949 年春，国民党政府在逃离大陆前，阴谋策划搬迁工厂、学校和大规模屠杀。在紧急关头，武大地下党组织做出了联防应变的决定，指示武大党总支组织联防应变、保护校产、包围文化区和保卫全校师生员工的安全，深入广泛地开展宣传教育工作，迎接武汉解放。

“当时的使命是保存学校，迎接解放。”齐民友回忆说。1949 年 3 月他如愿加入中国共产党，与其他进步学生一道，积极行动起来，加强与周围同学的联系交往，争取都留在学校，保护学校。为防止国民党军队进校逮捕，在党组织的安排下，学生自治会保卫队还每晚安排人在老图书馆顶楼值班，一旦有动静，就敲钟示警。“我们都做好了充分准备。”那时的值班经历，齐民友至今记忆犹新。

为把武汉大学完整地交到人民手中，地下党组织一方面通过安全互助团直接以护校名义公开登记校产，另一方面通过党员和进步职工，对一些精密仪器做详细调查，并派专人轮流暗中保护。安全互助团经过 3 个多月的斗争，粉碎了敌人的破坏和迫害阴谋，取得了护校护产的重大胜利。

神圣的一刻定格在 1949 年 5 月 17 日，这一天武昌解放，人民解放军一五三师的指战员首先来到武汉大学。

峥嵘岁月，风雨历程。武大地下党组织用热血和汗水，甚至生命铸就了共产党人的崇高精神品格，成为我们弥足珍贵的财富。对中共武汉大学组织史颇有研究的娄延常教授认为：“90 年来，武大党组织见证了中国共产党的诞生、成长、发展和壮大的历程，也为武汉大学校史谱写了鲜艳夺目的红色篇章，并在推动和引领学校的改革发展，在革命与办学实践中积淀了学校优良的革命与爱国传统。”

（《武汉大学报》第 1240 期四版，2011 年 6 月 17 日）

代表作三:

奋不顾身殉国家之急

——武大师生积极参加抗美援朝小记

学生记者　李静

中华人民共和国刚成立不久，朝鲜战争爆发，为抗美援朝保家卫国，武汉大学开展了广泛的动员宣传，一大批师生自愿加入了志愿军行列。他们用行动书写了武大光荣的历史。

通过查阅校史和档案材料，武大师生积极参加抗美援朝的光荣历史画卷，在我们面前徐徐展开。

1950年9月起，武汉大学校委会及党总支组织了各种时事政治学习和多种形式的动员活动。全校学生以院系为单位举行抗美援朝保家卫国座谈会，一致表示要以努力工作学习、加强宣传的实际行动来回应侵略者，同时准备在祖国需要的时候毫不迟疑地走上战斗最前线。这些活动使他们认识到国际局势的严重性，更加坚定了努力完成学业的决心。

武汉大学报　副刊　2011年7月8日

高山仰止　景行行止

——记史学大师唐长孺先生的学问人生

奋不顾身殉国家之急

——武大师生积极参加抗美援朝小记

迎来发展的春天

庆祝建党90周年　书画摄影获奖作品选登

当时文学院全体学生通过集体签名的方式保证:“搞好读报小组，加强时事学习；加强业务学习，掌握科学技术；加强体育活动，健全体魄；厉行精简节约，克服困难等。”该学院中文系四年级瞿秋白小组结合本院的专业优势，还适时展开了抗美援朝文艺创作运动。在这场如火如荼的动员宣传活动中，大学生们还跨出院系局限，主动给《新武大》寄去稿件，表示要以实际行动回答侵略者。

"百无一用是书生"、"手无缚鸡之力"，自古以来都是对文人的解读。但是在武大任教的教师，从未害怕战争，面对侵略行为，他们毅然站出来为保卫国家奉献出自己的全部。他们在全校学生面前宣誓，坚决拥护全国各民主党派的联合宣言，并且写下决心书，以表爱国情怀与献身精神。

除了师生，武大还有另外一批积极响应抗美援朝保家卫国宣传的群体，他们就是学校工厂的职工。

在全校抗美援朝保家卫国的宣传浪潮感染下，他们提出，要以如期完成中央重工业部委托该工厂的制造任务这一实际行动来打击敌人。职工们掀起了生产竞赛热潮，除了星期日及夜间自动义务加班外，日中工作都是以超速度来进行的。尤其是参加了机械系师生举办的时事讨论会后，他们明确了搞好生产工作就是打击敌人，生产情绪更加高涨。

1950 年 12 月 25 日，武汉大学全校 1400 多名学生写下决心书：保卫祖国！保卫母亲！参加军事干部学校支援战争前线的运动迅猛展开。

在前往法学院途中的墙壁上，决心书如雪片一般。据统计，决心报名参加军事干部学校的，截至 12 日，已有 700 余人。在这场运动中，除了党团员积极申请参加外，文学院的多名青年教师也参加了抗美援朝保家卫国这一伟大工作。还有农化、土木等学院(系)的教师和学生也申请参加了抗美援朝志愿军，并承担各种重要工作。

在一次参干动员大会上，历史系教授吴于廑振臂高呼："学生们，你们看到武汉大学的牌匾了吗？正过来念是，国立武汉大学，倒过来念呢，那就是'学大汉武立国'这几个字，我们要学大汉朝，武立国，武卫国。"吴教授的讲话博得场上阵阵掌声，学生们都颇受鼓舞。在"武立国"信念的感染下，报名参干的人数迅速增加到 1250 人。15 天后，陆续又有 200 余人决心参加，教工会也有 200 多人响应号召。全校每一个角落不断地发出欢呼，决心书一张接一张发来，扩音器不断播送出更多学生决心参加军事干校学习的消息。据统计，决心参加军事干部学校的学生占全校人数二分之一以上，表现出高度的爱国主义精神。

提起当年报名参加抗美援朝军事干部学校的情形，校友欧阳毅仍记忆犹新："当我写下参加军事干部学校决心书时，得到老师、同学的拥护，他们或者是微笑，或者是叮咛，'国家把这样重的任务交给你们，这是你们的光荣，也是我们的光荣。'"被录取后，他被同学高高举起，拥抱、欢呼、热情的握手，还举行了各种形式的欢送会。

在抗美援朝、保家卫国运动中，武大人捐款捐物无以数计。前后共计有

1400多人报名参军参干，有300多人走上保家卫国的最前线，从事后勤保障、器械维修、无线电通讯、翻译……他们奉献了自己全部的力量。在动员宣传和参干热潮的背后，是武汉大学全体师生员工炽热的感情和报国的壮志。

"抗美援朝可谓爱国主义与国际主义完美结合的壮举，它极大地振奋了那个年代人们的精神面貌，激发了各界人民的社会主义积极性。"政治与公共管理学院教授罗永宽认为，"武汉大学全校上下积极投身抗美援朝保家卫国的热潮，体现了武大师生一以贯之的与国家民族同呼吸共命运的优良传统。当历史翻开新的一页，武大人依旧一如既往地秉持着这种传统，这是难能可贵的。同时，学校在那时施行的一系列行之有效、入耳入心的宣传教育和动员方式，也是值得借鉴的。"

(《武汉大学报》第1243期四版，2011年7月8日)

(湖北高校新闻奖二等奖，编辑：杨欣欣、田业胜)

回眸 2011

（组合报道）

代表作一：

喜看发展新跨越

本报记者　杨欣欣　付晓歌

雨后初霁时，红霞碧雾开。2011 年 12 月上旬，两院院士榜单新鲜出炉，武汉大学新增 5 位院士。这是武大发展史上的重要事件，标志着我校朝着中国特色世界一流大学迈出了可喜一步。

专版　武汉大学报　2012年1月6日　3

回眸 2011

喜看发展新跨越

凝心聚力开新篇

改善民生促和谐

增强信心　乘胜前进

这也是一年来一幕幕校园精彩大戏的最高潮。不平凡的 2011 年，值得武大人永远铭记。一个底蕴深厚而又生机蓬勃的武汉大学，正展现在世界面前。

顶天立地创一流

“士不可以不弘毅，任重而道远。”建设中国特色世界一流大学，是历史赋予百年学府的神圣使命，是时代交与武汉大学的重大责任。在“十二五”规划的开局之年，武汉大学跨出了激动人心的第一步。

一次新增 5 位院士，是我校综合实力和核心竞争力显著提升的标志性成果。此次我校增选数仅次于北大，位居全国第二；院士总数增至16位，高层次人才队伍建设获得重大突破。院士年龄结构更加优化，在若干优势学科形成了院士群，并有了武大历史上第一位女院士。另外还有两位校友当选院士，珞珈山走出的院士方阵更加强大。湖北省委省政府第一时间向武大发来贺信，认为这是武汉大学严谨治学、孜孜以求的丰硕成果。湖北省委书记李鸿忠、省长王国生等4位省领导会见新当选院士，李鸿忠说："武汉大学一次诞生5位院士，很不简单，是个奇迹。"

首次进入泰晤士报世界大学400强，是我校综合实力和核心竞争力显著提升的另一标志性事件。该榜是世界上最具影响力的大学排行榜之一，此次中国大陆共有10所高校入选。此外我校还有7个学科进入美国ESI学科排名，保持或进入世界前1%学科行列。

一年来，武汉大学的整体形象焕然一新、综合实力快速提升，绝不是偶然的。这是武大人励精图治、共同奋斗的结果。

2011年新年伊始，上任不久的校长李晓红雄心勃勃地提出，武汉大学要办"顶天立地"的大学。学校一手抓发展、一手抓民生，一手抓校内、一手抓校外，思路清晰，举措有力——

1月19日，迎着纷飞新雪，湖北省委书记李鸿忠会见校党委书记李健和校长李晓红，双方进行了愉快而深入的会谈。学校两位主要领导一年中走访数十家部委和单位，也由此拉开序幕。

为更好地服务湖北，学校实施"科教兴鄂专项行动计划"，成立湖北发展问题研究中心，投入百万启动"湖北研究"专项，为湖北跨越式发展当好人才库、科技库和思想库。

"以贡献促共建，以服务求支持。"服务社会、引领社会成为武汉大学新的价值追求，在为社会提供更多更好的服务的同时，也促进了自身更好更快地发展。

2月28日，教育部、湖北省在汉签署协议，继续重点共建武汉大学。各级领导也纷纷来校调研、交流，表示愿支持武大发展，做好坚强后盾。学校与文化部、中国航天科技集团、凯迪控股、华中科技大学、湖北日报传媒集团等签署战略合作协议，推进协同创新，共同促进文化大繁荣大发展。

质量为本强根基

质量是立校之本、发展之基，是一所大学永恒的生命线。提高教育质量，就是要出名师，育英才，创一流。

教育振兴，教师为本。提高教育质量，师资队伍是关键。

2011年我校新增2位国家教学名师，名师总数增至15人，居全国高校第二；在全国最具知名度的教育奖项之一宝钢奖评选中，武大师生第三次同时获得特等奖；摘得全国大学英语教学大赛一等奖，反映了当前我国大学英语教学的最高水平。此外，新增4名“杰青”，24人入选教育部“新世纪人才支持计划”。

锤炼名师，必须有新招、硬招和实招。学校正式启动“351人才计划”，这是我校“十二五”期间建设高水平师资队伍的重要举措，杰出人才、学科带头人、青年学术骨干，必将在珞珈沃土长成参天大树。与此同时，依托“千人计划”、“长江学者”等项目，全年共引进68名高层次人才，首次引进“高鼻子蓝眼睛”“千人计划”专家。筑巢引凤，共兴珞珈。

培养和引进力度的持续加大，使我校人才工作实现新突破，为培养优秀人才、提高教育质量奠定了坚实基础。

教育大计，育人为本。提高教育质量，人才培养是核心。

11月，在全球大学生创业挑战赛上，武汉大学创业团队击败其他27支名校代表队，一举夺冠。这是继清华大学后，中国代表队第二次夺得该项国际大赛头奖。

此前不久，在国际大学群英辩论会上，武汉大学陈铭获华语为母语组“全程最佳辩手”。这是继去年夺冠后，武大再次获得华语大学生辩论赛事的最高荣誉。

在第20届世界脑力锦标赛上，武汉大学记忆协会包揽了冠亚季军奖杯和十大单项的9枚金牌、21枚奖牌。王峰成功卫冕总冠军并打破3项世界纪录。至此，武汉大学以9位“世界记忆大师”，成为最盛产记忆大师的摇篮。

两篇论文入选全国优秀博士论文，“挑战杯”获两项一等奖……一次又一次，珞珈学子惊艳国际国内舞台，将武汉大学的名字告诉全世界。

这是“三创”教育结出的累累硕果。

11月下旬举办的第三届“三创”成果展示会，400余件参展作品，每一件都是“三创”教育开出的绚丽之花，“三创”理念已渗透学生培养全过程。

教育改革，课程为本。提高教育质量，培养体系是基础。

国家教学名师赵林主讲的课程入选教育部首批20门精品视频公开课，11月9日正式上线。这是高等学校本科教学质量与教学改革工程的重要内容，2011年我校共有4个选题进入该计划。

自《武大课程2010》启动以来，学校致力于建立具有武汉大学特色的研究型大学本科创新人才培养新模式、新体系，进一步提升人才培养质量。2011年确定了3个学科专业国际化试点基地、9个课程体系改革试点基地、33门全英文教学课程和47项教学改革建设项目。

学分制收费正式施行，推进按大类招生，通过《硕士研究生学制改革完善方案》，扩大研究生接收推免生比例，启动优秀应届本科毕业生直接攻博和入学考核选拔优秀人才工作，启动博士生跨学科拔尖创新人才培养试验区建设……多管齐下，精雕细琢，成就高质量的大学教育。

创新为魂添活力

6月1日，胡锦涛总书记视察我校科技成果转化的两家企业，对其成绩给予肯定，并勉励大家推进科技创新，为我国战略性新兴产业发展作出更大贡献。

创新是一个民族进步的灵魂，也是一所大学创建一流的不竭动力。以高水平的科学研究支撑高质量的高等教育，在建设创新型国家的宏伟事业中大显身手，是百年武大不变的追求。

2011新年伊始，喜讯传来，我校13项成果获2010年度国家科学技术奖，获奖数量和质量均创新高，在全国高校位居前列。2011年度又有6项成果获国家科技进步二等奖。

一年来，我校加强科研组织与策划，进一步完善以创新和质量为导向的科研考核与评价体系，围绕国家重大战略需求精心组织策划重大项目，加强队伍和平台建设，提升了科研成果质量。

获批主持6项“973”计划项目(包括重大科学研究计划1项)，是我校获批项目最多的一年，迄今我校共有18人次成为973首席科学家；3项结题验收的973计划项目获评优秀；获国家自然科学基金资助项目400余项。

强强联合，与以袁隆平院士为学科带头人的湖南杂交水稻研究中心共建杂交水稻国家重点实验室，我校国家重点实验室总数增至5个。我校水稻研究历史悠久，取得了一系列原创性成果。建立首个杂交水稻国家重点实验室，对于巩固中国在世界杂交水稻领域的领先优势，具有重大意义。

“神舟八号”、“天宫一号”对接打上武大印记；研究成果在《美国科学院院报》《德国应用化学》《病毒学杂志》等国际顶级期刊发表；南北极科考再担重任……百年名校，彰显创新风采。

陶德麟、何萍教授主编著作入选《国家哲学社会科学成果文库》首批成果，是对建设哲学社会科学创新体系、推动经济社会发展具有重要意义的代表作。文科学者潜心打造“大部头”，精品力作不断。

全年获批国家社科基金重大攻关项目招标课题9项、新增首席专家9人，均居全国高校第三；42项成果获湖北省社科优秀成果奖。人文社会科学的传统优势和比较优势，正在进一步发扬光大。

11月25日，武汉大学哲学社会科学工作大会召开，教育部副部长李卫红出席大会并指出，这是党的十七届六中全会和全国高等学校哲学社会科学工作会议召开之后，全国高校率先召开的落实动员大会。学校正式启动《武汉大学哲学社会科学繁荣发展计划》，将在“十二五”期间投入1.1亿元，实施六大计划，建设十个重大项目，吹响了繁荣发展哲学社会科学的冲锋号。

文理交叉、融合、渗透，跨学科研究再放异彩。李德仁团队运用高科技推动文化遗产保护，让敦煌在数字中永生，开启文化遗产数字化重建的成功范例，树立起多学科协同创新的典范。

四季如歌，春华秋实。武大人砥砺奋进，共谱华章。然而，我们必须清醒地看到，发展不够仍然是我们必须长期直面的问题。我们缺少具有世界重大影响的一流学科；原创性学术成果不足，还没有国家科技奖励一等奖；学校需要更多领军拔尖人才……我们离国内最好的大学还有较大差距，离世界一流大学办学目标还有很大距离。

岁末，当珞珈山沉浸在喜悦之中时，李健冷静地提醒：在欢欣鼓舞的同时，务必继续保持清醒。他号召大家“团结起来，振兴武大”，“使武大重新成为‘我国最好的大学’之一，是我们这一代武大人的神圣使命”。

腾飞吧，武大！

代表作二：

改善民生促和谐

本报记者　肖珊

“民生”就是“民心”，民心顺则人心振奋，士气昂扬，校园和美。

如果用一个词来形容学校2011年的民生进程，那么“温暖”最为贴切；如果说一年来学校的跨越发展是一首奋进的交响曲，那么沉甸甸的“民生”则是其中最动人的乐章。

生活条件不断优化

民心齐则泰山移、百业盛，只有关注民生、改善民生，学校发展才有凝聚力和爆发力。针对学校民生问题积累“欠账”、滞后于中心工作发展步伐的现状，学校领导班子在深入调研的基础上，痛下决心抓民生，向师生交一份满意答卷。

在2011年工作研讨会上，学校确立了以人为本，“一手抓发展，一手抓民生”的发展思路，提出要“谋发展、惠民生、凝人心”，确定实施若干民生工程，切实解决师生员工最关心、最现实、最直接的利益问题，让学校改革发展的成果更好惠及全体师生员工。这是 2011 年学校工作要点的显著变化，一场民生攻坚战全面打响。

“以往早上七点就要去图书馆排队，现在待在宿舍就可以舒适地复习。”进入期末考试，动力与机械学院大三学子王岳明备感幸福。自 2010 年暑假启动“空调进宿舍计划”以来，3000 余间宿舍安装了空调，惠及万余名学生。此外，学校还相继实施了热水开水进宿舍及教室工程。

师生生活条件更安全舒适。学生食堂推出全面实行降价保质措施，教师壕沟住宅小区和校内公租房建设有序推进，新教工活动中心竣工，学生宿舍安装智能门禁，老旧住宅区的路灯亮了，地面干净了……学习生活，吃穿住行，甚至一日冷暖，无不发生着令人欣喜的变化。

校园面貌焕然一新

从去年 11 月 1 日起，对进出校园车辆正式收费，校园秩序大为改观；走进校园，风景宜人的杨家湾映入眼帘，被学生们誉为“新情人坡”；信息学部东区“校园村”被拆除，取而代之的是整齐划一的停车场和充满生机的草地树木；计算机学院大楼拔地而起，成为学子最爱去自习的佳处之一……经过后勤基建人员不舍昼夜的挥汗如雨，山清水秀的珞珈山，平添了一份整洁现代之美，钟灵毓秀的武大校园，焕发出勃勃生机。

从一组组关注民生的数字背后，从校园面貌日新月异的变化中，师生感受到浓浓的温情与关爱。“措施给力，学校更美了。”“希望学校有更大的整治力度。”师生们纷纷在网上留言，表达欣喜和期待之情。

文化建设安放心灵

文化民生是民生工程的重要组成部分，是幸福指数的重要衡量尺度。2011 年，“幸福”成为武大文化民生的一个关键词。

校长李晓红冒泡珞珈山水，“部门直通车”板块亮相 BBS，与师生直接沟通；校领导来到全校各学院（系），与毕业生亲密合影；毕业典礼后校长带学子环游武大；校领导接待学生日成品牌活动，从医学部学子“理发难”到拓宽第二课堂深度广度，学生提出的“难题”事无巨细得到了及时解决或答复……这一切，无不诠释着学校以学生为本的办学理念。

启动历史上规模最大的老建筑维修工程，图书馆（总馆）新馆惊艳开馆，第二课堂素质认证系统正式上线，杰出校友陈东升捐资 1 亿元建万林博物馆，武汉凯迪控股投资有限公司校友捐资 4000 万元建新能源研究大楼，当代集团校友捐资3000万元建研究生活动中心……校园文化设施建设正在快马加鞭进行中。

《星光大道》"铺"进武大；启动120周年校庆建设年；校园新闻网主页升级改版，武汉大学综合画册和形象专题片隆重推出；评选表彰年度师德标兵及杰出青年……一系列丰富多彩的校园文化活动，在学校与师生、校友、社会公众之间搭建了一座良好的沟通桥梁。

"文化惠民"既关乎师生基本文化需求的满足，也关乎师生综合素养的提升。在一项项温馨、暖心措施的推动下，师生的心灵得到了更妥帖的安放。

一粒沙的飞舞，暗示了风的方向；一朵花的绽放，传递了春的讯息。虽然与其他同类高校相比，与师生的期待相比，学校推进民生建设的步伐也许还不够快，但放眼整个校园，一派新气象正如旭日欲喷薄而出。

代表作三：

凝心聚力开新篇

本报记者　陈丽霞

"武大努力，韬光养晦，一鸣惊人。""沉着低调发展，期待武大学术辉煌。""埋头发展，再展雄风，早日进入世界一流。"岁末，当新增五名院士的喜讯传来，珞珈山一片欢腾，引发师生热议。

2011年对武汉大学来说是令人振奋、喜悦的一年，师生员工用辛勤的汗水和喜悦的热泪收获成果；聚心凝力，风清气正，想干事、能谋事、能干成大事的良好氛围，也正在珞珈山呈现。

描绘愿景　增强信心

"建设中国特色、世界一流大学，武大有基础和希望。"在去年2月举行的工作研讨会上，校长李晓红满怀激情地为师生打气鼓劲，并号召大家，要团结包容，开拓务实；顶天立地，争创一流；崇尚学术，追求真理；弘扬传统，引领发展。

把"中国特色、世界一流、国际知名高水平大学"办学目标凝练为"中国特色世界一流大学"，采取"一手抓校内、一手抓校外，一手抓发展、一手抓民生"的发展策略，提出"顶天立地"的办学理念，出台学校《"十二五"规划》……学校领导班子带领全校师生，心往一处想，劲往一处使，学校呈现出凝心聚力谋发展、求真务实创一流的良好态势。

学校大力加强党建与精神文明建设，校党委书记李健、校长李晓红带头提出"提升精气神，治理庸懒散"的响亮口号，倡导风清气正的氛围，营造团结和谐的发展环境。

学先进、比先进、赶先进、当先进蔚然成风，创先争优成为武大校园的价值取向，“党委书记讲党课”成为耀眼亮点。

去年下半年，“两访两创”活动广泛进行。省委领导张昌尔批示，武汉大学对“两访两创”活动高度重视、领导有力、行动迅速。

榜样示范 提振精神

珞珈山从来就不乏灿烂星光。2011年，《中国教育报》以整版篇幅报道了我校人文社科资深教授马克昌的事迹；杨昌林事迹在全国引起热烈反响，湖北省举行专题报告会，省委主要领导和多位常委会见报告团成员，号召全省向杨昌林学习；中南医院教授桂希恩获“精忠奖”特别贡献奖；各大媒体对“最孝博士”黄碧海的事迹进行报道。

校领导专程看望杨昌林、黄碧海；召开教师节庆祝大会；学校已经形成了尊重先进的优良环境。此外，学校还积极利用校友月、开学典礼等各种节点，通过高品位的精神涵育，营造阳光育人的良好生态。

《腊梅枝头春意闹》《吹响奋进的号角》等报道鼓舞人心；“弘扬武大精神”等系列报道揭示成绩背后的故事……校园媒体紧密围绕中心工作，以新颖、深刻、生动的文字，检阅成就、凝聚人心、引导舆论、谋划发展。

正是在这样的氛围中，一批批优秀教师自觉践行社会主义核心价值体系，一位位明星学子以行动展示积极向上的精神风貌，树立起了可亲、可信、可敬、可学的标杆。

陶铸校魂 凝聚力量

大学精神是大学品牌的核心，是兴校之魂，强校之魄。

在纪念建党90周年歌咏晚会上，李晓红与师生员工一同放歌，表达了爱党、爱国、爱校的豪迈之情。我校纪念建党90周年系列活动好戏连台，尤其是将丰富的红色资源转化为育人资源，“以文化人”，让全校师生乐在其中、深受教益。

用理论研讨的方式来纪念建党90周年，是我校献给党的一份丰厚生日礼物。校党委副书记骆郁廷的论文入选中组部研讨会，另有5位专家的论文入选全国高校理论研讨会。李健的文章在《中国教育报》刊发，教育部编发简报肯定了我校把红色资源转化为育人资源的做法。

着力打造系列文化品牌，是我校提升文化软实力的又一抓手。一年一度的珞珈金秋国际文化节、珞珈干部大讲堂、学生社团国际文化交流营……众多品牌成为学校精神文明建设的一道道亮丽风景线。党的十七届六中全会召开后，学校更是加大了与文化单位合作交流的步伐，推进协同创新和文化繁荣。

“如今，武大又迎来了新一轮上升期，我们要乘势而上，夺取新的胜利。”李健向全体师生发出了“团结起来、振兴武大”的号召。在崭新的岁月中，武大人正万众一心，共同挥就更加壮丽的发展画卷。

代表作四：

增强信心　乘胜前进

（短评）

流年似水，岁月如歌。武大人在欢呼声中送走了难忘的2011年。学校取得的喜人成绩，不仅极大地提升了武汉大学的影响力，也极大地提振了师生员工的士气，进一步增强了我们建设中国特色世界一流大学的信心。

回顾2011年，我们有很多感慨——

我们为取得的成绩深感自豪。这一年，学校领导班子高度团结，师生员工齐心协力，各方面工作可圈可点。学校坚持办“顶天立地”大学的理念，按照科学定位、加快发展、凝聚人心、改善民生的总体思路，扎实推进各方面工作。学校采取的“一手抓发展、一手抓民生，一手抓校内、一手抓校外”的做法，经过实践检验是非常有效的。

我们对所有武大人更加感恩。成绩的取得绝不是偶然的，而是学校多年发展的积累，是武大人长期努力的结果。“吃水不忘挖井人”，在欢庆胜利的时刻，我们更加感恩所有为武大发展作出过贡献的人。

我们要认真总结成功的经验。年初制定工作要点时，有的同志担心任务太繁重，有的担心目标定得太高。事实证明，事在人为，只要我们用心谋划，团结一致，就一定能够排除万难，去争取胜利。

我们要更好地谋划未来发展。成绩是令人欢欣鼓舞的，但我们一定要保持冷静。必须清静地认识到，发展不够快仍然是我们长期面临的问题，我们与世界一流大学的差距，在相当长时间内依然会存在。成绩已属于过去，我们从现在起就要开始谋划，尽快培育新的增长点。

当前，武汉大学依然需要大力提振士气，凝聚人心，要继续保持旺盛的精气神，进一步发展良好的态势。我们相信，只要我们万众一心，奋斗不息，武汉大学的复兴就一定能够实现！（杨欣欣）

（湖北高校新闻奖二等奖，《武汉大学报》第1261期三版，2012年1月6日，编辑：杨欣欣、肖珊）

学习雷锋

(组合报道)

代表作一：

结合本职 与时俱进

师生畅谈雷锋精神

本报讯(记者陈丽霞)3月1日，学校举行弘扬雷锋精神座谈会，先进典型代表和相关专家深入探讨雷锋精神时代内涵，共倡传承弘扬雷锋精神。校党委书记李健、副书记王传中，相关职能部门负责人出席，王传中主持。

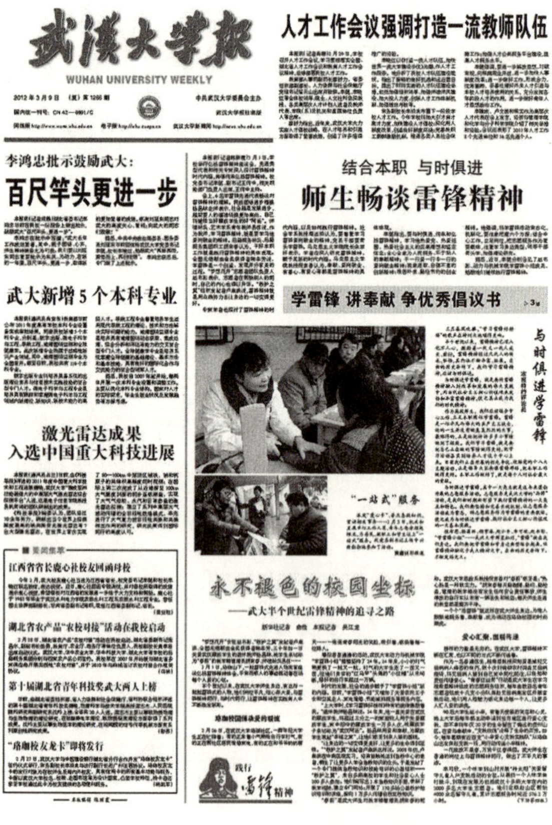
武漢大學報
WUHAN UNIVERSITY WEEKLY
人才工作会议强调打造一流教师队伍
李鸿忠批示鼓励武大：
百尺竿头更进一步
结合本职 与时俱进
师生畅谈雷锋精神
武大新增5个本科专业
学雷锋 讲奉献 争优秀倡议书
与时俱进学雷锋
"一站式"服务
激光雷达成果
入选中国重大科技进展
永不褪色的校园坐标
——武大半个世纪雷锋精神的追寻之路
江西省省长鹿心社校友回母校
湖北省农产品"农校对接"活动在我校启动
第十届湖北省青年科技奖武大两人上榜
"珞珈校友龙卡"即将发行
践行雷锋精神

会上，6名学雷锋先进代表畅谈对雷锋精神的理解。民族团结进步楷模杨昌林老师表示，社会越是发展进步，越需要人的道德情操更加高尚，自己将继续当好藏族学生的好“阿爸”。师德标兵、艺术学系青年教师易栋说，作为教师，学习雷锋精神，就是要学习他爱岗敬业的精神。后勤服务标兵、后勤服务集团职工胡常春认为，干好本职工作就是践行雷锋精神的具体表现。全国无偿献血金奖获得者陶孝芳说，学雷锋是一个创造、发现并分享美的过程。“梦想花开”志愿者团队负责人赵书影表示，志愿者在帮助别人的同时，自己的内心也得以升华。“救护之翼”组织发起者卢章洪说，雷锋精神就是用点滴努力去让身边的一切变得更好。

专家学者也探讨了雷锋精神的时代内涵，以及如何践行雷锋精神。社会学系教授周运清认为，要着重学习雷锋爱岗敬业的精神，党员干部要带头学雷锋。马克思主义学院院长佘双好表示，学者应深入研究雷锋精神，赋予其新的时代内涵。马克思主义学院教授倪素香认为，奉献、爱岗敬业、有善心、有爱心等都是雷锋精神的具体体现。

李健指出，要与时俱进，传承和弘扬雷锋精神，学习他热爱党、热爱祖国、热爱社会主义的崇高理想和坚定信念；全心全意为人民服务、乐于助人的奉献精神；干一行爱一行专一行的爱岗敬业精神；锐意进取、自强不息的创新精神；艰苦朴素、勤俭节约的创业精神。他强调，将学雷锋活动常态化、机制化，要注意把握六个方面：结合中心工作，立足岗位，把志愿服务作为重要载体，注重学习身边典型，领导干部带头学，加强理论研究。

据悉，近日，李健分别会见了赵书影、动力与机械学院学雷锋小组成员，勉励他们继续践行雷锋精神。

代表作二：

“一站式”服务

派发“爱心卡”、普及急救知识、宣讲相关事务……3 月 5 日，机关和直属单位工作人员、青年志愿者摆起摊点，为居民、教职工和学生送上“一站式”服务。校党委副书记王传中兴致勃勃地参加了活动。(黄鑫摄影报道)

代表作三：

与时俱进学雷锋

本报特约评论员

三月春风吹拂，“学习雷锋好榜样”的歌声在神州大地唱得更响。

半个世纪以来，雷锋精神已深入亿万人心，激励着一代又一代人成长、前行。雷锋精神经过几代人的传承、弘扬，其内涵不断丰富、拓展。在新的历史条件下，我们学习雷锋精神，应该与时俱进。

与时俱进学雷锋，就是要将雷锋精神融入改革和发展的伟大实践中，用当代社会主义核心价值观来发扬和丰富雷锋精神，使之真正成为我们的时代精神。

作为高校师生，我们应该结合中心工作、立足本职岗位学雷锋。雷锋是一位平凡而伟大的共产主义战士，他的一生并没有做轰轰烈烈的大事，最难得的，正是他把许许多多小事情做到了极致。我们学习雷锋，就是要把自己正在做的事情做得更好，把学习活动落实到培养人才这个中心上来。目前我们正在开展的创先争优、迎接党的十八大主题活动，正是倡导大家要像雷锋那样，把本职工作做得更好。本职工作做好了，就是每个人对社会最大的贡献。

与时俱进学雷锋，其中一大亮点就是近年来蓬勃开展的志愿服务活动。志愿服务是武汉大学的“品牌”活动，是我们新时期新形势下践行雷锋精神的一大亮点和特色。我们要坚持和完善长效机制，让志愿服务活动成为常态，将志愿服务作为学雷锋的重要载体，使之成为与时俱进学雷锋、践行社会主义核心价值观的一大基本实践。

桂希恩、杨昌林、胡常春、赵小亭、李可欣、赵书影、“学雷锋小组”……武汉大学群星灿烂，“雷锋”就在我们身边。我们要把学雷锋和学身边典型结合起来，让雷锋精神融化于武大精神之中，在新的历史条件下，不断发扬光大。

（作者本名：杨欣欣）

（湖北高校新闻奖二等奖，《武汉大学报》第1266期一版，2012年3月9日，编辑：杨欣欣、陈丽霞）

美在珞珈

（系列报道）

代表作一：

山水情，武大魂

学生记者　宋晓东

编者按：武汉大学之美誉满中外，武汉大学之春又数四季中最美。本报特辟专栏，推出系列报道，全面展示武汉大学自然景观、人文景观的概貌，并从中感受武大精神之内核。

“珞珈之山，东湖之水；山高水长，流风甚美。”

珞珈为屏，东湖为镜；青山碧水，湖光山色。古朴典雅的中西建筑群缀入其中，数不尽的名花异草，赏不完的曲径幽林。身临此景，抑或遥想此情，称其为世界最美丽的大学之一，并不为过。

数十年来，社会各界对武大美景的赞誉可谓源远流长，不绝于耳，这既是对武大山水美景、建筑风雅的赞誉，也是对百年武大人孜孜不倦追求美、创造美精神的肯定。

4　2012年4月20日　武汉大学报　副刊

山水情，武大魂

莫道左军不风流

那一抹神秘

专家畅谈“雷锋精神与志愿服务”

——马克思主义学院学术沙龙综述

山花烂漫处

花开时满树灿烂，落英

随风飘荡，犹如天女散花，美不胜收，极为壮观。然而，“十日樱花作意开，绕花岂惜日千回?”樱花虽美，却并非珞珈山上一枝独秀。由于优越的自然地理环境以及几代武大人的努力，校园内形成了丰富的植物群落和季相分明的植被景观。

据孙祥钟教授等老一辈植物学家调查，武大共有高等植物800多种，居中国高校前列。珞珈山头四季青，东湖水畔花香溢。丰富多彩的植物体系和数量众多的珍稀植物，使珞珈山被誉为全国树木园，事实上拥有多种全国一级保护树种的武汉大学校园，本身就是中国植物学会植物园分会。

迎得春来非自足，百花千卉共芬芳。珞珈花美人更美，如大树般的师长在这里挥洒辛勤的汗水，如花季般的学子在这里谱写青春的诗篇。正如杰出校友喻杉在其文章《武大的树》里所赞：“那些新栽下的树，纤弱，稚嫩，但是生机勃勃，就像刚刚走入校门的新生；那些正值壮年的树，郁郁葱葱，正在撑起一片蓝天，就像那些在讲台上讲课，在实验室里研究的先生；而那些饱经沧桑的老树，树干布满了皱纹，每一条皱纹里，都包含着武大的历史，多像武大的老教授和老校长们。”

青山绿水下成长起来的武大人追逐梦想，更心怀感恩；渴求知识，更情系他人；积极乐观，更忧国忧民。珞珈山上，人性的光芒璀璨艳丽、绵延千里，与这一山一水的自然美景交相辉映，美不胜收。

山明水秀境

青山绿水之间的武大，宫殿式的建筑群精巧地点缀其间，美轮美奂，是当时唯一完整规划、一气呵成的中国大学校园建筑。校门口老牌坊上“国立武汉大学”六个大字，庄严大方，引人瞩目；狮子山南坡的老斋舍依山而建，各排房屋底层高度不同，而屋面则在同一平面，天平而地不平；山顶老图等边八角塔顶，单檐双歇山，雄伟而不失雅致，美如画卷；中西合璧的行政楼、拜占庭式的理学院镶嵌在珞珈山这面天然“屏风”之上，陡增钟灵秀气，再加护琉璃瓦中式配楼，更显雍容华贵，壮丽多彩。

欣赏武大的美景，不在“可望”，而在“可游”，步移景异，韵味无穷。建筑物依照各自的功能，采用散点、放射状布局，同时还遵循中国传统建筑的美学原则，因山就势，建筑组群变化有序，“轴线对称、主从有序、中央殿堂、四隅崇楼”，整个校园在自由的格局中又有严整的片断，构成了丰富多样的群体。

珞珈山校园的建筑，从整体构型风格到装饰部件，建筑装饰与丰富的文化内涵、审美情趣相结合，充分体现了建筑艺术抽象性、象征性的特征。

与山美水美建筑美相得益彰的，是武大人的学识之美，她宛若素竹清风轻盈飘荡，拂过每一位过客游者心间，沁人心脾。

百年悠久历史，成就了武大深厚的人文底蕴，也积淀出武大人心中一直以来对于美最深刻的理解和坚守。武大的教师崇尚学术，在学术的海洋里没有金科玉律，没有恒久不变。他们的观点永远百花齐放，见解往往标新立异。武大的教师兢兢业业教学，踏踏实实科研，一腔热血甘愿挥洒于珞珈山水之间。武大学子尊师重道但不囿于窠臼，他们营造了校园里自由的学习氛围，他们展现着独具一格的学者气质、珞珈风范。

钟灵毓秀地

1928 年李四光先生骑着毛驴，遍勘武汉三镇选址珞珈山，自此武大环拥珞珈，凭临东水，碧波万顷，满目苍翠。除了天赐美景之外，武大的隽美还离不开孜孜不倦追求美、创造美的武大人。

20 世纪初，王世杰校长带领师生在荒山秃岭、乱石丛生的珞珈山上开荒造林，半年植树 50 万株。经过几代武大人的不懈努力，如今才有珞珈山上林木葱茏，鸟语花香。

新时期，武大人在寻找美、创造美的征途上迸发出新的活力。新文科群的雄起、现代化学生宿舍群的兴建，向世人昭示武大美的延续。而老建筑的修缮保护，更是彰显出珞珈大美的生生不息。

纵览珞珈，处处皆生美，时时美不同。然而，珞珈之美却不只物华景秀，更有学术之自由，治学之舒畅。武汉大学优美的育人环境，是自然风光与人文精神、科学精神的完美结合，是天人物我的和谐之美。正是这种独特的育人环境，武汉大学培养出了数十万珞珈英才，造就了包括百余位两院院士在内的中国科学家、文学家、企业精英和社会名流。

最是人间春好处。信步徜徉于这一山一水之间，赏玩美景的同时，吞吐百年武大深沉的学府气息，品味浓郁书香。自然的美景与文化的气息交相叠绕，纯静愉悦之间感受山之厚重、水之清澈、人之挚诚，感悟珞珈大美，美不胜收。

（《武汉大学报》第 1271 期四版，2012 年 4 月 20 日）

代表作二：

大学之华

——花园式武大走笔

学生记者　董静雪

皇皇武大，钟灵楚天毓秀；巍巍珞珈，领袖江城芳春。时维三月，正是一年好景；珞珈上下，又缀万千芳菲。昔者白居易有“小园新种红樱树，闲绕花枝便当游”之语，于今视之，恰应时下之大观。樱花烂漫，添如许秀色；花气流溢，增几多古香。近看万树枝摇碎玉，远观一片月胧浮云。更兼嫩蕊琢金，干脉苍虬，深红浅红，珊珊可爱。

武大之樱花种类繁多，遍布全校。最著名的莫过于老斋舍前的日本樱花，花开之时，繁花似锦，满树灿烂，因此也最为吸引游客的注意。值于校医院前公路北侧的云南樱花于梅花将要凋谢之时就已开放，可谓早春使者。在校医院前、教四楼前、樱园入口路旁栽种的是山樱花，花叶齐放，煞是特别。垂枝樱花主要分布在枫园三舍南侧路边，枝条下垂，花繁叶茂。

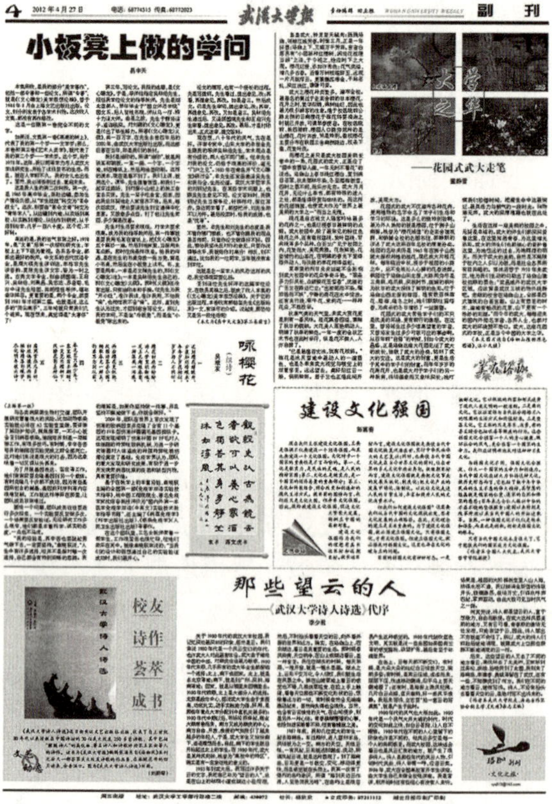
4　2012年4月27日　武汉大学报　副刊

小板凳上做的学问

咏樱花

建设文化强国

那些望云的人

——《武汉大学诗人诗选》代序

校友诗作荟萃成书

大学之华

——花园式武大走笔

而樱花之美只是武大校园美丽长卷中的一角，花园式的武大，正是应了“园中有景皆入画，一年无时不看花”的说法。珞珈山上春日桃红樱白，夏到满目苍翠，秋来层林尽染，冬至腊梅傲雪，四时之景不同，而乐亦无穷。武大月月花开，无论什么季节，都有特殊的迷人之处，都是值得欣赏与体味的。而这样的花团锦簇，也使武大作为“世界上最美丽的大学之一”而当之无愧。

桃花是自古被文人骚客

吟咏最多的花卉之一，也是烂漫春日最鲜明的点缀。武大校园中，除了最常见的粉红色桃花之外，还有垂枝碧桃、紫叶碧桃、甘肃桃等多个品种。白玉兰广见于校园之内，花繁而大，美观典雅。花色鲜艳、花姿绰约的山茶花，在明媚的春光下显得格外动人，与淡雅的李花相得益彰。

夏季里的烈日炎炎丝毫不会影响到武大校园中的花朵争奇斗艳。“翠条多力引风长，点破银花玉雪香”，优雅的广玉兰在路边伫立；“出淤泥而不染，濯清涟而不妖”，宁静的荷花在水中绽放。还有夹竹桃、牵牛花、茉莉花……种种花朵，不胜枚举。

秋高气爽的天气里，来武大赏花更是别有一番风味。桂花飘香四溢，熏陶了秋日的疏朗。大花美人蕉艳丽动人，明媚了秋季的鲜亮。一年一度的金秋艺术节也在此时举行，纵是花不醉人，人亦自醉了。

“已是悬崖百丈冰，犹有花枝俏。”梅花是冰天雪地中最动人的一道景色，也是冬季来武大视觉与嗅觉上的双重享受。远远望去，真好似红云一般，俏丽鲜妍。君子兰也正值此间开放，美观大方。

花园式的武大不仅遍布各种花卉，更用植物的名字命名了学子们生活和学习的环境。这是多么的独特别致啊。最为外人熟知的就是樱园，位于狮子山南面。被誉为“樱花城堡”的老斋舍建筑群，和俯瞰全校的老图书馆，都静默的讲述了武大这所百年名校的厚重沧桑。桂园的名称来历是1965年在狮子山西坡大面积种植的桂花，现已成大片桂花林。每年临近中秋，漫步于桂园的小路之中，总不免被沁人心脾的花香迷醉。枫园位于珞珈山东北面，大路两旁尽是三角枫、鸡爪枫，深秋时节，斑斓的枫叶为秋日的武大涂抹了鲜明的色彩。位于珞珈山西北面的梅园，植有数百株梅花、腊梅，隆冬之时，她们默默吐露暗香，为肃杀的冬日增添了一丝温馨。

花园式的武大带给学子们的不只是优美的环境，更有前行的激励。在这里，曾经诞生过多少德高望重的学者，又曾经发生过多少可歌可泣的事迹啊。从百年前“自强”的呐喊，到如今武大的昌盛，正是珞珈这座大花园见证了武大的成长，细数了武大的沧桑，铭刻了武大的变迁。这是武大的财富，更是生活于其中的学子们的财富。而年年岁岁的花谢花开，也是武大对于学子们的另一种教育，诗情画意而又意味深长：她叮嘱我们珍惜时间，把握生命中这最绚烂、最具活力与朝气的一段时光。润物细无声，武大的深厚蕴藉也就在此处了。

生活在这样一座美丽的校园之中，无疑是幸福的。武大的师生们都深深爱着这里，在这里挥洒青春，为这里增光添彩。武大的师生们也都细心的爱护着这里，为她悠远的过去，为她辉煌的明天。而关于武大的美丽，自然是不局限于校内之人引以为傲，而是社会各界所有目共睹的。郭沫若曾于1938年来武汉，他为我们生动地勾勒出了珞珈山建校初期的景色：“武昌城外的武汉大学区域，应该算是武汉三镇的物外桃源吧。宏敞的校舍在珞珈山上，全部是西式建筑的白垩宫殿。山上有葱茏的树木，遍地有畅茂的花草，山下更有一个浩渺的东湖。”而今日的武大，每每迎来的国内外知名学者、各界人士，也都对武大的环境赞不绝口。武大，这座花园式的学校，正是当今中国的大学之华。

（《武汉大学报》第1272期四版，2012年4月27日）

代表作三：

唯美之境

——季相分明的校园植物群落扫描

学生记者　徐爱珍

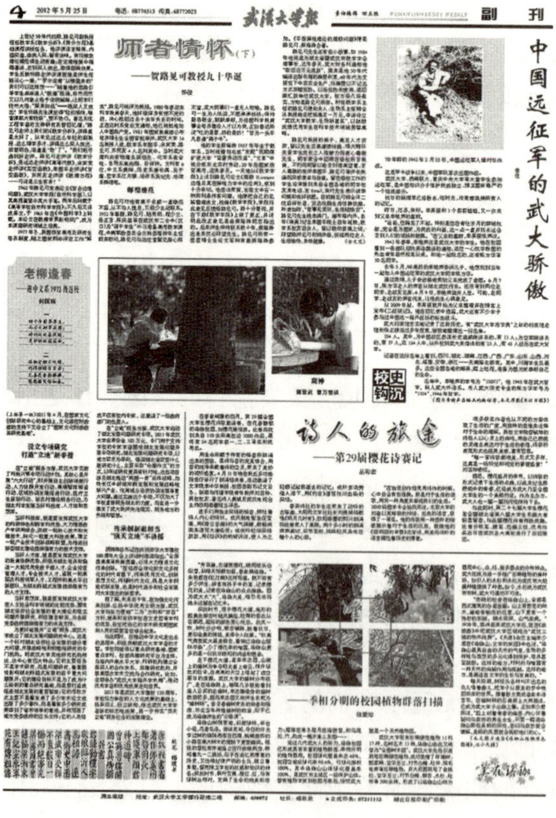
4　2012年5月25日　武汉大学报　副刊

师者情怀(下)

——贺路见可教授九十华诞

中国远征军的武大骄傲

老柳逢春

校史钩沉

诗人的旅途

——第29届樱花诗赛记

——季相分明的校园植物群落扫描

“芳菲遍，古道赏樱花，暖阳枝头白似雪，斜晖天际醉如霞，春意满珞珈。”朱艳君在《忆江南》中这样写道。数不清有多少师生、游客挥扬手中的笔，记录樱花的美，记录在珞珈山的点点滴滴。因为武大太“大”，珞珈太美，唯恐无法将她永远留在记忆中。

深秋时节，漫步樱花大道，扇形的鹅黄色银杏叶随风飘摇，轻舞的姿态从容潇洒，超俗的颜色赏心悦目。秋风一吹，树叶沙沙响，银杏铺路，映着秋日，更似金黄的绒毯，美得令人眩晕。“秋高气爽赏武大最美银杏，看绚烂珞珈山层林尽染”，少了樱花季的喧嚣，珞珈山更多的是一份秋日暖阳的闲适和惬意。

走下樱花大道，直奔李达园，山坡上的樟树为争夺阳光直上青云，撑开绿色的巨伞，在高高的天空上搭起了遮空蔽日的凉棚。武汉大学的樟树分布极广，走在珞珈路上，每隔几步就能看到耸入云霄的老樟树，李达雕像旁的樟树数目较多，因而李达园又被师生亲昵为“樟树林”。享受香樟树带来的清香和荫凉、怀念当年种植樟树的前辈，似乎已成为珞珈师生的“必修课”。

珞珈山树荫草地，斜坡绿林，亭台小径，花香鸟语。徜徉其间，夺目的日光穿过树的缝隙洒落在四周，蜿蜒曲折的小路在高大树木的掩映下更显幽深。挺拔的雪松有序地耸立在行政楼两旁，俯视着“九一二”操场，似乎在追忆那厚重的历史，又仿佛纪律严明的士兵，挺立着身躯，誓死捍卫学校的权威和知识的神圣；深秋时节，枫叶变黄、橙红、红，与常绿树丛相衬，充满了生命的纯美和活力；腊梅在寒冬腊月凌霜傲雪，和马尾松、竹，构成一幅岁寒三友图……

经过几代武大人的努力，珞珈校园已形成具有丰富的植物群落、季相分明的植物景观。校园绿化覆盖率达68%，校园空地总绿化率98.6%，可绿化面积100%，其中珞珈山山体绿化覆盖率100%，是武汉市主城区一级保护山体。曾有植物学家到校园考察后，惊叹武大就是一个天然植物园。

武汉大学现有珍稀濒危植物11科17种，名树名木13株，珞珈山由此又被誉为“全国树木园”。武汉大学先后引进栽培珍稀濒危植物，成功繁殖了秤锤树、鹅掌楸、宝华玉兰、对节白蜡、杜仲、绒毛皂荚等珍稀植物，并大范围栽培了金钱松、宝华玉兰、对节白蜡、银杏、水杉、杜仲等500余株，形成了以珞珈山山林为景观中心，点、线、面多景点的分布特点。武大还成为进一步推广珍稀植物的育种场，如引入的水杉和水松为武汉市大规模种植提供了种苗。如今，水杉成为武汉市市树，武大可谓功不可没。

“宏敞的校舍在珞珈山上，全部是西式建筑的白垩宫殿。山上有葱茏的林木，遍地有畅茂的花草，山下更有一个浩渺的东湖，湖水清深，山气凉爽。”1930年，郭沫若来武汉大学后，就在《洪波曲》中把武汉大学区域视为“武汉三镇的物外桃源”。《天涯》杂志主编李少君在《珞珈山：文学的家园》中也说，“珞珈山最具自由的天然的气息，生物的多样性与思想的多元化得到保护、培养甚至鼓励。这样的地方，对时尚与喧嚣有一种天然的消解作用与抵制。这样的地方，是最适宜文学的生长与发育的。”

每天清晨，树枝头各种叫不出名的鸟儿唱着曲儿，把学子从甜美的梦中唤回清凉的世界。捧着散文集或者拿本语言书，在樟树林的石桌椅上大声晨读，已成为武大学子必做之事。正如李少君所说：“脸上刻着青春的痛苦、内心怀着疑问与哀伤的男生女生，只要一踏进珞珈山那些美丽的深处，苦闷与哀愁就会缓解，美丽的风景就会抚慰他们的心。”

(《武汉大学报》第1275期四版，2012年5月25日)

(湖北高校新闻奖二等奖，编辑：田业胜)

遥感新成就

（系列报道）

代表作一：

航天梦　“北斗”情

本报记者　付晓歌

国务院新闻办公室于2012年12月27日举行新闻发布会宣布：北斗卫星导航系统即日起正式提供区域服务。据悉，武汉大学卫星导航定位技术研究中心在北斗精密定轨和卫星数据处理方面，承担了大量科研任务。

北斗卫星导航系统是迄今为止我国航天史上规模最大、系统性最强、涉及面最广、技术最复杂和建设周期最长的航天基础工程。北斗不仅能保障“中国空间安全”，还能让“中国时间安全”牢牢掌握在自己手中。在汶川地震搜救时，北斗就曾经大展身手。

2　2013年1月15日　武汉大学报　综合新闻

马克昌三千藏书留赠珞珈

政治与公共管理学院：与党旗“E网情深”

武大哈佛联办中国文学史高端论坛

中国与全球金融风险论坛举办

武大与武汉市共建导航与位置服务研究院

国内专家研讨吴于廑“封建论”

我校参与共建地理国情监测研究中心

第二批学生工作特色基地通过验收

武大与湖北日报共建新媒体研究院

枫园新公寓

社会弱者权利保护中心喜庆20周年

航天梦　“北斗”情

质量发展研究院成立五年成果丰硕

在北斗一代、二代从论证到实施的全过程中，都凝聚了武大科研人的心血。

武大团队在北斗基础研究、前沿技术研究和高精度应用研究方面具有核心优势。该团队成功组建的“北斗卫星高精度观测实验网”，是当前全球唯一的北斗系统性能评估网；团队依靠自主研发技术，首次实现了北斗系统在专业应用领域的厘米级实时精确定位，让北斗的“视力”提高了两个量级。中国工程院院士刘经南是北斗卫星导航系统专家组成员，被称为北斗系统的“幕后功臣”；武汉大学卫星导航定位技术研究中心主任施闯，担任中国第二代卫星导航系统重大专项应用推广与产业化专家组组长。

“武汉大学至武大科技园10公里”、“武汉至荆州202公里”、“武汉至广州”、“武汉至厦门”……为验证北斗导航系统精度，武大科研人一次次从武汉出发，驾车行驶千里，沿途追随卫星的脚步。该团队用完全自主研发的技术手段，克服导航卫星在精度、可靠性和可用性方面的难题。通过高精度导航定位，可以使目前北斗的导航接收机从10米级提高到2米以内，足够满足车辆导航。

在10月20日召开的第十八届中国遥感大会上，刘经南披露了北斗观测数据的部分评估值。他说：“有人质疑‘北斗’不如运行多年的GPS，但从实验数据来看，‘北斗’非但不输国外科技，还能提高精度。”

北斗全球卫星导航系统总设计师孙家栋院士曾来校考察，并现场体验了通过北斗地基增强技术实现精确至车道级的北斗车载导航，对武大的研究成果给予充分肯定和高度评价：“在武大团队努力下，北斗厘米级实时动态精密定位与北斗高精度米级差分导航两项技术成果，对推动我国北斗产业化应用具有重大意义。”

此前，中山市被广东省确定为“广东北斗卫星导航（中山）产业化基地”，并承担“北斗城市应用研究”示范工作。刘经南被聘请为该市科技顾问。我校积极支持中山市全面发展北斗民用产业，支持其建立北斗卫星导航产业孵化基地，打造国家级北斗卫星导航产业示范园区。

（《武汉大学报》第1297期二版，2013年1月15日）

代表作二：

移动测量技术助力青藏铁路

本报记者　肖珊

2006年，青藏铁路全线通车，雪域高原上，座座无人值守的站点给人留下深刻印象。

青藏铁路是我国第一条全信息化铁路，凭借李德仁院士牵头研发的LD2000系列移动测量系统，坐在家里，透过电脑屏幕，管理人员能监管千里之外青藏铁路的沿路设施，点击鼠标，可显示任意两点间的距离和高差。

2 2013年3月15日 武汉大学报 综合新闻

创新品牌

废弃虾壳中淘百亿产业

70后团队创新成果丰硕

学术“暴发户”10年完成3个重大文化工程

集中整校容

“魔力”风洞

水资源与水电工程科学国家重点实验室接受评估

两项国家社科基金重大项目开题

2012教育热点网络舆情报告出炉

强化管理　保障安全
——把好“五关”科学管理实验室综述

让市民品武大书香

移动测量技术助力青藏铁路

青藏铁路全长1100公里，横跨可可西里无人区和唐古拉山，大部分地区氧气含量很低，仅为海平面的50%左右，极端气温可达-40℃。在这里工作，喘气都困难，一场小感冒都会危及生命。

按传统方法，为一条普通铁路造“档案”，工作人员要扛上几十公斤的仪器，用脚踏遍铁路沿线每一寸土地，采集基础数据，至少要花一年。而采用李德仁的这项技术，完成青藏铁路的全部测量工作，只花了6天。

“移动道路测量系统”，在国外称为MMS，是当今测绘界最为前沿的科技之一。截至目前，拥有MMS的，全国只有李德仁创立的立得公司1家，全世界也只有4家。

采用这项技术，让测量车奔跑于大小道路，城市乡村都可以数字化。依靠它们，政府能制定出准确的安全预案，公安人员可用来抓捕逃犯，旅客出发前先游目的地或享受实地导航服务，商务人士在电脑上调查市场布局……

2008年，这项移动测量技术在奥运会中一显身手，从奥运会申办、场馆建设到成功举办，全方位提供“贴身服务”，至少为国家节省了16亿元。

2009年，李德仁利用该技术完成的“影像武汉”网络地图，成为国内首个最完整、也是真正意义上的免费“影像城市”。

“每个行业、每个家庭、每个人的衣食住行都离不开测绘遥感技术。”作为国内首屈一指的测绘遥感专家，李德仁深有感触。

（《武汉大学报》第1300期二版，2013年3月15日）

代表作三：

构建数字敦煌

本报记者　冯林

举世闻名的敦煌莫高窟，正以“比古代快100倍的速度走向死亡”！

武汉大学的专家们，从20世纪就与敦煌结缘。两院院士李德仁和妻子朱宜萱教授等人，设计并实施利用测绘遥感技术，对敦煌莫高窟进行数字复原再造，让文化遗产在数字中永生——

2009年，团队利用机载激光扫描技术对莫高窟周边地理环境进行了数据获取与建模的相关工作。此时，团队开始综合利用多种数据获取手段并融合多源数据，将“数字敦煌”推上一个新的高度。

2010年，团队一如既往地对“数字敦煌”工作进行深入研究并提供技术支持，先后完成了莫高窟60余个洞窟的数字化采集工作，并利用激光强度影像配准等技术，为敦煌壁画定位、壁画纠正以及洞窟测量等数字化工作的实施添砖加瓦。

2　2013年3月22日　武汉大学报　综合新闻

创新品牌

电子商务研究成果“登”上《决策科学》

博士生“揭秘”编辑职业状况

学术不端零容忍
——舒红兵院士访谈

院长书记访谈

美化校园

国际交流

法国院士斯托尔兹来访

芬兰高校来校洽谈护理合作

施鲁克受聘我校客座教授

藏宝“密室”

构建数字敦煌
本报记者　冯林

国际地图制图协会与我校联手

电子系统综合设计
面向需求 强化能力

今年科技工作关键词：
促改革 抓管理

2011年9月，在联合国教科文组织支持下，文化遗产三维建模国际研讨会召开，来自全世界18个国家的专家代表会聚敦煌，大会上重点介绍了“数字敦煌”成果，受到专家一致好评。

2012年8月，在北京人民大会堂举行的“第四届新侨创新成果交流会”上，“敦煌莫高窟数字化保护团队”获得“第四届中国侨界贡献奖(创新团队)”荣誉称号。

李德仁认为，利用数字

技术获取和保护世界文化遗产仍然是一个挑战性的课题，其发展方向可能是：更高效而经济、更自动而精确、从数字化存档到为传承和弘扬文明的数字文化遗产。

无疑，武大师生的敦煌数字化实践，是开启文化遗产数字化重建的成功范例。

（《武汉大学报》第 1301 期二版，2013 年 3 月 22 日）

（湖北高校新闻奖二等奖，编辑：杨欣欣、肖珊）

一线见闻

(系列报道)

代表作一:

张院士的开学第一课

通讯员　吕思思　马亮

2 月 26 日，开学第二天，在教四楼 205 教室，张俐娜院士走上讲台，与期待已久的学生打招呼后，开始讲授《高分子科学导论》。

这是一堂绪论课。基于天然高分子的新功能材料、新型高分子加工方法、高分子新材料的成果转化……张院士结合高分子学科的前沿进展与本课题组的最新研究成果，将这些知识娓娓道来，为学生们打开一扇通向高分子科学研究世界的大门。

武汉大学报
WUHAN UNIVERSITY WEEKLY
学校表彰《音韵分典》课题组和杨祖陶教授
号召全校科研工作者学习其学术品格
中共中央决定
韩进任武汉大学党委书记
李健因年龄原因不再担任党委书记
融汇正能量　共圆武大梦
学校召开中层干部会布置年度工作
韩进简历
有梦就有希望
120周年校庆
倒计时
38周
沈壮海参加中央宣讲团
百余高校教师来校培训
1.5万学子参加征文比赛
纪念毛主席题词50周年
雷锋在行动
武大学者
两会商国是
张院士的
开学第一课
一线见闻

"中国人不缺勤奋刻苦，最缺少的还是创新。跳出现有的框架，才能把事情做好。"在谈到自己的科研之路时，张俐娜发自肺腑地说，"中国人应该做自己的创新工作，而且在做基础研究时还要考虑应用前景，这样才对国家、对人民有用，也才会有科研激情和动力。"

《高分子科学导论》是学院的指定专业选修课。即便年事渐长，科研任务繁重，但上好开学第一课是张俐娜每年必行的大事。课堂上，她精神饱满、神采奕奕，始终面带微笑，睿智精辟地引导学生思考，风趣幽默的比喻让课堂热情洋溢、笑声不断。

“张老师特别亲切，平易近人，有一种大科学家的风范。在授课中，她还传授给我们一些为人处世的方法，令人受益匪浅。”化学基地二班的许嘉卉同学说。

本学期，除主讲《高分子科学导论》外，张俐娜还将参与学院《当代化学》课程的讲授。这是一门学科前沿性质的讲座类课程，同时参与这门课程的还有已 82 岁高龄的卓仁禧院士、千人计划特聘教授、国家杰出青年科学基金获得者等学院科研领军人物。

据了解，多年来，在化学与分子科学学院，院士、教学名师、知名教授给本科生上课已经形成了一种传统和文化，不少教授还同时担任本科生的班级导师，对学生进行日常管理和服务。这些老师从未间断或松懈过，自始至终勤勤恳恳、兢兢业业，用自己丰富的教学和科研经验，感染并激励着学生。

（《武汉大学报》第 1299 期一版，2013 年 3 月 8 日）

代表作二：

边吃边聊的写作课

通讯员　朱瑾东

9：45，当我推开教五 409 教室门，吃了一惊：第一排桌上，满满当当地摆了一堆点心和水果。不会吧，传说中萧映老师的课果真那么与众不同？

萧老师是我们人文班的班级导师，同时主讲这学期我们班的写作课程。记得上学期第一次见面，她就以《相约星期二》和一口流利而温柔的普通话，给我们留下了深刻印象。当然喽，断断续续发放的小零食，也总令我们的小胃口有难以割舍的牵挂。

正当我沉浸在过去的思绪中时，门“嘎吱”一声响了，抬头一看，正是萧老师，款款进了教室。“坐在第一排的同学，请换个位子，待会儿咱们好在前面拿东西吃。”话毕，老师将桌上的点心水果摆放整齐，一脸微笑上了讲台。

9：50，上课铃响，《写作》课正式开始。当然，前奏是每个同学都走上前，拿了自己想吃的东东。大家抱着零食，眉开眼笑，活跃而轻松，如同又回到了在家过年的样子。

校园时空 武汉大学报 3
边吃边聊的写作课
一线见闻
本周播报
鄂栋臣为吴家山中学讲南北极
首档国学电视栏目进武大
金融高峰会学子获佳绩
小学支教队入选学雷锋示范团队
理性看待樱花门票
免费导游 温馨陪伴
——《导览手册》出炉记
寄张明信片
樱花树下小红帽

萧老师开始讲课了。她强调，PPT展示的教学计划只是她自己的构想，真正的定稿要和我们沟通后才能敲定。简而言之，需要我们更多地思考和提建议，师生共同努力，才能有一个圆满的课程安排。

整个学期的写作课，大致分三部分：分享阅读、创意写作和论文写作。老师讲授占40%，主要集中在论文写作部分，即学士学位论文和学术论文写作；学生自学占60%，包括课程讨论、课前演讲以及分享个人读书笔记等。

在教材方面，萧老师不仅推荐了国内编得较好的教材，也向我们推荐了国外有关写作的书籍和网站，可谓中西合璧，令我们着实开了一番眼界。

令人吃惊的是，针对每个学生能力和兴趣的不同，萧老师给了我们充分的选择自由。我们既可以选择完全按照老师的教学计划执行，也可以选择部分跟进，甚至还可以完全按照自己的计划完成这门课程。为了和我们共同上好这门课，萧老师将每个同学的主观能动性都发挥到了极致，希望每个人都能从课程中有较大收益。

第一堂课就这样结束了。在边吃边聊的氛围中，我们不仅更加深刻地体味到了萧老师的授课魅力，也对写作课有了更深入的思考，渴望能多阅读好书籍，写出更充实的文章。

(《武汉大学报》第1301期三版，2013年3月22日)

代表作三：

围坐草坪咏珞珈

学生记者　李清华

“连雨初晴，今日阳光甚好，在教室里上课，倒辜负了这番春色，咱们去草坪上课如何？”应王兆鹏老师的提议，《唐宋诗词鉴赏》课堂从教室搬到了珞珈广场。

垂樱树下，文学院对外汉语班2011级的学生席地而坐，击鼓传花，在大自然赠予的阳光中，也做一回文人雅士。

围圈坐定，王老师带着大家品评上节课做的《忆江南》词牌“咏珞珈”。“‘风过寒梅霜满地’，这句诗的‘过’字，不如改为‘送’字，更具拟人色彩，把风写得更有生活气息。”

“珞珈树，伫立鉴湖边，才见游人从此过，又听窃语栏杆前。总是不得闲。”王老师分析道：这首词平仄都没有错，而且“游人从此过，窃语栏杆前”一句，既有视觉，又有听觉；有动有静，亦是不错。可惜的是，最后一句将格调拉低，显得略白话，“可打70分”。

校园时空　武汉大学报　2013年4月19日　3

围坐草坪咏珞珈

学生记者　李清华

与校报形影相随

一线见闻

摇滚和爱

直击龙舟赛

非典型诞生

莎剧迷

我们的梦

“相约武大”征文

“碧玉团团枝上俏，神州骚动为花颜，愿成珞珈仙。”点评到这首词时，王老师亦庄亦谐地说，“‘神州’二字虽夸张了点，但大家求学珞珈，做一回‘珞珈仙’又何妨？”将学生都逗乐了。

“昨夜枝头春意闹，今朝泪洒碧波痕，愁煞看花人。”一听便可知作者是位女同学。“作者心思缜密细腻生，有着伤春悲秋的文人情怀。这种心思用于写作，可获得更灵动的情思，但生活里一定要乐观向上。”王老师既像在品评诗词，又像在开解人生。

“昔日文人流觞曲水，吟诗作赋，人生一大乐事。咱们在草坪上无水无酒，不如来个击鼓传花，考考大家的诗词掌握量和思维敏捷性，同时来个重温古风古韵。”课堂的后半截，王老师的这一提议，得到学生击掌响应。

咚咚咚——，随着鼓点的节奏，用笔代替的“花”在同学手中传来传去，随着鼓声停止，花停落在谁手中，谁就要吟咏一句带“花”字的诗或词。

“泪眼问花花不语，乱红飞过秋千去。”“花谢花飞花满天，红绡香断有谁怜？”“燕子不归春事晚，一汀烟雨杏花寒。”……一时间，鼓点纷沓而至，名句迭出。

“疏影横斜水清浅，暗香浮动月黄昏。”有同学以此句作答，遭到众人齐声反对，“这句是描写花，可没直接带‘花’字，要罚要罚。”

随着下课铃声响起，大家依依不舍地结束了这堂课。“这才是我畅想的大学生活，师生互动，寓教于乐。”逯芝璇同学意犹未尽。

(《武汉大学报》第1304期三版，2013年4月19日)

(湖北高校新闻奖二等奖，编辑：肖珊)

时间都去哪儿了

（系列报道）

代表作一：

主页君的时间表

学生记者　陈雨龙　黄佳慧

7：10，赶着人流去食堂买两个包子，边走边吃，上两节课到10：15，一路小跑回到寝室，打开电脑，搜索当天校内资讯，制作成图文，和组长交流，修改校对，发布上网……下午放学后，回来依然对着电脑，策划一些原创内容，搜集大量图片、文字，直到熄灯断电——这是一位主页君的日程表。电脑像是一个巨大的磁场吸引着他们，因为那里有他们的忠实受众。

学生会宣传部、新闻部、权益部，自强学堂无线服务部，艺术协会……几乎所有学生组织都有自己的网络平台，他们发布原创、转发寻物招领、摘抄教务通知，奉上小贴士。一个看似简单的平台背后，是几人甚至几十人的团队在维系。

“Hi，我是主页君珞珞，我会每天为你推送当天的新闻以及校内资讯……”这是掌上武大微信公众账号主人珞珞的自我介绍。珞珞背后，有十几个默默付出的珞小君。

校园时空　武汉大学报　2014年3月21日　3

选择，源自梦想
——转专业心路历程

主页君的时间表

偶像崇拜也需理性

钟情武大

家在珞珈五十年

据自强学堂无线服务部微信组组长吕一凡介绍，主页君们每天的推送任务十分繁重。两个人负责从学校各职能部门、学院(系)网站收集最新资讯，制作成“掌上武大快讯”。除了常规内容以外，他们还会结合重大节日、社会热点报道专题。“每一个专题，就意味着一场夜战，选定主题、进行策划、准备素材、图文制作。”吕一凡补充道，“因为白天大家都有课，这些工作只能放到晚上。”

一个链接，一篇文章，一幅照片，背后或许都是主页君们深夜加班的杰作。从7：30发布第一条“早安，武大”、预报天气、发布通知，到23：30发布“晚安，武大”。由校学生会主办的校会快帮全天16个小时不间断发布信息，全年365天无休。

除了发布信息，校会快帮还是同学们的好帮手。“好着急！我的校园卡丢了！我是罗文华，哲学学院学生，请拾到它的好心人立即私戳我@校会快帮。”校会快帮每天都会收到近20条类似的消息，主页君们会协助同学在最短的时间内解决问题。

他们实行接力式轮班制，一个人下线马上就会有另一个同学上线值班，不同时段值班同学要准备的内容也不一样。每位主页君正式上岗之前，都会接受统一培训，学习如何处理问题，使用什么风格的语言、什么样的内容合适。

不论是为同学们争取权益的全心权益，还是为大家带来新闻咨询的自强学堂，透过主页这扇窗，我们可以看到隐藏在背后千千万万为之努力、为之付出的人们，一条状态、一条转发，凝聚着主页君们的心血和智慧。“一入主页深似海。”一位主页君打趣道，然而正如幸福的泪水总是伴随着奋斗的汗水，他又加了一句：“朗朗欢笑出墙来。”

(《武汉大学报》第1327期三版，2014年3月21日)

代表作二：

观鸟的情趣

学生记者　王楠　黄佳慧

她，热爱自然，能识300多种鸟类的观鸟达人；她，醉心茶道，享受生活的茶舍居士；她，成绩优异，被保送到厦门大学学当代艺术史。她是2010级人文科学试验班的李祎琳——一个时刻感受自然，把握时间里分秒情趣的大四女生。

校园时空 武汉大学报 2014年4月25日 3

纵横数海

观鸟的情趣

经典教读志愿服务队：十年不忘初心

指引人生航向

自小而来的乐趣

“从很小的时候，我就开始对动植物产生浓厚的兴趣。我喜欢旅行，感受自然带给我的快乐。”而李祎琳的第一次观鸟是小学和同学们一起去动物园游玩。园内或飞翔、或栖息枝头的鸟儿激发了她的兴趣，她开始试着了解鸟类，渐渐地，观鸟成为了她生活的一部分。“应该说对观鸟的执著也来源于我对自然的喜爱吧。”

对鸟儿的喜爱使她不仅仅满足于看，她更迈步去探索鸟类家族那多姿多彩的世界。2011年6月，李祎琳和其他3位同学以团队形式参加高校观鸟比赛，以优异的成绩获得一等奖，之后她又陆续参加了一系列的比赛，并接连取得不俗的成绩。如今，李祎琳已经从当初对鸟类的一无所知的“小白”，华丽变身为能辨识300多种鸟类的“观鸟达人”。

过程中的酸甜苦辣

在大多数人眼里，观鸟是一件有趣轻松的事情，但是对李祎琳和她的团队而言，鸟儿更像一朵“带刺的玫瑰”。6点起床；6点半开始观鸟；7点半匆忙吃早饭，一路小跑去教室上课，这是李祎琳的观鸟时间表。有时即使早早地去“蹲守”，也不一定会有收获。“经常还没来得及听清鸟儿的啼声，它便飞走了。”

让李祎琳印象最深的观鸟之旅，是暑期在宜昌的夏令营活动和神农架科考之旅。她和队友们住在海拔高达1200米的地方，每天起床步行到海拔2000米的地方观鸟，一待就是一整天。“夏令营之后我整个人瘦了10斤。”

他们每天走出营地就开始目不转睛地盯着山谷，观察鸟类的动向，并记录下来，饿了就吃干粮和摘树上的野果。“有一次太专心观鸟，没有注意到毒蛇靠近，还有一次在溪边行走时，更是有好几只蚂蟥爬到了脚上。”

艰苦的环境、严格的作息时间、繁重的任务……这一切都无法熄灭李祎琳的观鸟热情。每次放假，她都会出去走走，观察更多的动植物，积累更多的经验，体验那些平凡中的乐趣。

时间的厚积与馈赠

多年的积淀最终凝结成《珞珈山鸟类手册》，是李祎琳和其他九位同学历时半年工作的结晶。2013年5月，李祎琳和她的团队开始奔波行走，四处探访，招募队员，并邀请到生命科学学院卢欣教授为此书编写进行指导。

“编写过程中，最困难的就是图片的收集了。”李祎琳介绍，他们在网上搜索，向全国各地的朋友寻求帮助。因为很多珍稀鸟类的图片都涉及版权问题，他们花费了大量时间与图片的拍摄者联系。

最终，他们成功收集到了114种鸟类的资料图片。165页的手册，图文对照地介绍了每种鸟的基本习性和校内出没地点、时间。“珞珈山和樱园是观鸟的最佳地点，而水鸟经常出没于东湖、月亮湖附近。”手册也讲述了鸟儿们与武大的渊源，增添了几分人文趣味。手册封面背后，还手绘了一幅简易武大观鸟地图。

谈及未来，李祎琳坚定地说道：“把一种兴趣演变为一种事业并坚持下来很不容易，我会继续走在观鸟的道路上，发现更多的东西与大家分享。”

(《武汉大学报》第1331期三版，2014年4月25日)

代表作三：

珞珈24小时

摄影：梁峻滔、伍乐毅、贺凡、吴思怡

文字：张鲲翼、刘瑞、余西妮

0：00 深夜保卫部的守护，将是一生的温暖回忆。

1：00 博士生宿舍老斋舍，天地玄黄，宇宙洪荒，众人皆睡我独醒。

2：00 樱顶上旋转的星轨，就像我们在珞珈走过的痕迹，周而复始。
3：00 圆月高悬，带来一夜好梦，珞珈山，晚安。
4：00 总有一些人，在我们熟睡时为我们默默做着什么。
5：00 初升的朝阳将光芒温柔地洒满珞珈山，新的一天开始了。
6：00 红旗冉冉，军装整齐。庄严，此刻降临在行政楼前。
7：00 樱顶上，晨读的姑娘用朗朗书声展现珞珈学子的风貌。
8：00 踏着朝阳去上课，让我们开启新的奋斗篇章。
9：00 图书馆里自习的女生。学子最动人的一刻：头，低着；梦，昂着。
10：00 再繁盛的樱花，也只能成为人间真情的陪衬。
11：00 看，实验室里认真专注的学子。一丝不苟是武大人的品质。
12：00 食堂，承载太多回忆的地方，让舌尖来一次旅行。
13：00 草坪上说笑的恋人与嬉戏的狗狗，彼此是对方的风景吗？
14：00 午后，静等校车，开往知识的殿堂。
15：00 广场上放风筝的长者，依然拥有将理想放飞蓝天的力量。
16：00 跳，跳，直至更高！这就是我们的活力、未来与执念。
17：00 集体长跑。重复，再重复……证明着武大人的拼搏与坚持。

18：00 樱顶余晖。武大的一天将归于平静，也终将被划入沧桑的历史。
19：00 周末梅操的露天电影。
20：00 悠扬的笛声，趁着月色，融化在如水的夜里。
21：00 视觉的饕餮盛宴，一起来体验吧。
22：00 暖色橘灯下，奋斗一天回家的背影。
23：00 熄灯了，一盏小台灯，又带来一番属于自己的新天地。

（《武汉大学报》第 1348 期三版，2014 年 12 月 12 日）

校园时空　武汉大学报　2014 年 12 月 12 日　3

为母校挣 300 万

中国“记忆之王”

文明创建在行动

珞珈 24 小时

点赞身边好人

（湖北高校新闻奖二等奖，编辑：严航、肖珊）

樱　花　季

（组合报道）

代表作一：

樱　之　语

学生记者　王楠　李衡　王艳芳

2014.3.19 晴

——不随年华流逝，只随春天绽放

暖春已至，气温攀升，我和我的小伙伴们迫不及待地探出头来，沐浴清晨的第一缕阳光。早上，几位经过的学生看到完全绽放的粉色花朵，兴奋极了。他们入神地看着我，脸上泛起灿烂的笑容，我感觉更暖了，也为此自豪，他们是我每年如期开放的最大动力。

校园时空　武汉大学报　2014年3月28日　3

樱之语

旧影重拾

万物复苏

老明信片

老照片

往日时光

冷眼观热潮

除了学子，我们二号粉丝当属校友。在无数个文学、摄影、书画作品中，我们被吟诵、被赞美、被怀念。校友肖勇在《心底深处的记忆》中这样写道："母校的樱花是天下最美的，它封存着每一个武大人的青春记忆。"

我庆幸自己扎根在这座美丽的校园，深爱着这里可爱的人儿。尽管每年都只有短暂的邂逅，但我饱览了兄弟的情义、情侣的约定、师生的恩情，并乐意成为他们记忆的载体，不随年华流逝，只随春天绽放！

2014.3.20 大雨转晴

——我于他，是回忆；他于我，是希望

一夜的春风，粉黛了枝头。远远望去，宛如枝头落满了洁白的雪花，在阳光的沐浴下，烂漫缤纷，典雅清新。

一些本地游客最先得到消息，驾车前往，他们大多是来看热闹的。中午，天色放晴，我见到了从上海专程前来的武虎先生。他是一个土生土长的湖北人，从小立志上武大，然而，一个偶然的原因，他与武大擦肩而过。走遍天南海北，花赏多了，樱花也看到不少。对于我们，他只在梦中反复梦到过。回老家探亲的他，得知樱花开了，果断改签了机票，拖着皮箱来到了这里。

远眺奥场，看到了已毕业24年的吴维。我每年都能看到他，想起他大一时青涩的脸，再看他如今的成熟稳重，时间能够改变的太多。大学的他，敢想敢做，勇敢地追求自己喜欢做的事和爱的姑娘，其他概不关心；现在的他，事业成功，在家乡办起了生态农庄，并创建了商贸公司。不变的是，他总爱静静地凝望着我。我于他，是回忆；他于我，是希望。

2014.3.21 多云

——春色正中分，春意亦盎然

春色正中分，春意亦盎然，今天是24节气中的春分。清晨，我被一声清脆的快门声唤醒。看了看周围，宁静的校园里一个人也没有，低头一看，原来是信息管理学院2012级学生董晶拿着相机在拍我。很多熟悉武大的人，和她一样，会选择清晨或者深夜来到我身旁，避开人流欣赏我的美。她似乎5点就起床了，伴着晨光来到我面前。一边走一边抬头看我，还踮起脚尖凑近闻了闻我的香气。

樱花大道——我的家，花朵盛开，游人如织，很是热闹。今天是校门口售票、限制游客的第一天，校内开始实行交通管制，梅园操场旁道路上、樱花大道沿线、鲲鹏广场上，挤满了游客。

和游客“平分拥堵”的是一些小商贩。街边艺人挥洒着手中的铅笔，勾勒出栩栩如生的人像；几名学生手上拿着樱花花环、手镯，站在樱花大道叫卖，每年，他们趁这个时候小赚一笔，用以补贴生活费。

2014. 3. 22 晴

——以珞珈主人的姿态，保护樱花，珍藏它的美

凌晨的阵阵响雷，打落了几个小伙伴的叶片。今天是樱花盛开以来的第一个周末。一大早，就看到几名学生在樱花大道上来回巡视，他们是“护花使者”，他们的职责是禁止游客攀爬树枝。看到一位游人试图横跨围栏进入樱花园，2012 级城市设计学院张韵连忙制止了他，张韵和旁边一位同学打趣道：“好像在保护较弱的妹子。”

“我是武大的主人，招呼客人是应该的。”人声鼎沸的嘈杂声中，传来了一句悦耳的声音，她是政治与公共管理学院 2012 级郑文婷，今年的义务导游。谈起做导游的初衷，她说：“我想体验做导游的感觉，和游客交流。想用自己的语言来介绍武大，以及在武大的生活。”

武汉大学校史联合会会长董聪是今年义务导游活动的主要发起人之一，他今天也来了。我看到他让一名会粤语的学生去接待一个广东旅游团，“武大每年都有不少来自广东的游客，所以我们也特别招募了一批懂得粤语的导游。”

代表作二：

冷眼观热潮

新闻事实

武大樱花盛开，游人挤爆校园。受制于白天的高票价和限客令，夜晚赏花的热潮被悄然催热，月光下的樱花备受欢迎。晚上 9 点多，不少年轻人仍然在落英缤纷下、新校门前拍照留念，饶有兴致、依依不舍。(《新华每日电讯》3 月 26 日)

学子心声

王柳(文学院 2013 级研究生)：和去年相比，今年樱花节期间志愿者多了很多，他们穿着统一的蓝色制服，在校园各处巡逻，还有“樱花使者”，专门维护樱花，同时也为游客提供导游服务。尽管维护工作已经做得相当到位，但仍可以看到很多不和谐的场景。

黄佳慧(新闻学院 2012 级本科生)：又是一年樱花“劫”。上课、去食堂会专门避开樱花大道，去年也如此，大约要持续两个礼拜。当然，我们也会赏樱，但通常会等到深夜或凌晨，这时不仅可以拍摄到最佳状态下的樱花，同时也可以感受校园纯粹古朴的氛围。

媒体视点

《楚天都市报》:“醉美樱花悦游人,却让武大直喊挤。”武大的樱花,在很多人心里是青春的回忆,浪漫的见证,文化的传承。然而,面对积淀如此深厚文化的樱花美景,许多游客攀折树枝、践踏草地,只为拍照纪念。樱花大道上挤满了人,游客路过的地方留下满地垃圾。难怪有武汉市民说“樱花美丽不再”了。如何观赏樱花是一个值得商榷的问题,建议校方和旅游局相关部门加大管理力度,广大的游客更应理智赏花,文明出行。(查昭)

《南方都市报》:现阶段的国情,决定热门景点必定人挤人,这点不足为奇。从武大出台的措施看,“限”而不是“禁”,体现出校方对大学土地和校园为全民所有、理应为全民分享的充分体认。但就限客手段来说,无论是收取门票还是游客限额,能起到的作用都很有限。防止“樱花节”变“樱花劫”,靠大学也靠游客——大学在压力之下依然要秉承“服务社会”的宗旨,参观者尽享自己的公共空间权利之际也要保持克制与自律。(麦嘈)

代表作三:
学者时评

服务社会≠无限开放

姜朝晖

3月,樱花盛开之时,武汉大学吸引了各地前来观光的游客。今年,尽管采取了种种限客措施,但丝毫没有阻挡络绎不绝的游人。3月22日是武汉樱花盛开后的首个双休日,据悉,约有10万游人涌进武大看樱花。

武大文化厚重,樱花烂漫芬芳,自然景观和校园文化相得益彰,早已盛名远播。即便做了“限客令”,仍有数倍于规定上限的游客慕名前来。

对于武大来说,樱花观光是喜忧参半。喜的是借樱花之机,吸引国内外游人,提升了学校的知名度,也吸引了许多潜在的未来校友。忧的是,短期内,动辄数以十万计的游客涌入,不仅对于武大校园,甚至对于周边的交通,也不亚于是一场“灾难”,对学校环境的维护、学生的正常学习、教师的生活工作,都可能产生一些潜在的不良影响。

时至今日,大学已经走出了传统的象牙塔,越来越开放,加强和社区社会的融合和交流,已是世界性的共识。履行社会责任,发挥文化功能,是现代大学的应有之义。但现实中确实存在大学容量有限、资源不足的问题,大学究竟该怎么开放？开放到什么程度？这仍然是一个值得深思的问题。

就其内容而言，大学对外开放大致可以包括如下几类：一是校园环境的开放，市民可以随时去学校进行参观；二是智力资源的开放，学校师生参与到社会建设中来，为公共事务建言献策；三是课程资源的开放，通过搭建平台，学校为社会提供形式多样的培训课程，推动终身教育发展；四是相关设施场地的开放，为社会机构和个人提供相应活动和学习的便利。武汉大学樱花观光就属于校园环境的开放。

大学作为准公共场所，不能成为封闭的堡垒，重回象牙塔；但拘于现实条件，也很难面向所有人开放。时至今日，虽然绝大多数的大学资源可以向更广泛的市民开放，大学也积极参与社会各项事务，但是，毋庸置疑，优质大学资源仍然稀缺。武大的“限客令”和收费制度，实属无奈之举。

笔者以为，市民固然有欣赏樱花的自由，但是，武大也有维护学校正常教学秩序的权利，关键还在于两者之间的平衡。最基本的底线在于不能影响学校的正常教育教学活动，否则，舍本逐末，无视规则，将有悖于大学服务社会的本意。（作者系中国教育科学研究院博士）

（湖北高校新闻奖二等奖，《武汉大学报》第1328期三版，2014年3月28日，编辑：严航）

后　记

《成风化人——获奖新闻作品采编手记(2011—2014年)》是武汉大学报社第一部公开出版发行的新闻作品评析专著。

本书也是《武汉大学报》创刊百年丛书之一。丛书由武汉大学党委宣传部策划编辑，包括人物篇、成就篇、发展篇、学子篇、校园篇、作品集等，拟每年推出1~2本，以收录校报近年各类报道为主，同时在校内外展开采访，从不同方面、各个侧面，反映学校向中国特色、世界一流大学迈进的历程。武汉大学党委宣传部部长刘春江担任丛书主编，武汉大学原党委副书记骆郁廷为丛书作序。

本书分为消息类、通讯类、言论类、版面类、照片类、系列报道类、标题类七个部分。精选了《武汉大学报》近4年获得的中国高校好新闻奖、湖北新闻奖、湖北高校新闻奖作品115件/次，并对中国高校好新闻奖、湖北新闻奖获奖作品和湖北高校新闻奖一等奖作品共58件进行了点评赏析。评析又分为几种形式：记者所写的“记者手记”、编辑所写的“编辑手记”、记者和编辑共同撰写的“采编手记”、其他人所写的“作品点评”。

排序上，每个类别按中国高校好新闻奖、湖北新闻奖、湖北高校新闻奖的顺序排列，相同奖项的作品按一二三等奖排序，获同一奖项和等级的作品则按时间先后排序。例如，消息类中获得中国高校好新闻奖一等奖的作品，先排2011年的(若有多个作品亦按时间先后升序排列)，接着排2012年的，然后排2013年的，依此类推。同一作品获得多个奖项的，放在最高奖项里。

在本书编辑过程中，报社全体同仁利用业余时间，加班加点，从资料收集、精选、评析，到设计、排版、校对等，历时半年时间完成书稿，其中整理资料约14万字、图片约120幅，撰写评析文章约2万字。

对报社的记者和编辑来说，编书过程亦是一次回望和梳理，一次心灵小憩后的再出发。时隔几年后细读自己采写、编辑的作品并进行评析，当年采编的心路历程历历在目，同时又多了一番审视和体悟。新闻工作是一项需要不断革新、螺旋式上升的工作，这种编书体验是一次很好的工作总结，既可以重新发现和升华一些好的经验，又能发现一些不足以便在今后的工作中加以改进。

本书由武汉大学报社社长杨欣欣策划、审定，武汉大学党委宣传部(新闻中心)办公室副主任肖珊协助统筹，并与陈丽霞、付晓歌、严航、金鑫共同完成资料收集、整理、编校和作品评析工作。需要说明的是，因为本书内容选自公开出版物《武汉大学报》，收录时未再征求原作者意见，在此向原作者和编辑表示感谢。

由于时间紧张，文图资料数据量大，加上编者水平有限，本书难免会有疏漏之处，敬请广大读者批评指正。

编者

2017 年 6 月 · 珞珈山